हिन्द पॉकेट बुक्स

शरतचन्द्र की यादगारी कहानियां

शरत्चन्द्र चट्टोपाध्याय बांग्ला के सुप्रसिद्ध उपन्यासकार एवं लघु कथाकार थे। उनकी अधिकांश कृतियों में गाँव के लोगों की जीवनशैली, उनके संघर्ष एवं उनके द्वारा झेले गए संकटों का वर्णन है। इसके अलावा उनकी रचनाओं में तत्कालीन बंगाल के सामाजिक जीवन की झलक मिलती है। शरत्चन्द्र भारत के सार्वकालिक सर्वाधिक लोकप्रिय तथा सर्वाधिक अनूदित लेखक हैं। 16 जनवरी 1938 ई. को कलकत्ता में 62 वर्ष की उम्र में उनका निधन हुआ।

शरतच्चन्द्र की यादगारी कहानियां

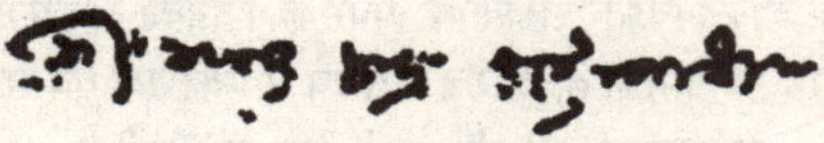

हिन्द पॉकेट बुक्स
पेंगुइन रैंडम हाउस इम्प्रिंट

हिन्द पॉकेट बुक्स

यूएसए। कनाडा। यूके। आयरलैंड। ऑस्ट्रेलिया। सिंगापुर
न्यू ज़ीलैंड। भारत। दक्षिण अफ्रीका। चीन

हिन्द पॉकेट बुक्स, पेंगुइन रैंडम हाउस ग्रुप ऑफ़ कम्पनीज़ का हिस्सा है,
जिसका पता global.penguinrandomhouse.com पर मिलेगा

पेंगुइन रैंडम हाउस इंडिया प्रा. लि.,
चौथी मंजिल, कैपिटल टावर -1, एम जी रोड,
गुड़गांव 122 002, हरियाणा, भारत

पेंगुइन
रैंडम हाउस
इंडिया

प्रथम हिन्दी संस्करण हिन्द पॉकेट बुक्स द्वारा 2010 में प्रकाशित
यह हिन्दी संस्करण हिन्द पॉकेट बुक्स में पेंगुइन रैंडम हाउस द्वारा 2022 में प्रकाशित

10 9 8 7 6 5 4 3 2

इस पुस्तक में व्यक्त विचार लेखक के अपने हैं, जिनका यथासंभव तथ्यात्मक
सत्यापन किया गया है, और इस संबंध में प्रकाशक एवं सहयोगी
प्रकाशक किसी भी रूप में उत्तरदायी नहीं हैं।

ISBN 9789353496470

मुद्रकः रेप्रो इंडिया लिमिटेड

www.penguin.co.in

MIX
Paper from
responsible sources
FSC® C047271

This is a legitimate digitally printed version of the book and therefore might not
have certain extra finishing on the cover.

अनुक्रम

हरिलक्ष्मी

जिस बात को लेकर इस कहानी की उत्पत्ति हुई वह छोटी-सी है। फिर भी उस छोटी-सी बात से हरिलक्ष्मी के जीवन में जो कुछ हो गया, वह छोटा भी नहीं, तुच्छ भी नहीं। संसार में ऐसा ही हुआ करता है। बेलपुर के दो जमींदारी के साझीदार शान्त नदी-किनारे जहाज़ के पास, छोटी डोंगी की तरह, परस्पर एक-दूसरे के पास बिना झगड़े-झंझट के बंधे थे। अकस्मात् न मालूम कहां से एक तूफान उठ खड़ा हुआ, जहाज़ का रस्सा कटा और लंगर टूटकर अलग हो गया, साथ ही एक क्षण में यह छोटी-सी डोंगी न जाने कैसे नेस्तनाबूद हो गई। कुछ पता ही ढूंढ़े न मिला।

बेलपुर का ताल्लुका कोई बड़ा नहीं। उठते-बैठते रैयतों को मार-पीटकर साल में बारह हज़ार से भी ज्यादा बसूली नहीं होती, इसलिए साढ़े पन्द्रह आने के हिस्सेदार शिवचरण के सामने दो पैसे के हिस्सेदार विपिनबिहारी की तुलना अगर जहाज़ के साथ छोटी डोंगी से की है, तो इसमें शायद कोई अतिश्योक्ति न हुई होगी।

दूर का नाता होने पर भी है दोनों जाति-भाई और छह-सात पीढ़ी पहले दोनों एक ही मकान में रहते थे, किन्तु आज एक का

तिमंज़िला मकान गांव के सिरे पर खड़ा है और दूसरे का जीर्ण मटियाला पर दिन-पर दिन ज़मीन पर बिछ जाने की तरफ बढ़ता चला जा रहा है। फिर भी इसी तरह दिन कट रहे थे और बाक़ी के दिन भी विपिन के इसी तरह सुख-दुख में चुपचाप कट सकते थे, परन्तु जिस बादल के टुकड़े से असमय में तूफान उठ खड़ा हुआ और सब उलट-पुलट गया, वह इस प्रकार है :

साढ़े पन्द्रह आने के हिस्सेदार शिवचरण की पत्नी की सहसा मृत्यु हो जाने पर उनके मित्रों ने कहा, "चालीस-इकतालीस क्या कोई उमर-में उमर है! तुम दूसरा ब्याह करो।" शत्रु-पक्ष के लोग सुनकर हंसने लगे।

बोले, "चालीसी तो शिवचरण की चालीस वर्ष पहले ही पार हो चुकी है!" मतलब यह है कि दोनों में से कोई भी बात सच नहीं। असल बात यह थी कि बड़े बाबू का दिव्य गोरा हृष्ट-पुष्ट शरीर था, भरे हुए चेहरे पर लोभ का चिह्न-मात्र न था यथासयम दाढ़ी-मूंछे न होने से कुछ सहूलियत तो हो सकती है, पर अड़चने भी काफ़ी होती हैं! उमर का अन्दाज़ा लगाने के बारे में जो नीचे की तरफ़ नहीं जाना चाहते, ऊपर की और वे गिनती के किस कोठे में जाकर ठहरेंगे, इसकी उन्हें स्वयं ही कुछ थाह नहीं मिलती। खैर कुछ भी दो, धनवान् पुरुष का ब्याह किसी भी देश में उमर के पीछे नहीं रुकता, फिर बंगाल में तो रुकने ही क्यों लगा! करीब डेढ़ महीना तो शोक-ताप और 'नहीं-नहीं' करते-कराते बीत गया। उसके बाद शिवचरण हरिलक्ष्मी को ब्याहकर अपने घर ले आए।

कारण शत्रु-पक्ष के लोग चाहे कुछ भी क्यों न करते रहें, यह बात माननी ही पड़ेगी कि प्रजापति सचचमुच ही उन पर अत्यन्त प्रसन्न थे। उन लोगों ने गुपचुप बातचीत की, "यह बात नहीं कि

वर की तुलना में नववधू की उमर बिलकुल ही असंगत हो, मगर हां, दो-एक बाल-बच्चे लेकर घर आती, तो फिर कहने-सुनने की कोई बात ही न रह जाती।" लेकिन इस बात को सभी ने स्वीकार किया कि वह सुन्दरी है। मतलब यह है कि साधारणतः बड़ी उम्र की लड़कियों से भी लक्ष्मी की उम्र कुछ ज्यादा हो गई थी, शायद उन्नीस से कम न होगी। उसके पिता आधुनिक विचार के सुधारक आदमी हैं, उन्होंने बड़े जतन से लड़की को ज्यादा उम्र तक शिक्षा देकर मैट्रिक पास कराया था। उनकी इच्छा तो कुछ और ही थी, सिर्फ व्यापार फेल हो जाने और आकस्मिक दरिद्रता आ जाने के कारण ही उन्हें ऐसे सुपात्र को कन्या अर्पण करने के लिए लाचार होना पड़ा था।

लक्ष्मी शहर की लड़की ठहरी। पति को उसने दो ही चार दिन में पहचान लिया। उसके लिए मुश्किल यह हुई कि आत्मीय-स्वजन-मिश्रित अनेक परिजनों से घिरे हुए इस बड़े घर में वह जी खोलकर किसी से हिल-मिल न सकी। उधर शिवचरण के प्रेम का तो कोई अन्त ही न था। सिर्फ अधेड़ की तरुण-पत्नी होने के कारण ही नहीं, उसे तो मानो एकबारगी ही अमूल्य निधि मिल गई। घर के लोग, नौकर-चाकर और औरतें, कुछ न तय कर सके कि कैसे उनकी मिजाजपुरसी करें। पर एक बात वह अक्सर सुना करती थी, अब मंझली बहू के मुंह पर कालिख लग गई। रूप में, गुण में, विद्या-बुद्धि में, हर एक बात में अब उसका गर्व चूर हो गया।

मगर इतना करने पर भी कुछ न हो सका, दो महीने के अन्दर लक्ष्मी बीमार पड़ गई। इस बीमारी की हालत में ही एक दिन मंझली बहू के साथ उसकी भेंट हुई। मंझली बहू से मतलब

है विपिन की स्त्री से। बड़े घर की नई बहू के बुखार की खबर सुनकर वह देखने आई थी। उम्र में वह शायद दो-तीन साल बड़ी होगी। इस बात को मन-ही मन लक्ष्मी ने भी स्वीकार किया कि वह सुन्दरी है, परन्तु इस उम्र में भी उसके सारे शरीर पर दरिद्रता की भीषण मार के चिह्न स्पष्ट दिखाई दे रहे थे। साथ में छह-सात साल का एक लड़का था, वह भी दुबला-पतला। लक्ष्मी आदर के साथ अपने बिछौने पर एक तरफ़ बैठने के लिए स्थान कर कुछ देर तक चुपचान उसकी ओर देखती रही। हाथ में दो-दो चूड़ियों के सिवा सारे अंगों पर कोई और गहना नहीं। पहनावे में अधमैली लाल किनारों की धोती है, शायद वह उसके पति की होगी। गांव की प्रथा के अनुसार लड़का बिना वस्त्र नहीं था, उसकी भी कमर में एक रंगी हुई छोटी धोती थी।

लक्ष्मी ने मंझली बहू का हाथ धीरे-से अपनी तरफ खींचते हुए कहा "सौभाग्य से बुखार आ गया, तभी तो आपसे मुलाकात हो सकी। मगर रिश्ते में जेठानी होती हूं मंझली बहू। सुना है कि मंझले देवर जी इनसे बहुत छोटे हैं।"

मंझली बहू ने हंसकर कहा, "रिश्ते में छोटी होने पर क्या 'आप' कहा जाता है?"

लक्ष्मी ने कहा, "बस, पहले दिन जो कहा, सो कह दिया, नहीं तो 'आप' कहनेवाली मैं नहीं हूं, मगर तुम भी मुझे 'जीजी' नहीं कह सकतीं, यह मुझसे बरदाश्त न होगा। मेरा नाम लक्ष्मी है।"

मंझली बहू ने कहा, "नाम बताने की ज़रूरत नहीं, जीजी, आपको देखते ही मालूम हो जाता है और मेरा नाम न मालूम किसने मज़ाक में रख दिया था कमला।" कहकर वह कुतूहल के साथ ज़रा हंस दी।

हरिलक्ष्मी के जी में आया कि वह भी विरोध में कहे कि तुम्हारी तरफ़ देखने से ही तुम्हारा नाम मालूम हो जाता है, परन्तु वह इस डर से कह न सकी कि ऐसा कहना नकल की तरह सुनाई देगा। बोली, "हम दोनों के एक ही माने हैं, लेकिन मंझली बहू, मैं तुमसे 'तुम' कह सकी, पर तुमसे तो 'तुम' कहते नहीं बना?"

मंझली बहू ने हंसते हुए जवाब दिया, "चट से निकलता नहीं मुंह से, जीजी, एक उमर के सिवा आप सभी बातों में मुझसे बड़ी है। अभी दो-चार दिन जाने दो, ज़रूरत पड़ने पर बदलने में कितनी देर लगती है?"

हरिलक्ष्मी के मुंह पर सहसा प्रत्युत्तर तो नहीं आया, पर वह मन-ही-मन समझ गई कि यह औरत पहले दिन के परिचय को अधिक घनिष्ठ नहीं करना चाहती, मगर उसके कुछ कहने के पहले ही मंझली बहू उठने की तैयारी करके बोली, "तो अब उठती हूं जीजी, कल फिर..."

हरिलक्ष्मी चकित होकर बोली, "अभी से चली जाओगी कैसे, जरा बैठो।"

मंझली बहू ने कहा, "आप हुक्म करेंगी तो बैठना पड़ेगा पर आज जाने दीजिए, जीजी, उनके आने का समय हो गया है।" इतना कहकर वह उठकर खड़ी हो गई और लड़के का हाथ पकड़कर जाने के पहले हंसती हुई बोली, "चलती हूं जीजी, कल ज़रा सिदौसी चली आऊंगी, क्यों?" यह कहकर वह धीरे-से बाहर निकल गई।

विपिन की स्त्री के चले जाने पर हरिलक्ष्मी उसी तरफ देखती हुई चुपचाप पड़ी रही। अब बुख़ार नहीं था, पर उसकी ग्लानि बनी

हुई थी, फिर भी कुछ देर के लिए वह सबकुछ भूल गई। अब तक गांव-भर की इतनी बहू-बेटियां आईं हैं, जिनकी गिनती नहीं, परन्तु बगलवाले गरीब घर की इस बहू के साथ उनकी कोई तुलना नहीं हो सकती। वे अपने-आप आई और उठना ही नहीं चाहती थीं। बैठने के लिए कहा गया, तो फिर कहना ही क्या! उनमें कितनी शालीनता थी, कितनी वाचालता थी, मनोरंजन करने के लिए कितना शर्मनाक प्रयास था उनका!

बोझ से दबा हुआ उसका मन बीच-बीच में विद्रोही हो उठा है, परन्तु उन्हीं में से अकस्मात् यह कौन आकर, उसकी रोगशय्या के पास कुछ क्षणों के लिए, अपना ऐसा परिचय दे गई? उसके मायके की बात पूछने का समय नही मिला, परन्तु बिना पूछे ही लक्ष्मी न जाने कैसे समझ गई कि उसकी तरह वह कलकत्ता की लड़की हरगिज़ नहीं इसके लिए विपिन की स्त्री की प्रसिद्धि है कि गांव की रहनेवाली होने पर भी पढ़ी-लिखी है।

लक्ष्मी ने सोचा, "मुमकिन है कि मंझली बहू स्वर के साथ रामायण-महाभारत पढ़ सकती हो, पर इससे ज़्यादा और कुछ नहीं। जिस पिता ने विपिन जैसे दीन-दुखी के हाथ अपनी लड़की सौंपी है, उसने कोई घर पर मास्टर रखकर और स्कूल में पढ़ाकर पास कराके कन्यादान नहीं किया होगा। उज्जवल श्याम वर्ण है, पर गोरा नहीं कहा जा सकता। रूप की बात छोड़ दो, शिक्षा, संस्कार, हैसियत किसी भी बात में तो विपिन की स्त्री उसके सामने टिक नहीं सकती, परन्तु एक बात में लक्ष्मी ने अपने को मानो उससे छोटा समझा। वह था उसका कंठ-स्वर! मानो वह संगीत हो और बात करने का ढंग तो बिलकुल मधु से भरा हुआ था। ज़रा भी जड़ता

नहीं, इतनी सहज-सरल बातचीत थी उसकी, मानो वह अपने घर से कंठस्थ कर लाई हो।

परन्तु सबसे ज़्यादा जिस चीज़ ने उसे बांध डाला, वह थी उसकी दूरी। इस बात को कि वह गरीब घर की बहू है, मुंह से न कहने पर भी इस ढंग से प्रकट करके गई कि मानो वही उसके लिए स्वाभाविक है, मानो इसके सिवा और कुछ शोभा नहीं देता। यह बनाने के सिवा और किसी उद्देश्य का उसमें लेश-मात्र भी नहीं था कि वह गरीब है, पर कंगाल नहीं। एक भले घर की बहू दूसरे घर की एक बीमार बहू को देखने आई है। शाम को जब पति देखने आए, तब हरिलक्ष्मी ने और और बातचीत होने के बाद कहा, "उस घर की मंझली बहू से आज भेंट हुई थी।"

शिवचरण ने कहा, "किससे? विपिन की बहू से?"

हरिलक्ष्मी ने कहा, "हां, मेरे भाग्य अच्छे थे, जो इतने दिनों के बाद खुद ही मुझे देखने आई थी, पर पांचेक मिनट से ज़्यादा ठहरी नही, काम था, इसलिए चली गई।"

शिवचरण ने कहा, "काम! अरे, उन लोगों के घर कोई नौकर-नौकरानी थोड़े ही हैं। बासन मांजने से लगाकर बटलोई चढ़ाने तक सभी काम अपने हाथ से करने पड़ते हैं। भला तुम्हारी तरह पड़े-पड़े, बैठे-बैठे आराम कर तो ले कोई! एक गिलास पानी तक तो तुम्हें अपने हाथ से भरकर पीना नहीं पड़ता।"

अपने सम्बन्ध में ऐसा मन्तव्य हरिलक्ष्मी को बहुत ही बुरा मालूम हुआ, पर यह समझकर वह गुस्सा नहीं हुई कि बात तो उसकी बड़ाई करने के लिए ही कही गई थी, अपमान करने के लिए नहीं। बोली, "सुना है कि मंझली बहू को बड़ा घमंड है। अपना घर

छोड़कर कहीं आती-जाती नहीं।"

शिवचरण ने कहा, "जाएगी कैसे? हाथों में दो-दो चूड़ियों के सिवा ख़ाक-पत्थर कुछ पास में है भी। मारे शर्म के मुंह नहीं दिखा सकती।"

हरिलक्ष्मी ने ज़रा हंसकर कहा, "इसमें शरम काहे की? दुनिया के लोग क्या उसकी देह पर जड़ाऊ गहने के लिए व्याकुल हो रहे हैं, जो न देखेंगे तो छिः-छिः करते डोलेंगे?"

शिवचरण ने कहा, "जड़ाऊ गहने? मैंने तुम्हें दिए हैं, किसी साले के बेटे ने वैसे आंखों से देखे भी है? अपनी स्त्री को आज तक दो चूडियों के सिवा और कुछ बनावाकर न दे सका! हुं-हुंः, बाबू, रुपये का जोर बड़ा ज़ोर है! जूता मारूंगा और...."

हरिलक्ष्मी क्षुण्ण और अत्यन्त लज्जित होकर बोली, "छिः-छिः, ऐसी बात क्यों कह रहे हो?"

शिवचरण ने कहा, "नहीं-नहीं, हमारे पास दबी-छिपी बात नहीं, जो कुछ कहूंगा सो साफ-साफ कह दूंगा।"

हरिलक्ष्मी चुपचाप आंखें मींचे पड़ी रही। कहने को और था ही क्या? ये लोग कमज़ोरों के विरुद्ध अत्यन्त असभ्य बात कठोर और कर्कश स्वर में कहने को ही स्पष्टवादिता समझते हैं। शिवचरण शान्त न रहा, कहने लगा, "ब्याह में जो पांच सौ रुपये उधार लिए थे, उसके ब्याज-असल मिलाकर सात सौ हो गए, उसका भी कुछ ख़याल है? ग़रीब है, एक किनारे पड़ा है, पड़ा रहे। अरे, मैं चाहूं तो कान पकड़के निकाल बाहर कर सकता हूं। जो दासी के लायक नहीं, वह मेरी स्त्री के सामने घमंड दिखलाती है!"

हरिलक्ष्मी करवट बदलकर सो रही। एक तो बीमार, उस पर विरक्ति और लज्जा से सारे शरीर में भीतर से मानो कंपकंपी आने लगी।

दूसरे दिन दोपहर को घर में मृदु शब्द सुनकर हरिलक्ष्मी ने आंख खोलकर देखा तो विपिन की स्त्री चुपके से बाहर जा रही है। उसने बुलाकर कहा, "मंझली बहू, चली जा रही हो?"

मंझली बहू ने शर्माते हुए लौटकर कहा, "मैंने सोचा कि आप सो रही हैं। आज कैसी तबीयत है, जीजी?"

हरिलक्ष्मी ने कहा, "आज बहुत अच्छी हूं।"

मंझली बहू ने कहा, "आज वह अचानक सो गया, जीजी।"

"अचानक सो गया, इसका मतलब?"

"आदत ख़राब हो जाएगी, इसलिए दिन में मैं उसे सोने नहीं देती, जीजी।"

हरिलक्ष्मी ने पूछा, "इधर-उधर ऊधम करता नहीं फिरता?"

मंझली बहू ने कहा, "करता क्यों नहीं फिरता? मगर दोपहर को सोने की अपेक्षा वही अच्छा है।"

"तुम खुद शायद नहीं सोती?"

मंझली बहू ने हंसते हुए सिर हिलाकर कहा, "नहीं।"

हरिलक्ष्मी ने सोचा था, स्त्रियों के स्वभाव के अनुसार अबकी बार शायद वह फुर्सत ने मिलने की लम्बी सूची सुनाने बैठे जाएगी। कहां, तुम अपने लल्ला को तो नहीं लाई?" मगर उसने ऐसी कोई बात नहीं की इसके बाद और बातें होने लगीं। बात-बात में हरिलक्ष्मी ने अपने मायके की बात, भाई-बहन की बात, मास्टर साहव की बात, स्कूल की बात, यहां तक कि अपने

मैट्रिक पास करने की भी बात कह डाली। बहुत देर बाद जब उसे होश आया, तब उसने स्पष्ट देखा कि मंझली बहू श्रोता के लिहाज़ से चाहे जितनी अच्छी क्यों न हो, वक्ता के लिहाज़ से कुछ भी नहीं। अपनी बात प्रायः कुछ कही ही नहीं। पहले तो लक्ष्मी को शर्म मालूम हुई, पर उसी वक़्त उसे मालूम हुआ कि गपशप करने लायक उसके पास है ही क्या! मगर कल जैसे इस बहू के विरुद्ध उसका मन अप्रसन्न हो उठा था, आज वैसे ही उसे भारी तृप्ति-सी मालूम हुई।

दीवार पर टंगी हुई कीमती घड़ी में नाना प्रकार के बाजों के साथ तीन बजे। मझली बहू उठ खड़ी हुई औरे विनय के साथ बोली, "जीजी, अब चलती हूं।"

लक्ष्मी ने कुतूहल के साथ कहा, "बहन, तुम्हारी क्या तीन बजे तक ही छुट्टी रहती है? लाला जी क्या घड़ी देखकर ठीक टाइम से घर आते हैं?"

मझली बहू ने कहा, "आज वे घर पर ही हैं।"

"फिर आज जल्दी काहे की.... और थोड़ा बैठो न!"

मंझली बहू बैठी नहीं, लेकिन जाने के लिए पैर भी नहीं बढ़ा सकी। आहिस्ता से बोली, "जीजी, आपने कितनी शिक्षा पाई है, कितना पढ़ा-लिखा है और मैं ठहरी गंवई-गांव की..."

"तुम्हारा मायका क्या गांव में है?"

"हां, जीजी, बिलकुल देहात में। बिना समझे कल क्या-क्या कह दिया हो, पर असम्मान करने के लिए नहीं, आप मुझे जैसी भी क़सम खाने को कहेंगी जीजी...."

हरिलक्ष्मी दंग रह गई, बोली, "ऐसा क्यों कहती हो मंझली बहू, तुमने तो कल ऐसी कोई भी बात नहीं कही।"

मंझली बहू ने उसके जवाब में फिर कोई बात नहीं कही, परन्तु 'चल दी' कहकर जब वह फिर से विदा लेकर धीरे-धीरे जाने लगी, तब उसका कंठ-स्वर अकस्मात् कुछ और ही तरह का सुनाई दिया।

रात को शिवचरण जब घर में आए, तब हरिलक्ष्मी चुपचाप लेटी हुई थी। शरीर अपेक्षाकृत स्वस्थ, मन भी शान्त और प्रसन्न था।

शिवचरण ने पूछा, "कैसी तबीयत है, बड़ी बहू?"

लक्ष्मी उठ बैठी, बोली, "अच्छी है।"

शिवचरण बोले, "सबेरे की बात मालूम हुई? बच्चू को बुलवाकर सबके सामने ऐसा झाड़ दिया है कि जनम-भर न भूलेगा। मैं बेलापुर का शिवचरण चौधरी हूं, हां!"

हरिलक्ष्मी डर गई, बोली, "किसे जी?"

शिवचरण ने कहा, "विपिन को बुलाकर कह दिया, तुम्हारी स्त्री मेरी स्त्री के पास आकर शान दिखाके उसका अपमान कर गई। इतनी हिमाकत उसकी! पाजी, नालायक, ओछे घर की लड़की कहीं की! उसके बाल कटवाकर मुंह काला करके गधे पर चढ़ाकर गांव से निकाल बाहर कर सकता हूं, जानता है!"

हरिलक्ष्मी का बीमारी से मुर्झाया चेहरा एकबारगी सफ़ेद फक पड़ गया, वह बोली, "तुम कहते क्या हो जी?"

शिवचरण अपनी छाती ठोककर गर्व के साथ कहने लगा, "इस गांव में जज समझो, मजिस्ट्रेट समझो और दारोगा या पुलिस समझो... सबकुछ यही बन्दा है! यही बन्दा! मारने की लकड़ी, जिलाने की... सब मेरी मुट्ठी में है। तुम कहो तो कल ही अगर विपिन

की बहू आकर तुम्हारे पैर न दबाए, तो मैं लाटू चौधरी की पैदाइश ही नहीं। मैं...”

इस तरह विपिन की बहू को सबके सामने अपमानित और लांछित करने के वर्णन और व्याख्यान में लाटू चौधरी के पुत्र ने गन्दे और बेहूदे शब्दों के व्यय में कोई कसर नहीं रखी। उसके सामने स्तब्ध एकटक देखती हुई हरिलक्ष्मी का मन कहने लगा, धरती माता, फट पड़ो!

दूसरी बार की तरुण पत्नी के शरीर की रक्षा के लिए शिवचरण सिर्फ एक अपनी देह के सिवा और सबकुछ दे सकता था। हरिलक्ष्मी वह देह बेलापुर में न संभाल सकी। डॉक्टरों ने यह सलाह दी कि हवा-पानी बदलना चाहिए। शिवचरण ने अपने साढ़े पन्द्रह आने की हैसियत के अनुसार बड़े ठाट-बाट से हवा बदलने जाने की तैयारियां शुरू कर दी। यात्रा के शुभ मुहूर्त के दिन गांव के लोग टूट पड़े।

सिर्फ आया नहीं तो विपिन और उसकी स्त्री। बाहर शिवचरण न कहने लायक बातें कहने लगा, और भीतर बड़ी बुआ ने उग्र रूप धारण कर लिया। बाहर भी ‘स्थायी’ में स्वर मिलानेवालों की कमी न रही और भीतर भी उसी तरह बुआ के चीत्कार को बढ़ानेवाली स्त्रियां काफ़ी जुट गईं। सिर्फ कुछ नहीं बोली, तो एक हरिलक्ष्मी। मंझली बहू के प्रति उसके क्षोभ और अभिमान की मात्रा किसी से भी कम न थी, वह मन-ही-मन कहने लगी, मेरे बर्बर पति ने कितना भी अन्याय क्यों न किया हो, मैंने खुद तो कुछ नहीं कहा! परन्तु घर की और बाहर की औरतें जो कुछ आज चिल्ला रही थीं, उनके साथ किसी तरह स्वर-में-स्वर मिलाने में उसे घृणा मालूम होने लगी।

जाते समय पालकी का दरवाज़ा हटाके लक्ष्मी ने उत्सुक दृष्टि से विपिन के टूटे-फूटे घर की खिड़की की ओर देखा, परन्तु किसी की छाया तक उसे दिखाई नहीं दी।

काशी में मकान ठीक कर लिया गया था। वहां की आब-हवा के गुण से लक्ष्मी के नष्ट स्वास्थ्य की पुनः प्राप्ति में देर न हुई। चार महीने बाद जब वह लौटकर घर आई, तब उसके शरीर की कान्ति देखकर स्त्रियों की गुप्त ईर्ष्या का ठिकाना न रहा।

हेमन्त ऋतु आ रही है। दोपहर को मंझली बहू बैठी अपने सदा के बीमार पति के लिए एक ऊनी गुलूबन्द बुन रही थी, पास ही लड़का बैठा खेल रहा था। वह देखकर चिल्ला उठा, "मां, ताई जी!"

मंझली बहू ने हाथ का काम जहां-का तहां छोड़कर चटपट उठकर नमस्कार किया और बैठने के लिए आसन बिछा दिया, फिर खिले हुए चेहरे से कहा, "तबीयत ठीक हो गई, जीजी!"

लक्ष्मी ने कहा, "हां, हो गई। मगर ठीक नहीं भी तो हो सकती थी ऐसा भी तो हो सकता था कि फिर लौटकर ही न आती, फिर भी जाते समय तुमने ज़रा भी खोज-खबर नहीं ली। रास्ते-भर तुम्हारी खिड़की की तरफ़ देखती हुई गई। एक बार छाया तक न दिखाई दी। मरीज़ बहन चली जा रही है, ज़रा भी मोह न हुआ, मंझली बहू! ऐसी पत्थर की बनी हो तुम!"

मंझली बहू की आंखें डबडबा आईं, पर मुंह से कोई उत्तर न निकला। लक्ष्मी ने कहा, "मुझमें और चाहे जो कुछ भी दोष हो, मंझली बहू, मेरा मन तुम्हारी तरह कठोर नहीं है। भगवान् न करें, मगर ऐसे मौके पर मै तुम्हें बिना देखे नहीं रह सकती थी।"

मंझली बहू ने इस आरोप का भी कुछ जवाब नहीं दिया, वह चुपचाप खड़ी रही।

लक्ष्मी इसके पहले यहां और कभी नहीं आई, पहले-पहल आज ही उसने इस घर में पैर रखा था। बह इधर-उधर घूम-फिरकर सब कोठरियां देखने लगी। सौ साल का पुराना टूटा-फूटा मकान है, उसमें सिर्फ तीन कोठरियां किसी कद्र रहने लायक है। दरिद्रता का आवास है, असबाब तो नहीं के बराबर है, दीवारों का चूना झरता जा रहा है, मरम्मत कराने की ताक़त नहीं, फिर भी अनावश्यक गन्दापन कहीं ज़रा देखने को भी नहीं। छोटे-छोटे बिछौने हैं, पर साफ़-सुथरे। दो-चार देवी-देवताओं के चित्र टंगे हैं और हैं मंझली बहू के अपने हाथ की शिल्प-कला के कुछ नमूने। ज़्यादातर ऊन और सूत के काम की चीजें हैं। उनमें न तो कोई नौसिखिए के हाथ का लाल चोंचवाला तोता ही है और न पचरंगी बिल्ली की सूरत। कीमती फ्रेम में जड़े हुए लाल, नीले, बैंगनी, सफेद आदि रंगों के ऊन से बुने हुए 'वेलकम', 'स्वागतम्' या ग़लत उच्चारण के गीता के श्लोक भी नहीं। लक्ष्मी ने आश्चर्य के साथ पूछा, "यह किसकी तस्वीर है मंझली बहू? पहचाना हुआ-सा चेहरा मालूम होता हे?"

मंझली बहू ने शरमाते हुए हसंकर कहा, "तिलक महाराज की तस्वीर देख-देखकर बनाने की कोशिश की थी, जीजी, पर कुछ बनी नहीं।" यह कहते हुए उसने उंगली उठाकर सामने की दीवार पर टंगे हुए भारत के सिरमौर लोकमान्य तिलक का चित्र दिखा दिया।

लक्ष्मी बहुत देर तक उस तरफ़ देखती रही, फिर आहिस्ता से

बोली, पहचान नहीं सकी, यह मेरा ही कसूर है मंझली बहू, तुम्हारा नहीं। मुझे सिखा दोगी, बहन? यह विद्या अगर सीख सकी तो तुम्हें गुरु बनाने में हमें कोई ऐतराज न होगा।"

मंझली बहू हंसने लगी। उस दिन तीन-चार घंटे बाद लक्ष्मी जब लौटी तब यह बात तय कर गई कि वह शिल्प-कला सीखने के लिए कल से रोज़ आया करेगी।

आने भी लगी, परन्तु दस-पन्द्रह दिन में वह साफ़ समझ गई कि विद्या सिर्फ कठिन ही नहीं, बल्कि सीखने में भी काफी लम्बा समय लेगी। एक दिन लक्ष्मी ने कहा, "मंझली बहू, तुम मुझे खूब ध्यान से नहीं सिखाती हों"

मंझली बहू ने कहा, "इसमें तो काफी समय लगेगा, जीजी,इससे अच्छा है कि आप और-और बुनाइयां सीखें।"

लक्ष्मी भीतर-ही-भीतर गुस्सा हो गई, पर इसे छिपाते हुए उसने पूछा, "तुम्हें सीखने मे कितने दिन लगे थे, मंझली बहू?"

मंझली बहू ने जवाब दिया, "मुझे तो किसी ने सिखाया नहीं, जीजी, अपनी कोशिश से ही थोड़ा-थोड़ा करके..."

लक्ष्मी ने कहा, "इसी से। नहीं तो दूसरे से सीखतीं, तो तुम भी समय का हिसाब रखतीं"

मुंह से चाहे वह कुछ भी कहे, पर मन-ही-मन उसने बिना किसी सन्देह के अनुभव किया कि होशियार और तेज़ अक्ल इस मंझली बहू के सामने वह खड़ी नहीं हो सकती। आज उसके सीखने का काम बढ़ न सका और समय से बहुत पहले ही वह सुई-डोरा और पैटर्न लपेटकर घर चल दी। दूसरे दिन नहीं आई और रोज़ के आने में यह पहले-पहल नागा हुआ।

तीन-चार दिन के बाद फिर एक दिन हरिलक्ष्मी अपने सुई-डोरा का बॉक्स लेकर मंझली बहू के घर पहुंची। मंझली बहू तब अपने लड़के को रामायण से तसवीरें दिखा-दिखाकर उसकी कथा सुना रही थी, लक्ष्मी को देखते ही उठकर उसने आसन बिछा दिया। उद्विग्न कंठ से पूछने लगी, "दो-तीन दिन आईं नहीं, तबीयत ठीक नहीं थी क्या?"

लक्ष्मी ने गम्भीर होकर कहा, "नही तो, ऐसे ही पांच छः दिन नहीं आ सकी।"

मंझली बहू ने आश्चर्य प्रकट करते हुए कहा, "पांच-छः दिन नहीं आई। शायद इतने दिन हो गए होंगे, पर आज दो घंटे ज़्यादा रखकर अनुपस्थितियों की कसर निकाल लेना चाहती हूं।"

लक्ष्मी ने कहा, "लेकिन मान लो तबीयत ही ख़राब हुई होती, मंझली बहू, तुम्हें एक बार तो ख़बर लेनी चाहिए थी?"

मंझली बहू ने शर्माते हुए कहा, "लेनी ज़रूर चाहिए थी, पर घर-गिरस्ती के बहुत तरह के काम-धन्धे हैं। अकेली ठहरी, किसे भेजती बताइए? पर मैं मानती हूं, कसूर हुआ है, जीजी।"

लक्ष्मी मन-ही-मन खुश हुई। पिछले कई दिन वह अत्यन्त अभिमान के कारण ही नहीं आई थी और साथ ही, 'जाऊंगी-जाऊंगी' करते ही उसने दिन काटे हैं, इस मंझली बहू के सिवा सिर्फ घर में नहीं, बल्कि गांव-भर में ऐसी कोई नहीं है, जिससे जी खोलकर वह हिल-मिल सके! लड़का अपने मन से तस्वीरें देख रहा था। हरिलक्ष्मी ने उसे बुलाकर कहा, "निखिल, यहां मेरे पास आना, बेटा!"

उसके पास आने पर लक्ष्मी ने अपना बॉक्स खोलकर एक

पतली सोने की जंजीर निकालकर उसके गले में पहना दी और कहा, "जाओ खेलो जाकर।"

मां का चेहरा गम्भीर हो गया। उसने पूछा, "आपने जंजीर क्यो उसे दे दी?"

लक्ष्मी ने खिले हुए चेहरे से जवाब दिया "और नहीं तो क्या देती?" मंझली बहू ने कहा, "आपके देने से ही वह ले लेगा?"

लक्ष्मी शर्मिन्दा हो उठी, बोली, "ताई क्या एक जंजीर भी नहीं दे सकती?

मंझली बहू ने कहा, "सो मैं नहीं जानती जीजी, पर इतना ज़रूर जानती हूं कि मां होकर मैं लेने नहीं दे सकती।... निखिल, उसे उतारकर अपनी ताई जी को दे दो। जीजी, हम लोग गरीब हैं, पर भिखारी नहीं। यह बात नहीं कि कोई एक कीमती चीज़ अचानक मिले तो दोनो हाथ पसारकर लेने दौड़ें।"

लक्ष्मी दंग होकर बैठी रही। आज भी उसका मन कहने लगा, पृथ्वी फट पड़ो!

जाते समय उसने कहा, "लेकिन यह बात तुम्हारे जेठ जी के कानों तक पहुंचेगी मंझली बहू।"

मंझली बहू ने कहा, "उनकी बहुत-सी बातें मेरे कानों तक आती हैं, मेरी एक बात उनके कानों तक पहुंच जाएगी, तो कान अपवित्र नहीं हो जाएंगे।"

लक्ष्मी ने कहा, "अच्छी बात है, आजमाकर देखने से ही मालूम हो जाएगा।" फिर ज़रा ठहरकर बोली, "व्यर्थ में अपमानित करने की ज़रूरत नहीं थी, मंझली बहू। मै भी सज़ा देना जानती हूं।"

मंझली बहू ने कहा, "यह आपकी नाराज़ी की बात है। नहीं तो मैंने आपका अपमान नहीं किया, बल्कि सिर्फ आपको अपने पति का अपमान करने नहीं दिया, इतना समझने की शिक्षा आपको मिली है।"

लक्ष्मी ने कहा, "सो तो मिली है, नहीं मिली है तो सिर्फ तुम जैसी गंवई-गांव की औरतों से झगड़ने की शिक्षा।"

मंझली बहू ने इस कटूक्ति का जवाब नहीं दिया, चुप बनी रही!

लक्ष्मी चलने की तैयारी करके बोली, "इस जंजीर की कीमत चाहे कुछ भी हो, मैंने लड़के को प्यार से ही दी थी, तुम्हारे पति के कष्ट दूर करने के ख़याल से कतई नहीं मंझली बहू, तुमने बस इतना ही सीख रखा है कि बड़े आदमी मात्र ही गरीब का अपमान करते फिरते हैं, वे प्यार भी कर सकते हैं, यह तुमने नहीं सीखा। सीखना ज़रूरी है।...मगर फिर आकर हाथ-पैर छूती मत फिरना।"

इसके जवाब में मंझली बहू ने सिर्फ ज़रा मुस्कुराकर कहा, "नही जीजी, इसकी चिन्ता तुम मत करो।"

बाढ़ के दबाव से मिट्टी का बांध टूटना शुरु होता है, तब उसकी मामूली-सी शुरूआत देखकर कल्पना भी नहीं की जा सकती कि लगातार चलनेवाली पानी की धारा इतने कम समय के अन्दर ही उस टूटन को इतना भयंकर और ऐसा विशाल बना देगी। ठीक यही बात हरिलक्ष्मी के बारे मे हुई। पति के पास जब उसने विपिन और उसकी स्त्री के विरुद्ध आरोप की बातें ख़तम की, तब उसके परिणाम की कल्पना करके वह स्वयं ही डर गई। झूठ कहने का उसका स्वभाव नहीं और कहना भी चाहे, तो उसकी शिक्षा और मर्यादा उसमें बाधक होती है, परन्तु इस बात को वह ख़ुद भी न समझ पाई कि दुर्निवार

जल-स्रोत की तरह जो बातें झोंक में उसके मुंह से ज़बरदस्ती निकल गई, इनमें से बहुत-सी सच्ची नहीं थी, पर इस बात को समझना भी उसे बाकी न रहा कि उसकी गाति को रोकना उसके बूते के बाहर की बात थी। सिर्फ एक विषय में वह ठीक इतना नहीं जानती थी, यानी अपने पति के स्वभाव से वह पूरी तरह परिचित नहीं थी! उसके पति का स्वभाव जैसा निष्ठुर था, वैसा ही हिंसक और उतना ही बर्बर। इस बात को मानो वह जानता ही नहीं कि किसी को कष्ट देने की सीमा कहां तक है। आज श्विचरण उछला-कूदा नहीं, सब सुन-सुनाकर सिर्फ इतना ही बोला, "अच्छा, पांच-छः महीने बाद देखना, यही ठीक समझ लेना, दूसरा साल न आने पाएगा।"

अपमान और लांछना की आग हरिलक्ष्मी के हृदय में जल ही रही थी। वह वास्तव में चाहती थी कि विपिन की स्त्री को खूब अच्छी तरह सज़ा मिले, परन्तु शिवचरण के बाहर चले जाने पर उसके मुंह की इस मामूली-सी बात को मन-ही-मन दोहराने से हरिलक्ष्मी के मन में शान्ति नहीं मिली। उसे ऐसा मालूम होने लगा, जैसे कहीं कुछ बड़ी भारी ख़राबी हो गई है।

कुछ दिन बाद किसी बातचीत के सिलसिले में हरिलक्ष्मी ने पति से मुस्कुराते हुए पूछा, "उन लोगों के बारे में कुछ किया-कराया है क्या?"

"किन लोगों के बारे में?"

"विपिन लालाजी के बारे में?"

शिवचरण ले अनमने भाव से कहा, "क्या करता और कर भी क्या सकता हूं? मैं मामूली आदमी जो ठहरा।"

हरिलक्ष्मी ने उद्विग्न होकर पूछा, "इसका मतलब?"

शिवचरण ने कहा, "मंझली बहू कहा करती है न कि राज्य तो जेठजी का नहीं है, अंग्रेज़ सरकार का है!"

हरिलक्ष्मी ने कहा, "ऐसा कहा है क्या? लेकिन.... अच्छा..."

"अच्छा क्या?"

स्त्री ने ज़रा सन्देह प्रकट करते हुए, "लेकिन मंझली बहू तो ठीक इस तरह की बात कभी कहती नहीं। बहुत चालाक है क्या? बहुत-से लोग शायद बात बढ़ा-चढ़ाकर चुगली भी कर दिया करते हैं।"

शिवचरण ने कहा, "इसमें आश्चर्य की कोई बात नहीं, मगर यह बात तो मैंने अपने कानों से सुनी है।"

हरिलक्ष्मी इस बात पर विश्वास न कर सकी, पर उस समय के लिए पति का मनोरंजन करने के ख़याल से सहसा गुस्सा दिखाती हुई बोली, "कहते क्या हो, इतना घमंड! मुझे तो खैर जो कुछ कहा, लेकिन जेठ लगते हो, तुम्हारी तो ज़रा इज्जत करनी चाहिए थी?"

शिवचरण ने कहा, "हिन्दुओं के घर ऐसा ही तो सब समझते हैं। पढ़ी-लिखी विद्वान औरत ठहरी न, इसी से! पर मेरा अपमान करके कोई भी बच नहीं सकता। बाहर ज़रा काम है, मैं जा रहा हूं।" इतना कहकर शिवचरण बाहर चल दिया। बात को जिस तरह हरिलक्ष्मी कहना चाहती थी, उस तरह न कह सकी, बल्कि वह उलटी हो गई, पति के चले जाने पर रह-रहकर उसे इसी बात का ख़याल होने लगा।

बाहर की बैठक में जाकर शिवचरण ने विपिन को बुलाकर कहा, "पांच-सात साल से तुमसे कह रहा हूं विपिन, कि अपने मवेशियों को यहां से हटा लो, रात को सोना मेरे लिए हराम हो गया हे, सो क्या तुमने मेरी बात न सुनना ही तय कर लिया है?"

विपिन ने चकित होकर कहा, "कहां, मैंने तो एक बार भी नहीं सुना भइया?"

शिवचरण ने बड़ी आसानी के साथ कहा, "कम-से-कम दस बार तो मैंने अपने मुंह से कहा है तुमसे। तुम्हें याद न रहे तो कोई नुकसान नहीं, पर इतनी बड़ी जमींदारी का जो शासन करता है, उसकी बात भूल जाने से काम नहीं चल सकता। खैर, कुछ भी हो, तुम्हें खुद इस बात की अक्ल होनी चाहिए थी कि दूसरे की जगह में कैसे इतने दिनो तक मवेशी बांधे जा सकते हैं? कल ही वहां से सब हटा-हटू लेना। मुझे फुरसत न मिलेगी, तुम्हें यह अन्तिम बार जता दिया मैंने।"

विपिन के मुंह से ऐसे ही बात नहीं निकलती, उस पर अकस्मात् इस परम आश्चर्यकारी प्रस्ताव के सामने वह एकबारगी भौचक हो गया। अपने बाबा के जमाने से उस जगह को वह अपनी ही समझता आ रहा है। इतनी बड़ी झूठी बात का वह विरोध तक न कर सका कि वह दूसरे की है, चुपचाप घर चला आया।

उसकी स्त्री ने सब बातें सुनकर कहा, "पर राज की अदालत तो खुली है।"

विपिन चुप रहा। वह चाहे भला आदमी क्यों न हो, इस बात को जानता था कि अंग्रेज़ी राज्य की अदालत का विशाल द्वारा कितना भी खुला क्यों न हो, गरीबों के घुसने लायक रास्ता उसमें जरा-सा खुला नहीं। आखिर वही हुआ जो होना था दूसरे दिन बड़े बाबू के लोग भी आए और उन्होंने पुरानी टूटी-फूटी गोशला को तोड़कर उस जगह को लम्बी दीवार से घेर दिया। विपिन थाने में जाकर ख़बर दे आया, मगर आश्चर्य कि शिवचरण की पुरानी ईटों

की नई दीवार जब तक पूरी नहीं बन गई, तब तक एक भी लाल पगड़ी उसके पास नहीं फटकी। विपिन की स्त्री ने हाथ की चूडियां बेचकर अदालत में नालिश की, पर उससे चूडियां ही चली गई और कुछ नहीं हुआ।

रिश्ते में विपिन की बुआ लगनेवाली एक शुभाकांक्षिणी ने इस विपत्ति में विपिन की स्त्री को हरिलक्ष्मी के पास जाने की सलाह दी थी, इस पर उसने शायद कह दिया था कि शेर के अगे हाथ जोड़कर खड़ा होने से फायदा क्या बुआ जी? प्राण तो जाने हैं, सो जाएंगे ही, ऊपर से अपमान और हाथ लगेगा।

यह बात जब हरिलक्ष्मी के कानों में पड़ी, तो वह चुप रही। किसी तरह का उत्तर देने की उसने कोशिश तक नहीं की।

काशी से हवा-पानी बदलकर आने के बाद एक दिन के लिए भी उसकी तबीयत बिलकुल ठीक नहीं रही। इस घटना के महीने-भर बाद उसे फिर बुखार आने लगा। कुछ दिन तक गांव में ही इलाज़ होता रहा, मगर कोई फायदा नहीं हुआ। तब डाक्टर की सलाह से उसे फिर बाहर जाने के लिए तैयारियां करनी पड़ी।

अनेक प्रकार के काम-काज के मारे अबकी बार शिवचरण का जाना न हो सका, वह गांव में ही रहा। जाते समय लक्ष्मी अपने पति से एक बात कहने के लिए भीतर-ही-भीतर फड़फड़ाती रही, पर किसी तरह मुंह खोलकर उस आदमी के सामने वह बात कह नहीं सकी। उसे बार-बार ऐसा मालूम होने लगा कि इनसे अनुरोध करना व्यर्थ है, इसका मतलब वह नहीं समझा सकते।

हरिलक्ष्मी के रोगग्रस्त शरीर को पूर्णतया नीरोग होने में अबकी बार कुछ लम्बा समय लगा। करीब एक साल के बाद वह बेलपुर

वापस आई। वह सिर्फ जमींदार की लाड़ली स्त्री ही तो नहीं, इतने बड़े घर की मालकिन भी तो है, इसलिए मोहल्ले की औरतों के झुंड-के-झुंड उसे देखने आए। जो सम्बन्ध में बड़ी थी, उन लोगों ने आशीर्वाद दिया ओर जो छोटी थीं, उन्होंने पांव छुए। आई नहीं तो सिर्फ विपिन की स्त्री। इस बात को हरिलक्ष्मी जानती थी कि वह नहीं आएगी।

इस एक साल के अन्दर विपिन के घर के लोग किस तरह रहे, फौजदारी और दीवानी मामले जो उनके विरुद्ध चल रहे थे, उनका क्या नतीजा हुआ, इनमें से कोई भी ख़बर उसने किसी से जानने की कोशिश नहीं की। शिवचरण कभी घर पर और कभी पश्चिम में जाकर स्त्री के साथ रह आया करता था। जब-जब पति से भेंट हुई तभी-तब हरिलक्ष्मी के मन में सबसे पहले इन लोगों के बारे में जानने की इच्छा हुई परन्तु फिर भी, एक दिन भी, उसने पति से कोई बात नहीं पूछी। पूछते हुए उसे डर लगता था। सोचती, इतने दिनों में कुछ-न-कुछ निबटारा हो ही गया होगा और शायद इनके क्रोध में अब उतनी तेज़ी नहीं रही। इस आशंका से कि पूछ-ताछ करने से फिर कहीं पहले का घाव ताज़ा न हो जाए, वह ऐसा भाव धारण किए, रहती, जैसे उन सब तुच्छ बातों की अब उसे याद ही नहीं। उधर शिवचरण भी अपनी तरफ से किसी दिन भी विपिन की बात नहीं छेड़ता। इस बात को वह हरिलक्ष्मी से छिपाए ही नहीं रखता कि अपनी स्त्री के अपमान की बात भूला नहीं हैं, बल्कि उसकी अनुपस्थिति में इसका काफ़ी इन्तज़ाम उसने कर रखा था। उसके मन में साध थी कि लक्ष्मी घर जाकर अपनी आंखों से ही सब देख-भाल ले और तब मारे आनन्द के फूली न समाए।

ज़्यादा दिन चढ़ने के पहले ही बुआ जी की बारम्बार स्नेहपूर्ण

ताड़ना से लक्ष्मी जब नहा-धोकर निश्चिन्त हुई, तो बुआ जी ने उत्कंठा प्रकट करते हुए कहा, "अभी तुम्हारा शरीर कमज़ोर ठहरा बहूरानी, तुम अब नीचे न जाओ, यहीं तुम्हारे लिए थाली परसवाकर मंगवाए देती हूं।"

लक्ष्मी ने आपत्ति करते हुए हंसकर कहा, "मेरा शरीर पहले जैसा ही ठीक हो गया है बुआजी, मैं नीचे रसोई में जाकर खा आऊंगी, ऊपर सब ढोकर लाने की ज़रूरत नहीं। चलो, नीचे ही चलती हूं।"

बुआ जी ने 'शिबू की तरफ़ से मनाई है' कहते हुए उसे रोक दिया। उनका हुक्म पाकर नौकरानी जगह साफ़ करके आसान बिछा गई। दूसरे ही क्षण मिसरानी भोजन लेकर हाज़िर हुई। उसके थाली रखकर चले जाने पर लक्ष्मी ने आसन पर बैटते हुए पूछा, "ये मिसरानी जी कौन-सी है बुआजी, पहले तो कभी नहीं देखा इन्हें।"

बुआजी ने हंसकर कहा, "पहचान न सकी बहूरानी, यह तो अपने विपिन की बहू है।"

लक्ष्मी स्तब्ध होकर बैठी रह गई। मन-ही-मन समझ गई,उसे एकाएक चकित कर देने के लिए ही इतना षड्यन्त्र करके इस तरह छिपा रखा गया था। कुछ देर में अपने को सम्हालकर वह जिज्ञासु मुख से बुआजी की तरफ़ देखने लगी।

बुआजी ने कहा, "विपिन मर गया है, सुन लिया होगा?"

लक्ष्मी ने कुछ भी नहीं सुना था, परन्तु अभी तुरन्त जो थाली परस गई है, उसकी तरफ़ देखते ही यह बात मालूम हो जाती है कि वह विधवा है। उसने सिर हिलाकर कह दिया,"हां।"

बुआजी ने बाकी घटना का वर्णन करते हुए कहा, "जो कुछ बचा-खुचा था ख़ाक-धूल सो सब मुक़दमेबाज़ी में स्वाहा करके

विपिन तो मर गया। जब देखा कि बाक़ी रुपया चुकाने में मकान भी हाथ से जाता है, तब हम ही लोगों ने सलाह दी, 'मंझली बहू, साल-दो साल अपनी देह से मेहनत करके रुपये चुका दे, जिससे तेरे लड़के के लिए कम-से-कम बैठने के लिए तो जगह बची रहे।"

लक्ष्मी अपने सफ़ेद फक चेहरे से, उसी तरह पलकहीन नेत्रों से, चुपचाप देखती रह गई। बुआजी ने सहसा गले का स्वर धीमा करके काह, फिर भी मैंने एक बार उसे अलग ले जाकर कहा था कि मंझली बहू, जो होना था सो हो गया, अब उधार-उधूर करके जैसे बने एक बार काशी जाकर बड़ी बहू के पैरों पड़ आ! लड़के को उनके पैरो पर डालकर कहना, जीजी, इसका तो कोई कसूर नहीं, इसे बचाओ..."

बात करते-करते बुआजी आंखो से आंसू पोंछती हुई बोलीं,"मगर बन्दी सिर नीचा किए मुंह बन्द करके बैठी रही, उसने हां-ना कुछ जवाब तक नहीं दिया।"

हरिलक्ष्मी समझ गई, इसका सारा-का-सारा पाप मेरे ही सिर पर आ पड़ा है। उसके मुंह का अन्न-व्यंजन सब-का-सब कड़ुआ ज़हर हो गया, फिर वह एक गस्सा भी न निगल सकी। बुआजी किसी काम से थोड़ी देर के लिए कमरे से बाहर चली गई थीं, लौटकर जब उन्होंने लक्ष्मी की थाली को दशा देखी तो वे चंचल हो उठीं। ज़ोर से पुकराने लगीं, "विपिन की बहू! विपिन की बहू!" विपिन की बहू के दरवाज़े के बाहर आकर खड़ी होते ही वे ज़ोर से बिगड़ पड़ीं। इसके कुछ ही क्षण पहले करुणा के मारे उनकी आंखों में जो आंसू भर आए थे, तुरन्त ही न जाने वे कहां उड़ गए। तीक्ष्ण स्वर में कहने लगीं, ऐसी लापरवाही से काम करने से तो नहीं चल सकता, विपिन की बहू! बहूरानी एक दाना भी मुंह में न दे सकीं, ऐसी बुरी रसोई बनाई है!"

दरवाजे के बाहर से इस तिरस्कार का कोई जवाब नहीं आया, परन्तु दूसरे के अपमान के भार से लज्जा और वेदना के मारे हरिलक्ष्मी का अपने कमरे के ही भीतर सिर नीचा हो गया।

बुआजी ने फिर कहा, "नौकरी करने चली हो, सो चीज़-बस्त की बिगाड़ से काम न चलेगा, बेटी, और भी पांच जनी जैसी काम करती हैं, तुम्हे भी वैसे ही करना चाहिए, सो कहे देती हूं।"

विपिन की स्त्री ने अबकी बार धीरे-से कहा, "जी-जान से कोशिश तो ऐसी ही करती हूं बुआजी, आज मालूम नहीं कैसे क्या हो गया।" इतना कहकर उसके नीचे चले जाने पर, लक्ष्मी के उठकर खड़े होते ही बुआजी 'हाय-हाय' कर उठीं। लक्ष्मी ने विनम्रता के साथ कहा, "क्यों अफ़सोस कर रही हो बुआजी, मेरी तबीयत ठीक नहीं, इससे नहीं खा सकी। मंझली बहू की रसोई में कोई खराबी नहीं है।"

हाथ-मुंह धोकर हरिलक्ष्मी अपने एकान्त कमरे में गई, तो उसका दम-सा घुटने लगा। सब तरह का अपमान सहते हुए भी शायद विपिन की स्त्री का इस घर में नौकरी करना चल सकता है, पर आज के बाद गृहिणीपन का व्यर्थ श्रम करके इस घर में उसके दिन कैसे बीतेंगे? मंझली बहू के लिए तो फिर भी एक सान्त्वना है, बिना कसूर के दुख सहने की सान्त्वना, परन्तु स्वयं लक्ष्मी के लिए कहां क्या बाकी रह गया!

रात को लक्ष्मी पति के साथ बात क्या करती, उससे अच्छी तरह उनकी तरफ़ देखा भी न गया। आज उसके मुंह के एक शब्द से विपिन की स्त्री का सब दुख दूर हो सकता था, किन्तु निरुपाय अबला नारी से जो आदमी इतना ज़बरदस्त बदला ले सकता है, जिसके पौरुष में यह बात खटकती तक नहीं, उससे भीख मांगने की हीनता स्वीकार करने में लक्ष्मी की किसी कद्र प्रवृति नहीं हुई। शिवचरण ने ज़रा हंसकर पूछा,

"मंझली बहू से भेट हुई? कहो, कैसे रसोई बनाती है?"

हरिलक्ष्मी जवाब न दे सकी। वह सोचने लगी, यही आदमी उसका पति है,और जिन्दगी-भर इसके साथ रहकर घर-गृहस्थी चलानी होगी! सोचते-सोचते उसका मन कहने लगा-पृथ्वी, फट पड़ो!

दूसरे दिन, सबरे उठते ही लक्ष्मी ने दासी के द्वारा बुआजी को कहला भेजा, उसे बुखार आ गया है, वह कुछ खाएगी नहीं।

बुआजी ने उसके कमरे में आकर जिरह करते-करते नाक में दम कर दिया। उसके चेहरे के रुख से और कंठ-स्वर से उन्हें न जाने कैसा एक सन्देह-सा हो गया, उनकी बहूरानी शायद कुछ छिपाने की कोशिश कर रही है। बोली, "लेकिन तुम्हें तो सचमुच बुख़ार आया नहीं, बूहरानी?"

लक्ष्मी ने सिर हिलाकर ज़ोर से कहा, "मुझे बुख़ार है, मैं कुछ न खाऊंगी।"

डॉक्टर के आने पर उसे बाहर से ही विदा करते हुए कहा, "आप तो जानते हैं, आपकी दवा से मुझे कुछ फायदा नहीं होता, आप जाइए।"

शिवचरण ने आकर बहुत-कुछ पूछा-ताछा, पर किसी भी बात का उसे उत्तर नहीं मिला।

और भी दो-तीन दिन जब इसी तरह बीत गए, तब घर के सभी लोग जाने कैसी एक अज्ञात आशंका से उद्विग्न हो उठे।

उस दिन, दिन के करीब तीसरे पहर, लक्ष्मी गुसलखाने से निकलकर चुपचाप दबे पांव आंगन के एक किनारे से ऊपर आ रही थी, बुआजी रसोईघर के बरामदे से उसे देखकर चिल्ला उठीं, "देखो बहूरानी,विपिन की बहू की करतूत देखो! ऐं, मंझली बहू अन्त में

चोरी करने पर उतर आई!"

हरिलक्ष्मी पास जाकर खड़ी हो गई। मंझली बहू ज़मीन पर चुपचाप नीचे मुंह किए बैठी थी, एक बर्तन में कुछ खाना अंगोछे से ढका रखा था। बुआजी ने उसे देखते हुए कहा, "तुम्हीं बताओ बहूरानी इतना भात और तरकारी एक आदमी खा सकता है? घर लिए जा रही है लड़के के लिए.... जब कि बार-बार इसे मना कर दिया गया है। शिवचरण के कान में भनक पड़ने पर फिर खैर नहीं गर्दन पकड़कर निकाल बाहर करेगा। बहूरानी, तुम मालकिन हो, तुम्हीं न्याय कर दो।" इतना कहकर बुआजी ने मानो अपना एक कर्तव्य समाप्त करके दम लिया।

बुआजी का चीत्कार सुनकर घर के नौकर, नौकरानी और भी लोग-बाग जो जहां थे सब आकर इकट्ठे हो गए और लगे तमाशा देखने लगे। उन सबके बीच में बैठी थी उस घर की मंझली बहू और उनकी मालकिन यानी इस घर की गृहिणी।

लक्ष्मी को इस बात का स्वप्न में भी ख़याल न था कि इतनी छोटी, इतनी तुच्छ चीज़ के बारे में इतना बड़ा भद्दा कांड हो सकता है। अभियोग का जवाब तो क्या देती, मारे अपमान, अभिमान और लज्जा के वह मुंह भी न उठा सकी। लज्जा और किसी के लिए नहीं, स्वयं अपने ही लिए थी। आंखों से उसके आंसू गिरने लगे। उसे मालूम होने लगा, इतने लोगों के सामने वही मानो पकड़ी गई है और विपिन की बहू उसका विचार करने बैठी है।

दो-तीन मिनट तक इसी तरह रहकर सहसा बड़ी कोशिश से अपने को सम्हालकर लक्ष्मी ने कहा, "बुआजी, तुम सब लोग यहां से चली जाओ।"

उसका इशारा पाते ही जब सब चले गए, तब लक्ष्मी धीर-से मंझली बहू के पास आकर बैठ गई। फिर हाथ से उसका मुंह उठाकर देखा, उसकी भी दोनों आंखों से टपटप आंसू गिर रहे थे। लक्ष्मी बोली, "मंझली बहु मैं तुम्हारी जीजी हूं...." इतना कहकर उसने आंचल से उसके आंसू पोंछ दिए।

मुकदमे का नतीजा

वृद्ध वृन्दावन सामन्त के मरने के बाद उसके दोनों लड़के शिबू और शम्भू सामन्त रोज़मर्रा लड़ते-झगड़ते पांच-छः महीने एक चौके और एक ही मकान में बने रहे और उसके बाद एक दिन दोनों न्यारे हो गए। गांव के जमींदार स्वयं चौधरी साहब ने आकर दोनों की सम्मिलित खेती-बाड़ी, ज़मीन-जायदाद, बाग़-तालाब सबका बंटवारा कर दिया। पुराने घर को छोड़कर छोटा भाई, शम्भू सामन्त, सामने के तालाब के उधर मिट्टी का घर बनाकर, छोटी बहू और बाल-बच्चों के साथ उसमें रहने लगा।

सभी चीज़ों का बंटवारा हो गया, सिर्फ एक छोटे-से बांस के झाड़ का हिस्सा न हो सका। कारण शिबू ने आपत्ति करते हुए कहा, "चौधरी जी, बांस के झाड़ की मुझे बहुत ही ज़रूरत है। घर-बार सब पुराना हो गया है, छप्पर को फिर से बनवाना है, खुंटी-ऊंटी के लिए भी बांस मुझे चाहिए ही। गांव में किससे मांगने जाऊंगा, बताइए?"

शम्भू ने प्रतिवाद के लिए उठकर बड़े भाई के मुंह की तरफ़ हाथ हिलाते हुए कहा, "अहा-हा,इन्हीं को खुंटी-ऊंटी के लिए बांस की ज़रूरत होगी, और मेरे घर का काम केले के पेड़ से ही चल

जाएगा, क्यों? सो नहीं हो सकता, चौधरी साहब, बांस के झाड़ के बिना तो हां, मैं कहे देता हूं मेरा भी काम चल नहीं सकता।"

मीमांसा यहीं तक होते-होते रह गई। लिहाज़ा यह सम्पत्ति दोनों की शामिल बनी रही। फल यह हुआ कि शम्भू यदि उसकी एक टहनी पर भी हाथ लगाता तो शिबू भइया गंडासा लेकर दौड़ पड़ते और शिबू की स्त्री कभी बांस के पास पांव रखती तो शम्भू लाठी लेकर मारने दौड़ता।

उस दिन सबेरे इसी बांस के झाड़ के पीछे दोनों परिवारों में बड़ा भारी दंगा हो गया। षष्ठी देवी की पूजा या ऐसे ही किसी एक देवकार्य के लिए बड़ी बहू गंगामणि को थोड़े-से बांस के पत्ते चाहिए थे। गंवई-गांव में यह चीज़ कोई दुर्लभ वस्तु नहीं थी, आसानी से और कहीं से भी पत्ते लिए जा सकते थे, परन्तु अपने यहां मौजूद रहते हुए दूसरे के सामने हाथ पसारने में उसे शर्म मालूम हुई। ख़ासकर उसे इस बात का भरोसा था कि देवर अब तक ज़रूर खलिहान चला गया होगा, छोटी बहू अकेली क्या कर सकती है।

मगर मालूम नहीं किस वजह से शम्भू को उस दिन खलिहान जाने में देर हो गई थी। वह बासी भात खाकर हाथ-मुंह धोना ही चाहता था कि इतने में छोटी बहू तालाब के घाट से गिरते-पड़ते भागी आई और उसने पति से सब हाल कह सुनाया। शम्भू के हाथ का लोटा वहीं पड़ा रहा, हाथ-मुंह धोना जहां-का-तहां रहा, वह चिल्लाकर सारे मुहल्ले को जगाता हुआ तीन कुदान में घटनास्थल पर जा पहुंचा और जूठे ही हाथों से उसने भौजाई के हाथ से बांस के पत्ते छीनकर फेंक दिए, साथ ही भौजाई के प्रति ऐसे वाक्य कह डाले जो और चाहे कहीं से भी सीखें हों, पर यह बिना किसी सन्देह

के कहा जा सकता है कि रामायण के लक्ष्मण-चरित्र से हरगिज़ नहीं सीखे।

इधर बड़ी बहू रोती-रोती घर पहुंची और तुरन्त ही खलिहान में पति के पास ख़बर भेज दी। शिबू हल छोड़कर हंसिया हाथ में लिए आया और बांस के झाड़ के पास खड़े होकर उसने अनुपस्थित भाई के लिए शस्त्र घुमाते हुए ऐसा शोर मचाना शुरू किया की चारों तरफ़ आदमी इकट्ठे हो गए। इससे भी जब अरमान पूरा न हुआ तो वह सीधा जमींदार के यहां नालिश करने पहुंचा और यह कहकर डरा गया कि चौधरी साहब इसका न्याय करें तो ठीक, नहीं तो वह सदर कचहरी में जाकर एक नम्बर का मुकदमा चलाएगा और तब कहीं उसका नाम शिबू सामन्त होगा।

उधर शम्भू बांस के पत्ते छीनने का कर्तव्य पूरा करके तुरन्त ही बैल लेकर हल जोतने चला गया। स्त्री के मना करने पर भी उसने सुना नहीं। घर में छोटी बहू अकेली थी। इतने में जेठजी ने आकर गरजकर मुहल्ला इकट्ठा कर लिया और वीरदर्प के साथ इकतरफ़ा विजय प्राप्त कर चले आए। छोटी बहू होने से वह सबकुछ कानों से सुनकर भी कुछ जवाब न दे सकी। उससे इसने मनस्ताप की और पति के विरुद्ध अप्रसन्नता की सीमा न रही। उसने रसोईघर की तरफ़ पांव भी न रखा, मुंह उदास करके बरामदे में फैलाकर बैठ गई।

शिबू के घर भी यही दशा हुई। बड़ी बहू प्रतिज्ञा किए बैठी पति की बाट जोह रही है कि या तो इसका कुछ फैसला होना चाहिए, नहीं तो वह इस घर में पानी तक न पीएगी और सीधी अपने मायके को चल देगी। दो बांस के पत्तों के लिए देवर के हाथ से इतना अपमान!

डेढ़ पहर दिन चढ़ गया, अभी तक शिबू का कोई पता नहीं। बड़ी बहू छटपटा रही थी, क्या जाने कहीं चौधरी साहब के मकान से सीधे कचहरी तो नहीं चले गए, मामला दाखिल करने?

इतने में ज़ोर की आहट के साथ बाहर का दरवाज़ा खुला और शम्भू के बड़े लड़के गयाराम ने प्रवेश किया। उसकी उम्र सत्रह साल की या ऐसी ही कुछ होगी, मगर इस उमर में भी उसका क्रोध और भाषा उसके बाप को भी लांघ गई थी। वह गांव के ही माइनर स्कूल में पढ़ता है। आजकल सबेरे का स्कूल ठहरा, साढ़े दस बजे ही स्कूल की छुट्टी हो गई थी।

गयाराम जब साल-भर का था तभी उसकी मां मर गई थी। उसका बाप शम्भू दुबारा शादी करके नई बहू तो घर ले आया, पर इस मां-मरे बच्चे को पालने का भार ताई पर ही आ पड़ा और तब से दोनों भाई जब तक अलग न हुए, तब तक उसका भार वही सम्हालती आई है। विमाता के साथ कभी उसका कोई ख़ास सम्बन्ध नहीं रहा, यहां तक कि उनके न्यारे होकर नये मकान में चले जाने पर भी जहां उसकी लाग लग जाती है वहीं वह खा-पी लिया करता है।

आज वह स्कूल से घर गया सौतेली मां का मुंह और खाने का इन्तज़ाम देखकर हुताशन के समान प्रज्वलित हो उठा और इस घर में आया। यहां ताई का मुंह देखकर उसकी उस आग में पानी न पड़ा, बल्कि मिट्टी का तेल पड़ गया। उसने ज़रा भी भूमिका न बांधकर कहा, "भात दे ताई।"

ताई ने बात नहीं की, जैसी बैठी थी वैसे ही बैठी रही।

क्रुद्ध गयाराम ने ज़मीन पर पैर पटकते हुए कहा, "भात देगी या नहीं देगी, सो बता?"

गंगामणि ने सिर उठाकर मारे गुस्से के ग़रजकर कहा, "तेरे लिए भात रांधे बैठी जो हूं न, सो दे दूं: तेरी सौतेली अम्मां अभागी भात न दे सकी, जो यहां आया है फसाद मचाने?"

गयाराम ने चिल्लाकर कहा, "उस आभागी की बात मैं नहीं जानता। तू देगी कि नहीं, बता? नहीं देगी तो जाता हूं तेरी सब हंडियां-मटकियां तोड़ने।" यह कहता हुआ वह भिसौरे के पास जाकर ईंधन के ढेर में से एक लकड़ी उठाकर तेज़ी से रसोईघर की तरफ चल दिया।

ताई डर के मारे ज़ोर से चिल्ला उठी, "गया! हरामजादे डकैत! ज़्यादा उधम किया तो समझ लेना हां! दो दिन भी तो नहीं हुए, मैंने नई हंडियां-मटकियां निकाली हैं, एक भी कोई टूट-फूट गई, तो तेरे ताऊ से कहकर तेरी टांग न तुड़वा दी तो कहना, हां!"

गयाराम ने रसोईघर की सांकल पर हाथ रखा ही था कि सहसा एक नई बात उसे याद आ गई और उसने अपेक्षाकृत शान्तभाव में आकर कहा, "अच्छा, भात नहीं देती, मत दे, जा। मुझे नहीं चाहिए। नदी किनारे बड़ के नीचे बाम्हनों की लड़कियां भर-भर टोकरा चिउड़ा-मुड़की[1] ले जाकर पूजा कर रही हैं, जो मांगता है उसी को दे रही हैं, देख आया हूं। वहीं जाता हूं उन्हीं के पास।"

गंगामणि को उसी वक्त याद आया कि आज अरण्य-षष्ठी है और क्षण-भर में उसका मिजाज़ 'कड़ी' से 'कोमल' में उतर आया। फिर भी मुंह का ज़ोर ज्यो-का-त्यों बनाकर उसने कहा, "चला न जा। कैसे जाता है देखूगी?"

"देखना, तब!" कहकर गया ने एक फटा अंगोछा उठाकर कमर से लपेट लिया। उसके जाने के लिए तैयार होते ही गंगामणि ने उत्तेजित

1. धान की खीलों को गुड़ की चाशनी में पागकर बनाई जानेवाली एक मिठाई।

होकर कहा, "आज यदि छठ के दिन दूसरों के यहां से मांगकर खाया, तो तेरी क्या दुर्गत करती हूं देखना, अभागे!"

गया ने जवाब नहीं दिया। रसोईघर में घुसकर वह हथेली-भर तेल लेकर सिर पर रगड़ता हुआ जा ही रहा था, इतने में उसकी ताई ने आंगन में आकर डराते हुए कहा, "डाकू कहीं के! देवी-देवता के साथ गंवारपन! वहां डुबकी लगाकर लौट न आया तो अच्छा नहीं होगा,कहे देती हूं। आज मे वैसे ही गुस्से में हूं।"

मगर गयाराम डरनेवाला लड़का ही नहीं। वह सिर्फ दांत निकालकर ताई को ठेंगा दिखाकर भाग गया।

गंगामणि उसके पीछे-पीछे सड़क तक दौड़ी आई और लगी चिल्लाने, "आज छठ के दिन किसके लड़के भात खाते हैं, जो तू भात खाना चाहता है? पटाली-गुड़ के सन्देस से, केले से, दूध दही से फलाहार नहीं कर सकता, जो तू जा रहा है पराये घर मांगकर खाने? केवट के घर तू ऐसा नवाब पैदा हुआ है?"।

गया कुछ दूर जा मुड़कर खड़ा हो गया, बोला, "तो तूने दिया क्यों नहीं मुंहजली? क्यों कहा कि कुछ नहीं है?"

गंगामणि गाल पर हाथ रखकर दंग रह गई, बोली, "सुनो लड़के की बातें! मैंने कब कहा तुझसे कि कुछ नहीं है? नहाने का ठिकाना नहीं, कुछ बात न चीत, डकैत की तरह घर में घुसा नहीं कि दे भात! भात क्या आज खाया जाता है, जो देती? मैं कहती हूं सबकुछ मौजूद है, तू नहा तो आ।"

गया ने कहा, "फलहार तेरा सड़ जाए। रोज़-रोज़ अभागिने लड़ाई-झगड़ा करेंगी और रसोईघर की सांकल चढ़ाकर पैर पसारकर

---

1. एक तरह का गुड़ जो थाली में जमाकर बनाया जाता है।

बैठ जाएंगीऔर मैं दोपहर बाद सूखा भात खाऊंगा! जाओ, मैं तुम लोगों में से किसी के यहां नहीं खाना चाहता, जाओ!" कहकर वह दनदनाता हुआ फिर जाने लगा। यह देखकर गंगामणि वहीं खड़ी-खड़ी रोते-से स्वर में चिल्लाने लगी, "आज छठ के दिन किसी के यहां मांग-खाकर असगुन मत कर गया! राजा बेटा कैसा है मेरा! अच्छा तो चार पैसे दूंगी... सुन तो..."

गायराम ने मुंह भी न फेरा, जल्दी से चलता चल गया। चलते-चलते कहता गया, "नहीं चाहिए मुझे फलाहार, नहीं चाहिए पैसा। तेरे फलाहार पर मैं..." आदि-आदि।

उसके आंखों से ओझल हो जाने पर गंगामणि घर लौट आई और मारे दुख और गुस्से के निर्जीव की तरह बरामदे में आकर बैठ गई और गया के इस बुरे बरताब से मर्माहत होकर उसकी सौतेली मां को कोसने और गाली देने लगी।

उधर नदी की ओर चलते-चलते रास्ते में ताई की बातें गया के कानों में गूंजने लगीं। एक तो अच्छे खाने की तरफ़ स्वभाव से ही उसका लालच था, फिर पटाली-गुड़ के सन्देस, दूध-दही केले उस पर चार पैसे दक्षिणा! उसका मन बहुत ही जल्द नर्म होने लगा।

नहा-धोकर गयाराम बड़ी ज़ोर की भूख लेकर घर लौटा। आंगन में आकर चिल्लाया, "फलाहार का सामान जल्दी ले आ ताई, बड़ी ज़ोर को भूख लागी है मुझे, लेकिन पटाली-सन्देश कम देगी, तो आज तुझे ही खा जाऊंगा।"

गंगामणि गाय की टहल के लिए ग्वाल-घर में घुसी ही थी, गया की चिल्लाहट सुनकर मन-ही-मन अपनी गलती समझ ली। घर में दूध-दही, चिउड़ा-गड़ तो था, पर केले न थे और न पटाली-गुड़ के

सन्देस ही थे। तब तो गया को रोकने के लिए उसे चाहे जैसा लोभ दे दिया, पर अब? उन्होंने वहीं से आवाज़ दी, "तब तक तू कपड़े तो बदल, मैं तालाब से हाथ धोकर आती हूं।"

"जल्दी आ!" हुक्म चलाकर गया ने कपड़े बदले और वह स्वयं अपने हाथ से आसान बिछा, लोटे में पानी रख, तैयार होकर बैठ गया। गंगामणि जल्दी-जल्दी हाथ धोकर लौट आई और उसे खुद देखकर खुद भी खुश होकर बोली, "देख तो, कैसा राजा बेटा हो गया! बात-बात पर गुस्सा करते हैं कहीं!" कहती हुई वह भंडार घर से खाने का सामान निकाल लाई।

गयाराम ने लम्हे-भर में सब सामान देख लिया और तीखे स्वर में पूछा, "केले कहां हैं?"

गंगामणि ने इधर-उधर करके कहा, "ढांकना भूल गई थी बेटा, चूहे सब खा गए। अब एक बिल्ली पाले बिना काम नहीं चलेगा।"

गया ने हंसकर कहा, "चूहे कहीं केले खाते हैं? तेरे यहां थे ही नहीं, कहती क्यो नहीं?"

गंगामणि ने अचम्भे के साथ कहा, "क्यों, क्या हुआ? क्या चूहे केले नहीं खाते?"

गया ने दही-चिउड़ा मिलाते हुए कहा, "अच्छा खाते हैं, खाते हैं। मुझे केले नहीं चाहिए, पटाली-गुड़ के सन्देस ले आ। कमती मत लाना, कहे देता हूं।"

ताई फिर भंडार घर में गई और कुछ देर तक झूठ-मूठ को हंडिया-मटकिया हिला-डुलाकर डर के साथ बोल उठी, "हाय, सन्देस भी चूहे खा गए बेटा, रत्ती-भर भी नहीं छोड़ा, जाने कब हंडिया का मुंह खुला छोड़ गई... मेरी याद पर पत्थर..."

ताई की बात पूरी भी न होने दी, वह एकाएक त्यौरियां चढ़ाकर चिल्ला उठा, "पटाली-गुड़ कहीं चूहे खाते हैं डाइन... मेरे साथ चालाकी? तेरे पास कुछ था नहीं, तो तूने मुझे बुलाया क्यों?"

ताई ने बाहर आकर कहा, "सच्ची कहती हूं गया..."

गया उछलकर खड़ा हो गया, बोला, "फिर भी कह रही, 'सच्ची?' जा, मैं तेरा कुछ भी नहीं खाना चाहता।" कहकर पांव से उसने सब सामान आंगन में फेंक दिया और कहा, "अच्छा मैं मज़ा चखाता हूं, देख न!" कहता हुआ ईंधन की लकड़ी उठाकर भंडार घर की तरफ़ लपका।

गंगामणि हैं-हैं' करती हुई उसके पास जा पहुंची, लेकिन पल-भर में क्रुद्ध गयाराम ने हंडियां-मटकियां सब तोड़-फोड़कर बराबर कर दी और उसे रोकने में ताई के हाथ में थोड़ी-सी चोट भी आ गई।

ठीक इस समय शिबू जमींदार के यहां से वापस आया। शोरगुल सुनकर उसने चिल्लाकर पूछा कि क्या बात है? गंगामणि पति की आवाज़ सुनते ही रो उठी और गयाराम हाथ की लकड़ी फेंककर सरपट भाग खड़ा हुआ।

शिबू ने गुस्से-भरी आवाज़ में पूछा, "बात क्या है?"

गंगामणि ने रोते हुए कहा, "गया मेरा सरबस तोड़-फोड़कर हाथ में लकड़ी मारकर भाग गया है... यह देखो, हाथ सूज गया है।" कहकर उसने पति को अपना हाथ दिखलाया।

शिबू के पीछे उसका छोटा साला था। होशियार और पढ़ा-लिखा होने से जमींदार के यहां जाते वक़्त शिबू उसे परले मोहल्ले से बुलाकर अपने साथ ले गया था। उसने कहा, "सामन्त साहब, यह

सब छोटे सामन्त की कारसाजी है। लड़के को भेजकर उसी ने यह काम कराया है। क्यों जीजी, यही बात है न?”

गंगामणि का इस समय कलेजा जल रहा था, उसने उसी वक्त सिर हिलाकर कहा, “ठीक है भइया, उसी मुंहजले ने लड़के को सिखाकर मुझे मार दिलाई है। इसका कुछ होना ज़रूर चाहिए, नहीं तो मैं रस्सी लगाकर मर जाऊंगी।”

इतनी अबेर हो चुकी थी, अब तक शिबू का नहाना-खाना कुछ भी नहीं हुआ था, जमींदार के यहां से भी न्याय नहीं हुआ, उस पर घर पर कदम रखते-न रखते यह एक नया कांड। अब तो उसे हित-अहित का भी ज्ञान न रहा। उसने एक बड़ी भारी कसम खाकर कहा, “ये लो, मैं चला अब सीधे थाने को, दारोगा के पास इसका नतीजा न चखाया, तो मैं वृन्दावन सामन्त का लड़का ही नहीं।”।

उसका साला पढ़ा-लिखा आदमी था और गया से उसकी पहले से ही दुश्मनी थी, उसने कहा, “कानूनन यह अनधिकार प्रवेश है। लाठी लेकर किसी के घर पर चढ़ आना, चीज़-बस्त तोड़ना, औरतों पर हाथ उठाना, इसकी सज़ा है छः महीने की कैद। सामन्त साहब, तुम कमर कसके खड़े हो जाओ, फिर मैं दिखा दूंगा कि बाप-बेटे दोनों कैसे एक साथ जेल में ठूसे जाते हैं।”

शिबू फिर किसी बात की दुविधा न करके साले का हाथ पकड़कर सीधा चल दिया थाने को।

गंगामणि को सबसे ज़्यादा गुस्सा था देवर और छोटी बहू पर। वह इसी बात को लेकर एक ज़बरदस्त तूफान खड़ा करने की गर्ज से, अपने दरवाज़े पर सांकल चढ़ाकर और हाथ में जलाने की एक लकड़ी लेकर शम्भू के आंगन में जाकर खड़ी हो गई। ऊंचे स्वर में

बोली, "क्यों जी छोटे लाला, लड़के से मुझे मार खिलवाओगे? अब बाप-बेटे एक साथ हाजत में जाओ।"

शम्भू अभी हाल ही अपने इस दूसरे विवाह के लड़के के साथ फलाहार करके उठा था, भौजाई की मूर्ति और उसके हाथ में जलती लकड़ी देखकर हतबुद्धि-सा खड़ा रह गया। बोला, "क्या हुआ है? मुझे तो कुछ भी नहीं मालूम।"

गंगामणि ने मुंह बनाकर जवाब दिया, "ज़्यादा छिंदराओ मत! रहने दो दारोगा साहब आ रहे हैं। उनके सामने कहना, कुछ नहीं मालूम।"

छोटी बहू घर से निकलकर एक खम्भे के सहारे चुपचाप खड़ी हो गई। शम्भू भीतर-ही भीतर डर गया, उसने गंगामणि के पास आकर एक हाथ थामकर कहा,"अपनी कसम खाता हूं बड़ी बहू, हम लोग कुछ भी नहीं जानते।"

बात सच्ची है, इस बात को बड़ी बहू खुद भी जानती थी, परन्तु तब उदारता का समय नहीं था। उसने शम्भू के मुंह पर ही उस पर सोलहों आने दोष लादकर झूठ-सच मिलाकर गयाराम की करतूत का बखान किया। इस लड़के को जो जानते हैं, उनके लिए इस घटना पर अविश्वास करना कठिन था।

स्वल्पभाषिणी छोटी बहू ने अब अपना मुंह खोला, अपने पति से कहा, "कैसी भई, जैसा कहा था, हो न गया। कितने दिन से कह रही हूं ओ जी, उस डाकू को घर में मत घूमने दो, तुम्हारे छोटे बच्चे को नाहक मार-मारकर किसी दिन खून कर डालेगा। तो ध्यान में ही नहीं लेते, अब मेरी बात पक्की हो गई न?"

शम्भू ने विनय के साथ गंगामणि से कहा, "तुम्हें मेरी कसम है

भाभी, भइया सचमुच ही थाने चले गए क्या?"

देवर के करुण कंठ-स्वर से कुछ नरम होकर बड़ी बहू ने ज़ोर देते हुए कहा, "तुम्हारी कसम लाला जी, गए हैं। संग में हमारा पंचू भी गया है।"

शम्भू बहुत ही डर गया। छोटी बहू पति को लक्ष्य करके कहने लगी, "रोज़-रोज़ कहा करती हूं जीजी, नदी के उस पास सरकारी पुल बन रहा है, कितने ही लोग काम करने जाते हैं, वहीं ले जाकर उसे भी काम में लगा दो। वे चाबुक लगाएंगे और काम लेंगे, भागने का कोई रास्ता ही नहीं, दो दी दिन में सीधा हो जाएगा। सो तो नहीं, स्कूल भेज रहे हैं पढ़ने को। लड़का जैसे वकील-मुख्तार ही हो जाएगा!"

शम्भू ने कातर कंठ से कहा, "अरे, वहां क्या यो ही नहीं भेजा! सभी क्या वहां से घर लौट पाते हैं? आधे आदमी तो मिट्टी में दबकर न जाने कहां चले जाते हैं, कुछ पता नहीं लगता।"

छोटी बहू ने कहा, "तो जाओ, बाप-बेटा मिलकर कैद भुगतो जाकर।"

बड़ी बहू चुप रही। शम्भू ने फिर उसका हाथ थामकर कहा, "मैं कल ही छोकरे को ले जाकर पांचरा के पुल के काम में लगा आऊंगा भाभी, भइया को किसी तरह ठंडा कर लो, फिर कभी ऐसा नहीं होगा।"

उसकी स्त्री ने कहा, "लड़ाई-झगड़ा तो सब उस धींगड़े के पीछे ही होता है, तुमसे भी तो कितनी ही बार कहा है जीजी, उसे घर में घुसने मत दिया करो, ज़्यादा सिर पर चढ़ाना ठीक नहीं। मैं कुछ कहती नहीं, इसी से, नहीं तो पिछले महीने तुम्हारे यहां रात को मर्तवान केले की गहर कौन तोड़ लाया था? इसी डकैत का काम था। जैसा कुत्ता है, वैसा ही डंडे बिना काम थोड़े ही चलता है। पुल

के काम पर भेज दो, मुहल्ला सुख की नींद सोवेगा।"

शम्भू ने मां की कसम खाकर कहा कि कल जैसे होगा वैसा लड़के को गांव से बाहर निकालकर तब वह पानी पीएगा।

गंगामणि इस बात पर भी कुछ नहीं बोली, हाथ की लकड़ी फेंककर चुपचाप घर चली गई।

पति, भाई अभी तक किसी ने मुंह में पानी नहीं दिया। तीसरे पहर वह विषण्ण मुख से उन्हीं को खिलाने की तैयारी कर रही थी, इतने में इधर-उधर झांकते हुए गयाराम ने प्रवेश किया। यह जानकर कि घर में और कोई नहीं हैं उसने साहस के साथ ताई के एकदम पीछे आकर कहा, "ताई!"

ताई चौंक पड़ी मगर बोली नहीं। गयाराम पास ही थका हुआ-सा धप्प से बैठ गया। बोला, "अच्छा, जो कुछ है वही दे, मुझे बड़े ज़ोर की भूख लगी है!"

खाने की बात सुनकर गंगामणि का शान्त क्रोध फिर से धधक उठा। उन्होंने गया की तरफ़ बिना देखे ही गुस्से के साथ कहा, "बेहया जलमुंहा, फिर मेरे पास आया, भूख लगी है। दूर हो, निकल यहां से।"

गया ने कहा, "निकल जाऊं तेरे कहने से?"

ताई ने डांटकर कहा, "हरामजादे, पाजी, मैं अब दूंगी तुझे खाना?"

गया ने कहा, "तू नहीं देगी तो कौन देगा? क्यों तू चूहे का नाम लेकर झूठ बोली? क्यों अच्छी तरह नहीं कहा कि बेटा, इसी से खा ले, आज और कुछ है नहीं तब तो मुझे गुस्सा नहीं आता। दे न जल्दी, डाइन, मेरा पेट जो जला जाता है!"

ताई कुछ देर मौन रहकर मन-ही-मन ज़रा नरम होकर बोली,

"पेट जल रहा है, तो अपनी सौतेली मां के पास जा।"

सौतेली मां का नाम सुनते ही पल-भर में गया आग-बबूला हो उठा। बोला, "उस अभागिन का अब मैं मुंह नहीं देखूगा। मैं तो सिर्फ मछली पकड़ने का कांटा लेने गया था, सो कहती है, 'निकल-निकल, अब जा जेल का भात खाने, जा!' मैंने कहा, 'मैं तेरा भात खाने नहीं आया, मैं जाता हूं ताई के पास।' मुंहजली कैसी शैतान है। उसी ने जाकर इतनी उलटी-सीधी भिड़ाई है, तभी तो बाबू जी ने आकर तेरे हाथ से पत्ते छीने थे!" इतना कहकर उसने ज़ोर से ज़मीन पर पैर पटका और कहा, "डाइन, तू अपने-आप पत्ते लाने क्यों गई? झूठ-मूठ को जाकर अपनी इज़्ज़त आप खोई। मुझसे क्यों नहीं कह दिया? उस बांस के झाड़ में आग लगाकर मैंने सब-का सब न जला दिया, तो मेरा नाम नहीं, देख लेना! उस अभागी ने मुझसे क्या कहा, जानती हो ताई? कहा है 'तेरी ताई ने थाने में ख़बर दे दी है, दारोगा आकर तुझे बांध ले जाएगा, जेल में ठूंस देगा।' सुन ली अभागी की बात!"

गंगामणि ने कहा, "तेरे ताऊ पंचू को साथ लेकर थाने को ही गए हैं। तू मेरे ऊपर हाथ उठाता है, इतनी हिम्मत तेरी?"

पंचू मामा को गया बिलकुल ही देख नहीं सकता था। वह भी इसमें शामिल हुआ है, सुनकर उसके आग-सी लग गई। बोला, "क्यों तू गुस्से के बखत मुझे रोकने दौड़ी थी?"

गंगामणि ने कहा, "इसलिए तू मुझे मारेगा, क्यों? अब जा, हवालात मे बन्द रहना जाकर।"

गया ने ठेंगा दिखाकर कहा, "ऊंह,तू मुझे हवालात में देगी? दे न, देकर ज़रा मज़ा देख न! आप ही रो-रोकर मर मिटेगी, मेरा क्या होगा!"

गंगामणि ने कहा, "मेरी बला रोती है। जा, मेरे सामने से चला जा,

कहती हूं, दुश्मन कहीं का!"

गया ने चिल्लाकर कहा, "तू पहले खाने को दे न, तब तो जाऊंगा। भोर में उठकर दो दाने मुरमुरों के ही तो खाए थे, भूख नहीं लगती मुझे?"

गंगामणि कुछ कहना ही चाहती थी, इतने में शिबू पंचू के साथ थाने से लौट आया और गया पर निगाह पड़ते ही वह बारूद की तरह जल उठा बोला, "हरामजादे, पाजी कहीं के, फिर मेरे घर में आ घुसा! निकल, निकल यहां से! पंचू, पकड़ तो सूअर को।"

बिजली की तरह गयाराम दरवाज़े से भाग खड़ा हुआ। चिल्लाता हुआ कह गया, "पंचुआ साले की टांग न तोड़ दी तो मेरा नाम नहीं।"

पलक मारते ही इतनी बातें हो गईं। गंगामणि को ज़बान हिलाने का भी मौका नहीं मिला।

क्रोध में भरे हुए शिबू ने अपनी स्त्री से कहा, "तेरी शह पाकर ही तो ऐसा हो गया है। अब आइन्दा कभी हरामजादे को घर में घुसने दिया तो तुझे बड़ी भारी कसम है।"

पंचू ने कहा, "जीजी, तुम्हारा क्या बिगड़ेगा, हमारा ही सत्यानाश होगा! कब रात-बिरात में कहीं छिपकर टांग पर लठ मार दे, कोई ठीक है।

शिबू ने कहा, "कल सबेरे ही अगर पुलिस-पियादे लाकर उसे न बंधवाया, तो मेरा...." आदि-आदि।

गंगामणि पत्थर-सी बैठ रही, एक शब्द भी उसके मुंह से न निकला, डरपोक पंचू उस दिन रात को घर नहीं गया, वही पर सो रहा।

दूसरे दिन करीब दस बजे दारोगा साहब बाकायदा दक्षिणा आदि लेकर पालकी पर सवार होकर दो कोस चलकर कॉन्स्टेबल और चौकीदारों के साथ मौके पर तहकीकात करने आ पहुंचे। बिना

अधिकार के प्रवेश, चीज़-बस्त का नुकसान, जलती लकड़ी से औरतों को मारना, वगैरह बड़ी-बड़ी धाराओं के अभियोग थे, गांव-भर में बड़ी भारी हलचल-सी मच गई।

मुख्य अभियुक्त गयाराम था, उसे तरकीब के साथ पकड़ लाया गया। वह पुलिस कॉन्स्टेबल, चौकीदार वगैरह को देखते ही रो दिया, बोला, "मुझे कोई फूटी आंख देख नहीं सकते, इसी से ये मुझे हवालात में देना चाहते हैं।"

दारोगा वृद्ध आदमी थे। उन्होंने अभियुक्त की उम्र और रोना देखकर दयाई चित्त से पूछा, "तुमको कोई प्यार नहीं करता गयाराम?"

गया ने कहा, "सिर्फ मेरी ताई मुझे प्यार करती है और कोई नहीं।"

दारोगा ने पूछा, "तो फिर ताई को मारा क्यों?"

गया ने कहा, "नहीं, मारा नहीं है।" गंगामणि किवाड़ों की ओट में खड़ी थी, उस तरफ़ देखकर बोला, "तुझे मैंने कब मारा है, ताई?"

पंचू पास ही बैठा था, उसने ज़रा कटाक्ष से देखकर कहा, "जीजी, हुजूर पूछ रहे हैं, सच बात कहना। उसने कल दोपहर को मकान में घुसकर लकड़ी से तुम्हे नहीं मारा था? धर्मावतार के सामने झूठ मत बोलना?"

गंगामणि ने अस्पष्ट आवाज़ में जो कुछ कहा, पंचु ने उसी को स्पष्ट स्वर में दुहरा दिया, "हां, हुजूर, मेरी जीजी कहती है, उसने मारा है।"

गया आग-बबूला होकर चिल्ला उठा, "देख पंचुआ, तेरा मैंने पैर न तोड़ दिया तो..." गुस्से में उसकी बात पूरी न हो पाई, वह रो दिया।

पंचू उत्तेजित होकर बोल उठा, "देख लिया हुजूर! देखा आपने! हुजूर के सामने ही कह रहा है, पैर तोड़ देगा, हुजूर के पीठ पीछे तो खून कर सकता है। उसे बांधने का हुक्म दिया जाए हुजूर।"

दारोगा सिर्फ ज़रा मुस्कुराए। गया ने आंखे पोंछते हुआ कहा, "मेरी अम्मा नहीं है, इसी से, नहीं तो..." अबकी बार भी उसकी बात पूरी न हो पाई। जिस मां की उसे याद तक नहीं, याद करने की कभी ज़रूरत भी नही पड़ी, आज आफत के दिन अकस्मात् उसी को याद करके वह झरझर आंसू बहाता हुआ रोने लगा।

दूसरे अभियुक्त शम्भू के खिलाफ कोई बात साबित ही नहीं हुई। दारोगा साहब अदालत में नालिश करने का हुक्म देकर रिपोर्ट लेकर चले गए। पंचू ने मामला चलाने और बाक़यादा उसकी तदबीर करने की सारी ज़िम्मेदारी अपने ऊपर ले ली और वह चारों तरफ़ इस बात का ढिंढोरा-सा पीटता फिरा कि उसकी बहन को बुरी तरह मारने के कसूर पर गया को कड़ी सज़ा हो जाएगी।

परन्तु गया बिलकुल लापता है। पास-पड़ोस के लोग शिबू के इस आचारण की अत्यन्त निन्दा करने लगे। शिबू उनसे लड़ता फिरने लगा, लेकिन उसकी स्त्री बिलकुल चुपचाप है। उस दिन गया की एक दूर के नाते की मौसी ख़बर पाकर शिबू के घर आई और उसकी स्त्री को जैसी मन में आई भला-बुरा, खरा-खोटा सुनाकर चली गई, मगर गंगामणि बिलकुल मौन बनी रही। शिबू ने पड़ोसी से सब सुनकर गुस्से के साथ अपनी स्त्री से कहा, "तू चुपचाप सब सुनती रही, कुछ जवाब नहीं दिया गया?"

शिबू की स्त्री ने कहा, "नहीं।

शिबू ने कहा, "मैं घर होता तो उस लुगाई को झाड़ मारकर विदा करता।"

स्त्री ने कहा, "तो आज से तुम घर ही मैं बैठे रहा करो और कहीं न जाया करो।" यह कहकर वह अपने काम से चली गई।

उस दिन दोपहर को शिबू घर पर नहीं था। शम्भू आकर बांस के झाड़ से कई एक बांस काटकर ले गया। आवाज़ सुनकर शिबू की स्त्री ने बाहर आकर अपनी आंखो से सब देखा, परन्तु रोकना तो दूर रहा, आज वह पास तक नहीं फटकी, चुपचाप घर लौट आई। दो दिन बाद शिबू को पता लगा तो वह उछलने लगा। स्त्री से आकर बोला, "तेरे क्या कान फूट गए हैं? घर के बगल से वह बांस काटकर ले गया, और तुझे कुछ मालूम ही नहीं।"

स्त्री ने कहा, "क्यों, मालूम क्यों नही होगा, मैंने अपनी आंखों से सब देखा है।"

शिबू ने क्रुद्ध होकर कहा, "तो भी तूने मुझसे नहीं कहा?"

गंगामणि ने कहा, "कहती क्या! बांस का झाड़ क्या तुम्हारा अकेले का है? लाला जी का उसमें हिस्सा नहीं है?"

शिबू मारे आश्चर्य के दंग रह गया, बोला, "तेरा क्या माथा खराब हो गया है?"

उस दिन शाम के बाद पंचू सदर-कचहरी से लौटकर हारा-थका-सा धप से आकर बैठ गया। शिबू गाय-बैलों के लिए कड़वी कूट रहा था, अंधेरे में उसके मुंह और आंखों की मुस्कुराहट पर उसकी निगाह नहीं पड़ी। उसने डरते हुए पूछा, "क्या हुआ?"

पंचू ने गम्भीरता के साथ ज़रा हंसते हुए कहा, "पंचू के रहते जो होना चाहिए, वही हुआ। वारंट निकलवाकर तब कही आ रहा हूं। अब वह है कहां मालूम होते ही बस... !"

शिबू को न जाने कैसे एक जिद-सी सवार हो गई थी। उसने कहा, "चाहे जितना खर्च हो जाए, लौंडे को एक बार पकड़वाना ही है। उसे जेल ढुसवाकर तब मैं और काम करूंगा।"

इसके बाद दोनों में तरह-तरह की सलाहें होने लगीं। रात के ग्यारह बज गए, पर भीतर से खाने का तकाजा न आते देख शिबू को आश्चर्य हुआ। उसने रसोईघर में जाकर देखा, बिलकुल अंधकार है।

• • •

सोने की कोठरी में जाकर देखा, स्त्री ज़मीन पर चटाई बिछाकर सो रही है। क्रोध और आश्चर्य से उसने पूछा, "खाने को हो गया, तो हमें बुलाया क्यों नहीं।

गंगामणि ने धीर-से करवट लेते हुए कहा, "किसने बनाया जो हो गया?"

शिबू ने कड़ककर पूछा, "बनाया ही नहीं अभी तक?"

गंगामणि ने कहा, "नहीं, मेरी तबीयत अच्छी नहीं, आज मुझसे नहीं बनेगा।"

मारे भूख के शिबू की नाड़ी तक जल रही थी, उससे अब सहा नहीं गया। पड़ी हुई स्त्री की पीठ पर उसने एक लाल जमाते हुए कहा, "आजकल रोज़ ही तबीयत खराब रहती है। नहीं बनेगा क्यों नहीं बनेगा, तो जा निकल जा घर से।"

गंगामणि न तो कुछ बोली ही और न उठकर बैठी। जैसी पड़ी हुई थी, वैसे ही पड़ी रही। उस दिन रात को साले-बहनोई किसी ने भी कुछ नहीं खाया।

सवेरे देखा गया गंगामणि घर में नहीं है। इधर-उधर कुछ देर ढूंढ़ने-ढांढ़ने के बाद पंचू ने कहा, "जीजी ज़रूर हमारे यहां चली गई होगी।" स्त्री के इस तरह के आकस्मिक परिवर्तन का कारण शिबू भीतर-ही-भीतर समझ गया था; इसी से एक ओर उसकी झुंझलाहट जैसे उत्तरोत्तर बढ़ने लगी, नालिश-मुक़दमें की तरफ़

झुकाव भी वैसी ही धीरे-धीरे घटने लगा उसने सिर्फ इतना कहा, "चूल्हे में जाए, मुझे ढूंढ़ने की जरूरत नहीं।"

शाम को ख़बर मिली कि गंगामणि मां के घर भी नहीं गई। पंचू ने भरोसा देकर कहा, "तो फिर बुआ के घर चली गई।"

उसकी एक बुआ धनी घर में ब्याही थी। गांव से करीब पांच-छः कोस की दूरी पर एक गांव में वे रहती हैं। पूजा-परब आदि उत्सवों में कभी-कभी गंगामणि को लिवा ले जाया करती है। शिबू अपनी स्त्री को बहुत ज़्यादा चाहता था। उसने मुंह से कह तो दिया कि जहां खुशी हो जाने दो! मरने दो! पर भीतर-ही-भीतर वह पछता रहा था। और बेचैन हो उठता था,फिर गुस्से में पांच-छः दिन बीत गए। इधर कामकाज और गाय-बैलों के मारे गिरस्ती का काम बिलकुल रुक-सा गया। अन्त में यह हालत हो गई कि दिन भी कटना मुश्किल हो गया।

सातवें दिन वह खुद तो नहीं गया, पर अपने पौरुष को गंगा में बहाकर उसने बुआ के घर बैलगाड़ी भेज दी।

दूसरे दिन सूनी गाड़ी आकर दरवाज़े से लगी, खबर मिली कि वहां कोई नहीं है। शिबू सिर थामकर बैठ गया।

तमाम दिन खाना-पीना-नहाना कुछ भी नहीं, मुर्दे की तरह एक तख्त पर पड़ रहा। इतने में पंचू ने अत्यन्त उत्तेजित भाव से घर में घुसकर कहा, "सामन्त साहब, पता लग गया।"

शिबू भड़भड़ाकर उठ बैठा, पूछा, "कहां, किसने ख़बर दी? बीमार-बीमार तो कुछ नही हुई? गाड़ी लेकर चलो न। दोनों जने अभी चले चलें।"

पंचू ने कहा,"जीजी की बात नहीं कह रहा है। गया का पता लग गया।"

शिबू फिर पड़ रहा। कोई बात उसने नहीं की।

तब पंचू बहुत तरह से समझाने लगा, "इस मौके को किसी भी तरह हाथ से नहीं जाने देना चाहिए। जीजी तो एक-न एक दिन आ ही जाएंगी मगर तब फिर इस बदमाश को पाना मुश्किल हो जाएगा।"

शिबू ने उदास कंठ से कहा, "अभी रहने दो पंचू पहले वह लौट आए, उसके बाद..."

पंचू ने बाधा देते हुए कहा, "उसके बाद फिर क्यो होगा, सामन्त जी? बल्कि जीजी के आने से पहले ही काम ख़तम कर डालना चाहिए। उनके आ जाने पर फिर शायद होगा ही नहीं।"

शिबू राजी हो गया, परन्तु अपने सूने घर की ओर देखकर दूसरे से बदला चुकाने का ज़ोर उसे किसी भी तरह मिल ही नहीं रहा था। अब पंचू ही ज़ोर लगाकर उससे काम ले रहा था।

दूसरे दिन रात रहते ही वे अदालत के पियादे वगैरह को लेकर निकल पड़े। रास्ते में पंचू ने सुनाया, "बड़ी मुश्किल से ख़बर मिली है कि शम्भू ने उसे नाम बदलकर पांचला के सरकारी पुल के काम में भरती कर दिया हैं वहां गिरफ्तार किया जाएगा।"

शिबू बराबर चुप ही बना रहा था, अब भी चुप रहा।

जब वे उस गांव में घुसे, तब दोपहर हो चुकी थी। गांव के एक तरफ़ बड़ा भारी मैदान था, उसमें बहुत-से आदमी, लकड़ी, लोहा और कल-कारखाने का सामान भरा पड़ा था। चारों तरफ़ छोटी-छोटी झोंपड़ियां-सी बनी हुई थी जिनमें मज़दूर वगैरह रहते थे। बहुत पूछ-ताछ करने के बाद एक आदमी ने कहा, "जो लड़का साहब के बंगले में लिखा-पढ़ी का काम करता है, वही तो? उसका घर वह रहा..." कहकर उसने एक छोटी-सी झोंपड़ी दिखा दी।

वे दबे पांव चुपचाप बड़ी मुश्किल से उस झोंपड़ी के सामने पहुंचे। भीतर गयाराम की आवाज़ सुनाई दी। पंचू मारे खुशी के फूलकर पियादे और शिबू के साथ वीर-दर्प से अकस्मात् झोंपड़ी का दरवाज़ा रोककर खड़ा हो गया, पर ज्योंही उसकी निगाह भीतर गई, त्योंही उसका चेहरा विस्मय, क्षोभ ओर निराशा से काला पड़ गया। उसकी जीजी भात परोसकर एक हाथ से पंखा कर रही है और गयाराम बैठा खा रहा है

शिबू को देखते ही गंगामणि ने सिर का पल्ला खींचकर सिर्फ इतना ही कहा, "तुम लोग ज़रा ठंडे होकर नदी में नहा आओ, मैं तब तक फिर से चावल चढ़ाए देती हूं।"

एकादशी बैरागी

कालीदह ब्राह्मण-प्रधान गांव है। यहां के गोपाल मुखोपाध्याय का लड़का अपूर्व बचपन से ही लड़कों का सरदार था। अबकी बार जब वह पांच-छः बरस कलकत्ता के 'मेस' में रहकर ऑनर-समेत बी.ए. पास करके घर लौटा, तब गांव में उसकी प्रभाव-प्रतिष्ठा का कोई ठिकाना न रहा। गांव में एक जीर्ण-शीर्ण स्कूल था। बराबर की उम्रवाले उसके साथियों ने इसी बीच में अपना पढ़ना-लिखना समाप्त करके, सन्ध्या-पूजा छोड़कर, दस आना बाल छंटवाना शुरू कर दिया था, परन्तु कलकत्ता से लौटे हुए इस ग्रेजुएट छोकरे के सिर के बाल समान और उसके बीचोबीच एक मोटी चोटी की स्थापाना देखकर, सिर्फ छोकरे ही क्यों, उनके बाप-ताऊ तक आश्चर्य से दंग रह गए।

अपूर्व शहर की सभा-सोसाइटियों में शामिल होकर, ज्ञानी पुरुषों के भाषण सुनकर, सनातन हिन्दू धर्म के अनेक गूढ़ रहस्यो का मर्म भेदकर 'देश' पहुंचा था। अब वह अनेक साथियों में इसी बात का मुक्त कंठ से प्रचार करने लगा कि इस हिन्दू धर्म के समान सनातन धर्म और नहीं है। कारण कि इसकी प्रत्येक व्यवस्था विज्ञानसम्मत है! चोटी की उपयोगिता, शरीर-रक्षा के बारे में सन्ध्या-पूजा की परम उपकारिता, कच्चे केले खाने की रासायनिक प्रक्रिया आदि अनेक अज्ञात तत्वों

की व्याख्या सुनकर गांव के बच्चे-बूढ़े-जवान सभी मुग्ध हो गए और उसका फल यह हुआ कि थोड़े ही समय के भीतर लड़कों ने चोटी से शुरू करके सन्ध्या-पूजा, एकादशी, पूर्णिमा और गंगा स्नान तक की ऐसी धूम मचा दी कि उनके सामने घर की औरतों तक ने हार मान ली।

हिन्दू धर्म के पुनरुद्धार ओर देशोद्धार आदि की कल्पना से युवकों में एकदम शोर मच गया। बड़े-बूढ़े कहने लगे, "हां, गोपाल मुखर्जी के भाग्य को सराहेंगे! लक्ष्मी जी की जैसी सुदृष्टि है, सन्तान भी वैसी ही पैदा हुई। नहीं तो आजकल के जमाने में इतनी अंग्रेज़ी पढ़-लिखकर भी इस उमर में धर्म में ऐसी मति-गति कितनों में पाई जाती है!"

लिहाज़ा 'देश' में अपूर्व एक अपूर्व वस्तु हो उठा। उसकी हिन्दू धर्म-प्रचारिणी, धूम्रपान-निवारिणी और दुर्नीति-दलनी-इन तीन-तीन सभाओ की उछल-कूद से गांव के किसान-मजदूरों का दल तक संत्रस्त हो उठा। पांच कौड़ी तेवर ने ताड़ी पीकर अपनी स्त्री को पीटा है, यह सुनकर अपूर्व ने पूरे दल-बल के साथ उसके घर जाकर उसे ऐसा डांटा-डराया कि दूसरे ही दिन उसकी स्त्री अपने पति को लेकर मायके भाग गई! भाग कावरा बहुत रात बीते पोखर से मछली पकड़कर घर लौटते समय, गांजे की झोंक में शायद विद्या-सुन्दर' नाटक की मालिनी का गाना गा रहा था, ब्राह्मण पांडे के अविनाश ने वह सुन लिया तो उसने उसकी नाक से खून बहा दिया, तब कहीं छोड़ा। दुर्गा डोम का चौदह-पन्द्रह साल का लड़का बीड़ी पीता हुआ मैदान में जा रहा था, उस पर अपूर्व के दल के एक छोकरे की निगाह पड़ गई। बस, उसने उसकी पीठ पर जलती हुई बीड़ी दागकर आसमान सिर पर उठा लिया।

इस तरह अपूर्व की हिन्दूधर्म-प्रचारिणी और दुर्नीति-दलनी सभा ने भानमती के आम के पेड़ की तरह बात की बात में फूलों और फलों

से कालीदह गांव को छा दिया। जब गांव की मानसिक उन्नति की तरफ़ नज़र दौड़ाई गई तो अपूर्व ने देखा कि स्कूल की लाइब्रेरी में शशिभूषण के डेढ़ मानचित्र और बंकिमचन्द्र के ढाई उपन्यासों के सिवा और कुछ नहीं है। इस दीनता के लिए उसने हेड-मास्टर को बहुत बुरी तरह फटकारा और वह स्वयं ही लाइब्रेरी के संगठन-कार्य में कमर कसकर लग गया। उसके सभापतित्व में चन्दे की लिस्ट, नियम-कानूनों की तालिका और पुस्तकों की सूची बनाने में विलम्ब न हुआ। इतने दिनों तक लड़कों के धर्म-प्रचारक उत्साह को तो गांववाले किसी तरह सहते आए थे, परन्तु अब दो ही एक दिन के अन्दर उनका चन्दा वसूल करने का उत्साह गांव के नीच-ऊंच सभी गृहस्थों के लिए ऐसा भयानक हो उठा कि खाता बगल में दबाए किसी भी लड़के को आते देखते ही वे घर के दरवाज़े-जंगले सब बन्द कर देने लगे। साफ़ देखने में आया कि गांव में धर्म-प्रचार और दुर्नीत-दलन का रास्ता जितना चौड़ा पाया गया था, लाइब्रेरी के लिए धन-संग्रह का मार्ग उसका शतांश भी प्रशस्त नहीं है! अपूर्व यह सोच ही रहा था कि क्या करना चाहिए, इतने में सहसा एक ज़बरदस्त सुमार्ग उसको दृष्टिगोचर हो गया!

स्कूल के पास ही एक छोड़ दिया गया गिरा हुआ मकान था, उसकी ओर अपूर्व की दृष्टि आकृष्ट हुई। सुनने में आया कि वह 'एकादशी बैरागी' का मकान है। खोज करने पर मालूम हुआ कि कोई दस वर्ष पहले किसी एक घिनौने सामाजिक अपराध के कारण ग्राम के ब्राह्मणों ने, धोबी-नाई-मोदी आदि बन्द करके, उसे घर छुड़वाकर गांव से निर्वासित कर दिया और अब वह गांव से दो कोस उत्तर की ओर बारुईपुर गांव में रहता है। यह आदमी, सुनते हैं, रुपयों का 'घड़ियाल' है। इसका पुराना नाम क्या है, कोई नही कह सकता, भंडाफोड़ हो

जाने के डर के मारे बहुत दिनों से उसका व्यवहार ही नहीं किया गया, इस कारण, लोगों की स्मृति से वह बिलकुल विलुप्त हो गया है। तब से "एकादशी' नाम से बैरागी महाशय सुप्रसिद्ध हैं।

अपूर्व ने ताल ठोंककर कहा, "रुपये का घड़ियाल! सामाजिक कदाचार! तब तो, यही साला लाइब्रेरी का आधा भार उठाने के लिए बाध्य है। नहीं तो वहां भी धोबी-नाई-मोदी बन्द! बारुईपुर के जमींदार तो जीजी के ममिया ससुर हैं।"

लड़के उन्मत्त हो उठे और शीघ्र ही डोनेशन की लिस्ट में बैरागी नाम पर एक मोटी-सी रकम चढ़ा दी गई। एकादशी से रुपये वसूल किए जाएंगे। न होंगे तो अपूर्व अपनी जीजी के ममिया ससुर से कहकर वहां के धोबी-नाई आदि बन्द करा देगा। इस समाचार के मिलते ही पंडित रसिक स्मृतिरत्न लाइब्रेरी के मंगलार्थ स्वंय प्रार्थी होकर परामर्श दे गए कि देखना है खूब बड़ी रकम बिना दिए, वह महापापी अपना यह कालीदह का घर कैसे बचाता है! गांव में न रहने पर भी अपने घर से एकादशी को अत्यन्त ममता है, यह बात रसिक पंडित से छिपी न थी।

लगभग दो साल पहले इस ज़मीन को ख़रीदकर अपने बगीचे में मिला लेने के लिए पंडिज जी, भरसक कोशिश करके भी मनोरथ में सफल न हो सके थे। उनके प्रस्ताव करने पर उस समय एकादशी ने अत्यन्त साधु व्यक्ति की तरह कान में उंगली देकर कहा था, "ऐसी आज्ञा न दीजिएगा पंडित जी महाराज, उस ज़रा-सी ज़मीन के बदले ब्राह्मण से दाम लेना, यह मुझसे कभी न होगा। वह ब्राह्मणों की सेवा में लगती, तो मेरी सात पीढ़ियों का सौभाग्य होता।" इस पर स्मृतिरत्न जी ने अत्यन्त पुलकित चित्त से उसकी देव-द्विज-भक्ति की लक्ष-कोटि प्रशंसा करके असंख्य आशीर्वाद दे डाले। इसके बाद एकादशी ने हाथ

जोड़कर सविनय निवेदन किया था, "परन्तु, मै ऐसा अभागा हूं पंडित जी, कि मेरी सात पीढ़ी से चला आया हुआ यह घर किसी भी तरह मुझसे नहीं छोड़ा जाता। पिताजी मरते समय सिर की सौगन्ध देकर कह गए थे, खाने को भी न मिले बेटा, तो भी अपना घर मत छोड़ना!" आदि-आदि। उस विद्वेष को स्मृतिरत्न जी भूले नहीं हैं।

पांचेक दिन बाद, एक दिन, सबेरे अपूर्व का दल दो कोस पैदल चलकर एकादशी के दरवाज़े पर जाकर हाज़िर हो गया। मिट्टी का घर था, पर खूब साफ-सुथरा। देखने से मालूम होता था कि लक्ष्मी का निवास है। अपूर्व या उसके दल के और किसी ने एकादशी को पहले कभी देखा नहीं था, इसलिए चंडी मंडप में पैर रखते ही उनका मन अरुचि से भर गया। यह आदमी चाहे रुपयों का घड़ियाल हो, चाहे मगरमच्छ, पर, यह तो निःसन्देह है कि लाइब्रेरी के लिए इससे नन्ही-सी मछली का काम नहीं निकल सकता!

एकादशी के महाजनी का पेशा होता है। उम्र साठ से ऊपर हो गई है। उसका सारा शरीर जैसा कृश है, वैसा ही शुष्क। गला तुलसी की मालाओं से भर रहा है। दाढ़ी-मूंछ सफाचट, और चेहरे की तरफ़ देखने से मालूम नहीं होता कि कहीं भी उसमें लेशमात्र भी रस-कस है। ईख मशीन के पोषण से अपना रस निकालकर जैसे अन्त में खुद ही ईंधन बन के उसे जलाकर सुखा देती है, उसी तरह यह आदमी भी मानो मनुष्य को जलाकर शुष्क कर डालने के लिए ही अपने सम्पूर्ण मनुष्यत्व को निचोड़कर विसर्जन करने के लिए महाजन बन बैठा है। उसका सिर्फ चेहरा देखकर ही अपूर्व का मन ठंडा हो गया। चंडी-मंडप में एक मामूली-सा फर्श बिछा हुआ। बीच में एकादशी विराजमान है। उसके सामने एक लकड़ी की डेस्क है

और एक तरफ़ बहीखातों का ढेर लगा है। एक बूढा-सा गुमाश्ता गले में जनेऊ लटकाए उघड़े बदन बैठा स्लेट पर ब्याज का हिसाब लगा रहा है और सामने, अगल-बगल बरामदे में, खम्भों की ओट में, नाना उम्र और नाना अवस्था के स्त्री-पुरुष रूखे चेहरे लिए बैठे हुए हैं। कोई कर्ज़ लेने, कोई ब्याज देने और कोई सिर्फ मुद्दत बढ़ाने की भीख मांगने आया है, मगर कर्ज़ चुकाने के लिए कोई बैठा हो, ऐसा तो किसी के चेहरे से नहीं मालूम हुआ।

अकस्मात् बहुत-से अपरिचित शरीफ़ घरों के लड़कों को देखकर एकादशी ने चकित होकर उनकी तरफ देखा। गुमाश्ते ने स्लेट रखते हुए कहा, "कहां से आ रहे हैं?"

अपूर्व ने कहा, "कालीदह से।"

"महाशय,आप लोग... ?"

"हम सभी ब्राह्मण है।"

ब्राह्मण का नाम सुनते ही एकादशी ने बड़ी इज्जत के साथ खड़े होकर गर्दन झुकाकार प्रणाम किया और कहा, "बैठने की आज्ञा हो।"

सबके बैठ जाने पर एकादशी खुद भी बैठ गया। गुमाश्ते ने प्रश्न किया, आप लोगों को क्या चाहिए?"

अपूर्व ने लाइब्रेरी की उपयोगिता के सम्बन्ध में थोड़ी-सी भूमिका बांधकर चन्दे की बात छेड़ी, तो देखा कि, एकादशी की गर्दन दूसरी तरफ़ मुड़ गई है। वह खम्भे के पीछे बैठी हुई एक स्त्री को सम्बोधित करके कह रहा है, "तुम क्या पागल हो गई हो हारू की मां? ब्याज तो हुआ सिर्फ सात रुपये दो आने, सो उनमें से भी दो आने छुड़वा लोगी! इससे तो, गले पर पैर दे जीभ निकालकर मुझे मार ही क्यों नहीं डालतीं?"

इसके बाद दोनों ने ऐसी खींचा-तानी शुरू कर दी, मानो इन्हीं दो आने पैसों पर उनका जीवन निर्भर हो। मगर हारू की मां जैसी दृढ़प्रतिज्ञ थी एकादशी भी वैसा ही अटल था। देर होते देख अपूर्व उन दोनों की झगड़ालू वार्ता के बीच में ही बोल उठा, "हमारी लाइब्रेरी के बारे में..."

एकादशी ने मुखातिब होकर कहा, "जी, अभी सुनता हूं। क्यों रे नफर, तू क्या हमें सिर पर पांव रखकर डुबो देना चाहता है? वे दो रुपये तो अभी तक चुकाए नहीं, फिर और एक रुपया मांगने किस मुंह से चला आया? हम पूछते हैं, ब्याज-व्याज भी कुछ लाया है?" नफर के अंटी में से एक आना पैसा निकालकर देते हुए एकादशी ने त्योरियां चढ़ाते हुए कहा, "तीन महीने न हो गये रे? और दो पैसे कहां हैं?"

नफर ने हाथ जोड़ते हुए कहा, "और नहीं हैं मालिक, धाड़ा के लड़के से न जाने कितने हाथ-पांव जोड़कर एक आना लाया हूं, बाकी दो पैसे अगली हाट के दिन दे जाऊंगा।"

एकादशी ने गर्दन बढ़ाकर उसकी अंटी की तरफ देखते हुए कहा, "देखू तेरी वह अंटी।"

नफर ने अपनी बायीं अंटी दिखाकर गर्व के साथ कहा, "दो पैसे के लिए झूठ बोलूंगा मालिक? जो ससुरा पैसे लाकर भी तुम्हे धोखा दे, उसके मुंह में कीड़े पड़ें कह दिया मैंने।"

एकादशी ने तेज़ दृष्टि से देखते हुए कहा, "जैसे तू चार पैसे उधार ला सका वैसे ही और दो पैसे तुझसे लाते नहीं बना?"

नफर ने गुस्से में आकर कहा, "कसम न खा रहा हूं मालिक! मुंह में कीड़े पड़े..."

अपूर्व की देह में आग लग रही थी, उससे और नहीं सहा गया, वह बोल उठा, आप तो अच्छे आदमी मालूम होते हैं!"

एकादशी ने अपूर्व की तरफ़ एक बार सिर्फ देख-भर लिया, कुछ कहा नहीं। परान बाग्दी सामने के आंगन से जा रहा था, एकादशी ने हाथ के इशारे से उसे बुलाकर कहा, "परान, नफर की कांछ तो ज़रा खोल देख रे, पैसे दो बंधे हैं या नहीं।"

परान के आगे बढ़ते ही नफर ने गुस्से में आकर अपने कांछ की खूट से दो पैसे खोलकर एकादशी के सामने फेंक दिए। एकादशी को उसकी इस बेअदबी पर ज़रा भी गुस्सा न आया! गम्भीरता के साथ दो पैसे डेस्क में डालकर उसने गुमाश्ते से कहा, "घोषाल जी, नफर के नाम सूद जमा कर लीजिए और क्यों, एक रुपया लेकर तू अब क्या करेगा रे?"

नफर ने कहा, "बिना ज़रूरत के ही थोड़े आया हूं साहब?"।

एकादशी ने कहा, "आठ आना ले जा ना। पूरा रुपया ले जाकर जो इधर-उधर कर देगा.... और क्या?"

उसके बाद बहुत घिसा-घिसी करने के बाद नफर चौधरी बारह आने कर्ज लेने में सफल हुए।

अबेर बहुत हो रही थी। अपूर्व के साथी अनाथनाथ ने चन्दे की लिस्ट एकादशी के सामने फेंककर कहा, "जो देना है दे दीजिए साहब, हम अब और नहीं ठहर सकते।"

एकादशी ने लिस्ट उठाकर करीब पन्द्रह मिनट तक उसे शुरू से आखिर तक खूब अच्छी तरह गौर के साथ देखा और अन्त में एक उसांस लेकर उसे वापस करते हुए कहा, "मैं बूढ़ा आदमी हूं, मुझसे चन्दा क्यों?"

अपूर्व ने किसी तरह अपने गुस्से को सम्हालते हुए कहा, "बूढ़े आदमी रुपया न देंगे, तो क्या छोटे लड़के देंगे? वे पाएंगे कहां से आप ही बताइए?"

बूढ़े ने इसका कोई उत्तर न देकर कहा, "स्कूल को तो बीस-पचीस साल हो गए। कहां.... इतने दिनों से तो किसी ने लाइब्रेरी की बात नहीं उठाई बाबा? खैर, जाने दो, यह कोई बुरा काम नहीं, हमारे लड़के बच्चे किताबें पढ़ें, चाहे ने पढ़ें, हमारे गांव के लड़के तो पढ़ेंगे। क्या कहते हो घोषाल जी?"

घोषाल ने गर्दन हिलाकर क्या कहा, कुछ समझ में न आया। एकादशी ने कहा, "अच्छा चन्दा तो दे दूंगा। किसी रोज़ आकर ले जाइएगा चार आने पैसे।.... क्यों घोषाल जी, इससे कम तो अच्छा नहीं मालूम होता! इतनी दूर से आकर लड़कों ने घेरा है। कुछ भी हो, नाम फैला हुआ है, इसी से तो! और भी लोग हैं, उनके पास तो कोई मांगने नहीं जाता,क्यों जी, है कि नहीं?"

मारे गस्से के अपूर्व के मंह से बात नहीं निकली। अनाथ ने कहा, "इन्ही चार आने पैसों के लिए हम लोग इतनी दूर से आए हैं? सो भी और किसी दिन आकर ले जाने होंगे?"

एकादशी मुंह से एक शब्द करके सिर हिला-हिलाकर कहने लगा, "देख तो ली हालत आपने, हक़ के छः पैसे वसूल करने में नालायकों से कैसा ओछापन करना पड़ता है! सो इस पाट के बिके बिना तो देने का सुभीता..."

मारे गुस्से के अपूर्व के ओठ कांपने लगे, बोला, "सुभीता तो सब हो जाएगा जब यहां भी नाई-धोबी बन्द कर दिए जाएंगे। नीच पिशाच कहीं का, सारी देह में तिलक-चन्दन लगाकर जात खोकर बैष्णव भगत बन बैठा है, अच्छा!"

विपिन ने खड़े होकर एक उंगली उठाकर धमकाते हुए कहा, "बारुईपुर के राखालदास बाबू हमारे सम्बन्धी हैं, याद रहे बैरागी!"

बूढ़ा बैरागी इस चिन्तनीय कांड से हतबुद्धि होकर देखता रह गया, पर गांव के लड़कों के अकस्मात इतने क्रोध का कारण उसकी समझ में ही नहीं आया। अपूर्व ने कहा,"गरीबों का खून चूस-चूसकर मोटा होना तुम्हारा निकालेंगे, तब छोड़ेंगे।"

नफर अब तक बैठा हुआ था। उसकी कांछ में से दो पैसे निकलवा लेने के कारण गुस्से में वह भीतर-ही-भीतर उफन रहा था। उसने कहा, 'जो कहा मालिक ने, ठीक कहा। बैरागी नहीं, पिशाच है। देख तो लिया आंखों के सामने किस तरह मुझसे दो पैसे वसूल कर लिए!"

बूढ़े पर फटकार पड़ने से, उपस्थित सभी कोई मन-ही-मन निर्मल आनन्द का उपभोग करने लगे। उनके चेहरे का भाव ताड़कर विपिन उत्साही होकर आंख मिचकाता हुआ बोल उठा, "तुम लोग तो भीतर की बातें जानते नहीं, लेकिन हमारे तो ये गांव के आदमी हैं, हम लोग सब जानते हैं। क्यों जी बुढ़ऊ, हमारे गांव में क्यो तुम्हारे नाई-धोबी बन्द किए गए थे, कह दूं?"

बात पुरानी थी। सब कोई जानते थे एकादशी सद्गोपों के घर पैदा हुआ है, जात-वैष्णवों में नहीं। उसकी एक मात्र सौतेली बहन प्रलोभन में पड़कर कुल के बाहर निकल गई और तब एकादशी उसे बड़े दुख से बहुत ढूंढ़ खोजकर वापस लाया, परन्तु इस कुत्सित आचरण से गांव के लोग विस्मित और अत्यन्त क्रुद्ध हो उठे, फिर भी एकादशी बिना मां-बाप की इस सौतेली छोटी बहन को किसी तरह न छोड़ सका। संसार में उसके और कोई भी न था, इसी को उसने बचपन से गोदों खिला-पिलाकर इतना बड़ा किया था। बड़े ठाट-बाट से ब्याह दिया था और फिर, कम उम्र में विधवा हो जाने

पर अपने इसी भइया के घर आकर वह आदर-जतन के साथ रहने लगी थी। उम्र और बुद्धि के दोष से उस बहन के इतने जबदस्त पैर निकालने से बूढ़े बेचारे ने रोते-रोते घर भर दिया। खाना-पीना-सोना छोड़कर गांव-गांव और शहर-शहर छानकर अन्त में जब बहन का पता लगा तो उसे घर वापस ले आया तब गांववालो के निष्ठुर शासन को सिर-माथे रखकर, अपनी इस शर्म, भारी गम लिए, अभागिनी बहन को फिर घर से निकालकर खुद प्रायश्चित करके जात में शामिल होने के लिए वह किसी भी तरह राजी न हो सका। उसके बाद गांव में उसके नाई-धोबी आदि बन्द कर दिए गए। अन्त में एकादशी निरुपाय हो भेष लेकर वैष्णव हो गया और इस बारुईपुर में भाग आया। इस बात को सभी जानते थे, फिर भी, किसी दूसरे आदमी के मुंह से उस कलंक-कहानी का माधुर्य लेने के लिए लोग उत्सुक हो उठे, परन्तु एकादशी लज्जा से भय से, बिलकुल सिटपिटा-सा गया, पर वह अपने लिए नहीं, अपनी छोटी बहन के लिए।

प्रथम यौवन के अपराध ने गौरी के हृदय के भीतर जो गहरा घाव कर दिया था, आज भी वह वैसे-का वैसा बना हुआ है, जरा भी सूखा नहीं है, वृद्ध एकादशी इस बात को अच्छी तरह जानता है। कहीं का कोई ज़रा-सा इशारा भी गौरी के कानों तक जाकर उसके दर्द को हिला-डुलाकर ताज़ा न कर दे, इस आशंका से एकादशी रंग उड़े चेहरे से चुपचाप टुकुर-टुकुर देखता रहा। उसकी इस करुण दृष्टि की सूनी विनीत प्रार्थना पर और किसी की निगाह नहीं पड़ी,पर अपूर्व सहसा इस बात को ताड़ गया और मारे आश्चर्य के अवाक हो गया।

विपिन कहने लगा, "हम लोग क्या भिखारी हैं, जो ऐसी कड़ी धूप में दो कोस रास्ता पैदल आकर चार आने, पैसे भीख मांगने आए

हैं? सो भी आज नहीं, न जाने कब किस आसामी का पाट बिकेगा, उसका पता लगाकर हम लोगों को और पैदल दौड़ना पड़ेगा तब कहीं अगर बाबू साहब की मेहरबानी हो जाए! लेकिन लोगों का खून चूसकर जो सूद खाया करते हो बुड्ढे, सोचा होगा,कि जोंक पर जोंक नहीं बैठती,क्यों? अगर मैं यहां भी तुम्हारा हाल बेहाल न कर दूं, तो मेरा नाम विपिन भट्टाचार्य नही। छोटी जात के पास पैसा हो गया है न, इसलिए आंख-कान से दिखाई-सुनाई नही देता,क्यों? चलो जी अपूर्व,हम लोग चलें, फिर जो कुछ करना होगा, किया जाएगा।" कहकर वह अपूर्व का हाथ पकड़कर खींचना लगा।

करीब ग्यारह बज चुके थे, ख़ासकर इतना रास्ता पैदल आने के कारण अपूर्व को बहुत ज़ोर की प्यास लग रही थी और कुछ देर पहले उसने नौकरानी से पानी लाने को कह भी दिया था, उसके बाद इस कलह-विवाद मे उसकी उसे याद नहीं रही। इतने में एक हाथ में पानी का गिलास और दूसरे हाथ में बताशों से भरी रकाबी लिए हुए सत्ताईस-अट्ठाईस वर्ष की विधवा स्त्री ने जब पास के दरवाजे से प्रवेश किया, तब उसे अपने पानी मांगने की बात याद हो आई। गौरी को देखकर उसे कोई नीच जाति की हरगिज़ नहीं कह सकता। सफ़ेद वस्त्र पहनकर, स्नान करके तुरन्त ही शायद सन्ध्या-पूजा करने बैठी होगी, नौकर से ब्राह्मण ने जल मंगाया है, सुनते ही वह सन्ध्या-पूजा छोड़कर दौड़ी आई है। आने के साथ ही उसने कहा, "आप लोगों में से किसी को जल चाहिए था न?"

विपिन ने कहा–पाट की साड़ी पहन लेने से ही क्या तुम्हारे हाथ का पानी लेंगे हम लोग? अपूर्व, यही हैं विद्याधरी, देख लो!

पलक मारते ही उस विधवा के हाथ से बताशों की रकाबी झन्न

से नीचे गिर पड़ी और उस असीम लज्जा के भाव को अपनी आंखों से देखकर,अपूर्व स्वयं शर्म के मारे गड़ गया, उसने क्रोध के साथ विपिन को कोहनी मारते हुए कहा–यह सब क्या बन्दरपन कर रहे हो? ज़रा भी तुम्हे समय देखकर बोलने का शऊर नहीं है!

वपिन गंवई-गांव का आदमी ठहरा, झगड़े के समय दूसरे का मुंह के सामने अपमान करने में नर-नारी का भेदाभेद न रखनेवाला वह निष्पक्ष वीर पुरुष है, इसलिए अपूर्व के बिगड़ने पर और भी निष्ठुर हो उठा। लाल-लाल आंखें निकालकर ज़ोर से बोला-क्यों, कोई झूठी बात कह रहा हूं क्या? उसकी इतनी हिम्मत हो गई कि ब्राह्मण घराने के लड़को के लिए पानी लाती है! मैं बीच बाज़ार में भंडा फोड़ सकता हूं, जानते हो?

अपूर्व समझ गया, अब तर्क नहीं चल सकता और उससे अपमान की मात्रा बढ़ने के सिवा घट नहीं सकती। बोला-मैंने ही लाने को कहा था विपिन, तुम बिना जाने यूं ही झगड़ा मत करो, चलो, अब हम लोग चल दें।

गौरी रकाबी उठाकर, किसी की तरफ़ बिना देखे, चुपचाप दरवाजे के पीछे जाकर खड़ी हो गई और वंहा से बोली, भइया,ये चन्दा लेने आए थे, तुमने दे दिया?

एकादशी अब तब बेचारगी के साथ बैठा था, बहन के पुकारने से चकित होकर बोला-नहीं बहन, अभी दिए देता हूं।

अपूर्व की तरफ़ देखकर उसने हाथ जोड़के कहा, बाबू साहब, मै गरीब आदमी हूं, चार आने मेरे लिए बहुत हैं, दया करके ले लीजिए।

विपिन फिर कोई एक कड़ा जवाब देना ही चाहता था कि अपूर्व ने इशारे से उसे मना कर दिया, परन्तु इतना कांड हो जाने के बाद फिर

उसी चार आने के प्रस्ताव से उसे खुद भी घृणा मालूम हुई। अपने को सम्हालते हुए उसने कहा–रहने दो बैरागी, तुम्हें कुछ भी न देना होगा।

एकादशी समझ गया, यह गुस्से की बात हैं। एक उसांस लेकर बोला-कलिकाल है! सुविधा पाने पर क्या कोई दूसरे की गर्दन मरोड़ने से बाज आता है! दो घोषालजी, पांच आने पैसे ही ख़र्च-खाते लिख दो और क्या करोगे बताओ? कहकर बैरागी ने फिर एक लम्बी सांस ली। उसका चेहरा देखकर अपूर्व को अबकी हंसी आ गई। इस सूद-खोर वृद्ध के लिए चार आने-पांच आने के बीच कितना बड़ा भेद है, इसे उसने मन-ही-मन समझ लिया और मन्द मुस्कुराकर कहा–रहने दो बैरागी, तुम्हें नहीं देना होगा। हम चार-पांच आने पैसे चन्दे में नहीं लेते, अब हम लोग जाते हैं।

मालूम नहीं क्यो अपूर्व को बहुत ही आशा थी कि इस पांच आने के विरुद्ध कम-से-कम दरवाजे की ओट में से अवश्य प्रतिवाद होगा। उसके आंचल का छोर अब तक वहीं दीख रहा था, परन्तु उसने कोई बात नहीं कही। जाने से पहले अपूर्व ने सचमुच ही बड़े क्षोम के साथ मन-ही-मन कहा, ये लोग वास्तव में अत्यन्त क्षुद्र हैं। दान देने के बारे में पांच आने से ज़्यादा ये सोच ही नहीं सकते। पैसे ही इनके प्राण हैं, पैसा ही इनका हड्डी-मांस है,पैसे के लिए संसार में ऐसा कोई काम नहीं जो ये न कर सकते हों।

अपूर्व के अपने दल-बल सहित उठ खड़े होते ही एक दस-ग्यारह वर्ष के लड़के पर अनाथ की निगाह पड़ी। लड़के के गले में उत्तरीय पड़ा था, शायद उसके घर पितृ-वियोग या ऐसी ही कोई दुर्घटना हुई होगी। उसकी विधवा मां बरामदे में खम्भे की ओट में बैठी थी। अनाथ ने आश्चर्य के साथ पूछा-पुंटू, तू यहां कैसे?

पुंटू ने उंगली दिखाकर कहा, मेरी मां बैठी हैं। मां ने कहा है, हमारे बहुत सारे रुपये इनके पास जमा हैं। कहते हुए उसने एकादशी की तरफ इशारा किया।

इस बात को सुनकर सभी कोई विस्मित और कुतूहली हो उठे। अन्त इसका क्या होता है, यह देखने के लिए अपूर्व, खूब जोर की प्यास होते हुए भी, विपिन का हाथ पकड़कर बैठ गया।

एकादशी ने पूछा-तुम्हारा नाम क्या है बेटा! कहां घर है?

बच्चे ने उत्तर दिया-मेरा नाम शशधर है, इन लोगों के गांव में रहते हैं, कालीदह में।

–तुम्हारे बाप का नाम क्या है?

लड़के की तरफ़ से अनाथ ने जवाब दिया-इसके बाप बहुत दिन हुए मर गए। बाबा रामलोचन चटर्जी अपने लड़के की मृत्यु के बाद घर-गृहस्थी छोड़कर बाहर निकल गए थे। सात वर्ष बाद, महीना-भर हुआ, वे फिर घर लौट आए थे कि परसों बेचारों के घर आग लग गई। आग बुझाने में जलकर मर गए... और कोई है नहीं, बस यह एक नाती ही श्राद्ध का अधिकारी बच रहा है।

इस बात को सुनकर सभी ने दुख प्रकट किया, सिर्फ एक एकादशी ही चुपचाप बैठा रहा। कुछ देर बाद उसने प्रश्न किया-रुपयों का कोई काग़ज-पत्तर है? जाओ, अपनी मां से पूछ आओ।

लड़का मां से पूछ आया और बोला-कागज-पत्तर कोई नहीं है, सब जल गए।

एकादशी ने पूछा-कितने रुपये थे?

अबकी बार विधवा ने आगे बढ़कर माथे का पल्ला नीचा करते हुए कहा–बाबा जी मरने से पहले कह गए हैं कि पांच सौ रुपया जमा

रखकर वे तीर्थ यात्रा करने गए थे। बाबा, हम लोग बड़े गरीब हैं सब रुपया न दो तो कम-से-कम कुछ भीख ही हम लोगों को दे दो! यह कहकर विधवा भीतर-ही-भीतर घुमड-धुमड़के रोने लगी। घोषाल जी खाता-बही लिखना छोड़ एकाग्रचित्त से सब सुन रहे थे। उन्होंने आगे बढ़कर प्रश्न किया-हम पूछते हैं, कोई गवाही-अवाही भी है?

विधवा ने गर्दन हिलाकर कहा–नहीं, हम लोग भी नहीं जानते थे। बाबा जी हम लोगों से छिपाके रुपये जमा करके चले गए थे।

घोषाल ने मृदु हास्य के साथ कहा–सिर्फ रोने से ही काम नहीं होता जी। यह सब नकद रुपये-पैसे का मामला ठहरा! गवाह नहीं, काग़ज-पत्तर नहीं, तो फिर कैसे क्या होगा, बताओ?

विधवा फूट-फूटकर रोने लगी, परन्तु रोने का नतीजा क्या होगा, सो किसी से छिपा न था, सब समझ रहे थे। अब एकादशी ने बात की। घोषल की तरफ़ देखकर कहा–हमें ख़याल आ रहा है, किसी ने पांच सौ रुपया जमा करके फिर लिए नहीं हैं। तुम जरा पुराने खातो में ढूंढो तो सही, कुछ लिखा-विखा है या नहीं।

घोषाल ने झल्लाकर कहा–कौन इतनी अबेर में भूत की बेगार करने जाए साहब? न गवाह हैं, न रसीद-वसीद ही कुछ....

इसे ख़तम होने के पहले ही दरवाज़े के पीछे से जवाब आया-रसीद नहीं है, तो क्या ब्रह्मण के रुपये ही डूब जाएंगे? पुरानी बही देखिए, आपसे न हो तो मुझे दीजिए, मै देखे देती हूं।

सबने एक साथ विस्मित होकर दरवाज़े की तरफ़ आंख उठाकर देखा, मगर जिसने हुक्म दिया था, वह दिखाई नहीं दी।

घोषाल ने ज़रा नरम होकर कहा–कई साल हो गए बेटी, उतने दिनों के खाते ढूंढ़ निकालना आसान काम नहीं है। खाते-बहियों

का कोई ठीक है, ढेर लगे हैं! हां, सो जमा होंगे, तो मिलेंगे क्यों नहीं! फिर विधवा की तरफ़ मुखातिब होकर कहा–तुम बेटी, रोओ मत, हक़ के रुपये होंगे तो मिलेंगे क्यों नहीं? अच्छा, कल हमारे घर आना बातें पूछ-ताछकर बही-खाते देखके निकाल दूंगा। आज इतनी अबेर हो गई है अभी तो होना मुश्किल है।

विधवा ने उसी वक़्त राजी होकर कहा–अच्छा, कल सबेरे ही आपके यहां आ जाऊंगी।

आ जाना-कहकर घोषाल ने गर्दन हिलाते हुए सामने के बही-खाते सब, उस दिन के लिए, बन्द कर दिए।

परन्तु पूछ-ताछ करने के बहाने विधवा को अपने घर पर बुलाने का अर्थ बिलकुल स्पष्ट था। किवाड़ों की ओट में से गौरी ने कहा–आठ साल पहले की बात है तो, 1951 संवत् का खाता ज़रा निकालिए तो सही, रुपये जमा हैं या नहीं, सब मालूम हो जाएगा।

घोषाल ने कहा–इतनी जल्दी क्या पड़ी है, बेटी?

गौरी ने कहा–मुझे दीजिए, मै देखे देती हूं। ब्राह्मण के घर की बहू दो कोस पैदल चलकर आई है, फिर दो कोस इस धाम में पैरों चलके जाएगी और फिर कल आपके पास आएगी। इतनी झंझट की ज़रूरत क्या है, घोषाल काका?

एकादशी ने कहा–सच्ची ही तो कह रही है घोषाल जी, ब्राह्मण की बहू को झूठ-मूठ इधर-से-उधर हैरान करना क्या अच्छा है? देखो-देखो, चटपट देख दो।

क्रुध घोषाल महाशय तब बड़बड़ाते हुए उठे और बगल की कोठरी में से 1951 संवत् वर्ष का खाता निकाल लाए। दसेक मिनट पन्ने उलट-पलटकर सहसा बहुत की खुश कोकर बोल उठे-वाह!

अपनी गौरी बेटी की क्या याददाश्त है! ठीक उसी साल की बही में जमा मिल गया! यह रहा रामलोचन चटर्जी का जमा पांच सौ...

एकादशी ने कहा–अब ज़रा चटपट ब्याज तो जोड डालो, घोषाल जी।

घोषाल ने आश्यर्य में आकर कहा–अब ब्याज भी?

एकादशी ने कहा–क्यों, दोगे नही? रुपया इतने दिनों तक काम में लगा रहा, रखा तो नहीं रहा!आठ साल का सूद लगाओ, इधर के कुछ महीनो को छोड़ दो।

जोड़ने पर सूद और असल मिलाकर कुल साढ़े सात सौ रुपए हुए। एकादशी ने बहन को लक्ष्य करके कहा–बहन, रुपये एक साथ ही ले जाओगी न?

विधवा के अन्तर की बात अन्तर्यामी ने सुन ली, आंखे पोंछते हुए उसने एकादशी से कहा–नहीं तो, इतने मुझे नहीं चाहिए। अभी सिर्फ पचास रुपये दे दो।

"सो ही ले जाओ बहू, घोषाल जी, बही मुझे दो ज़रा,सही कर दूं। और बाक़ी रुपयों का तुम एक रुक्का लिख दो।"

घोषाल ने कहा–मैं ही दस्तख़्त किए देता हूं आप क्यों....

एकादशी ने कहा–नहीं-नहीं, मुझे ही दो न, अपनी आंखों से देख लूं।

कहते हुए उसने बही हाथ में ली और अधिक मिनट उसे देख-दाखकर हंसते हुए कहा–घोषाल जी, इसमें तो असली मोती की एक जोड़ी ब्राह्मण के नाम और भी जमा है। में तो जानता हूं न, आपको हर वक़्त एक-सा नहीं दिखाई देता।

यह कहता हुआ एकादशी दरवाज़े की तरफ़ देखकर ज़रा

हंसा। इतने आदमियों के सामने मालिक की व्यंग्योक्ति से घोषाल का मुंह काला हो गया!

उस दिन का सब काम हो जाने पर अपूर्व जब अपने साथियों को लेकर तपते हुए रास्ते पर निकल आया, तो उसके मन के भीतर एक क्रान्ति-सी मची हुई थी।

घोषाल साथ में था, उसने विनय के साथ पुकारकर कहा– आइए,इस गरीब के घर मुंह से ही सही, कम-से-कम ज़रा पानी तो पी लीजिए।

अपूर्व मुंह से कुछ न कहकर चुपचाप पीछे-पीछे चलने लगा। घोषाल की देह जली जा रही थी, उसने एकादशी को लक्ष्य करके कहा– देखी आपने इस छोटी जात के नालायक की हिमाकत! आप जैसे ब्राह्मणों के पैरों की खूब धूल पड़ी घर में, हरामजादे की सोलह पीढ़ियों का अहोभाग्य समझो! साला पिशाच है, पांच आने पैसे देकर भिखारी टरकाना चाहता है।

विपिन ने कहा–दो दिन ठहर जाइए न। हरामजादे महापाजी को यहां भी नाई-धोबी का बहिश्कार कराकर पांच आने पैसे देने का मज़ा चबाए देता हूं। राखाल बाबू हमारे रिश्तेदार हैं... हां, यह याद रखिए गोपाल साहब!

घोषाल ने कहा–मैं ब्राह्मण हूं। दोनों शाम सन्ध्या-पूजा बिना किए पानी तक नहीं पीता। दो मोतियों के लिए इस भरी दोपहरी में कैसा मेरा मान ग़लत किया, आंखों से देख तो लिया आपने! नालायक का भला होगा, इसका कभी ख़याल भी मत कीजिए और वह हरामजादी, जिसे छूने से नहाना पड़ता है, क्या करती है। ब्राह्मण के पीने के लिए पानी लाती है! रुपये की ठसक तो देखो ज़रा!

अपूर्व ने अब तक एक भी बात में अपनी बात नहीं मिलाई थी। चलते-चलते सहसा वह बीच में खड़ा हो गया, बोला-अनाथ, मै वापस लौट रहा हूं भाई, मुझे बड़ी ज़ोर की प्यास लगी है।

घोषाल ने आश्चर्य के साथ कहा–लौटकर कहां जाओगे! वह रहा, सामने ही तो मेरा मकान दीख रहा है।

अपूर्व ने सिर हिलाकर कहा–आप इन लोगों को ले जाइए, मैं जाता हूं वही एकादशी के घर पानी पीने।

एकादशी के घर पानी पीने! सब-के-सब एक साथ त्यौरियां चढ़ाकर खड़े हो गए। विपिन ने उसका हाथ पकड़कर एक झटका देते हुए कहा–चलो-चलो, भरी दोपहरी में, ऐसी कड़ी धूप में, बीच रास्ते पर मज़ाक अच्छा नहीं लगता। तुम तो ज़रूर जाओगे ऐसे ही हो न! तुम पीओगे एकादशी की बहन का छुआ पानी!

अपर्व ने अपना हाथ खींचकर दृढता के साथ कहा–हां-हां, सचमुच मैं उसका लाया हुआ वही पानी पीने जा रहा हूं। तुम लोग घोषाल महाश्य के यहां से खा-पी आओ, मैं उस पेड़ के नीचे बैठा मिलूंगा।

उसके शान्त और स्थिर कंठ-स्वर से हतबुद्धि होकर घोषाल ने कहा–इसका प्रायश्चित करना पड़ता है, सो मालूम है?

अनाथ ने कहा–पागल तो नहीं हो गए?

अपूर्व ने कहा–सो तो मालूम, पर प्रायश्चित करना पड़ेगा, तो वह उस समय आराम से बैठकर सोचा जाएगा, लेकिन अभी नहीं रुक सका।-कहता हुआ वह उसी चटकती हुई धूप में जल्दी-जल्दी एकादशी के घर की ओर चल दिया।

महेश

गांव का नाम है काशीपुर। छोटा-सा गांव और जमींदार उससे भी छोटा,मगर फिर भी उसका दबदबा ऐसा कि प्रजा चूं तक नही कर सकती।

छोटे लड़के की पूजा थी। जन्म-तिथि की पूजा समाप्त करके तर्करत्न महाश्य दोपहर के वक्त घर लौट रहे थे। बैसाब ख़तम होने को है, पर आकाश में बादल की छाया तक नहीं, वर्षा न होने के कारण आकाश से मानो आग झर रही है।

सामाने का दिशाओं तक फैला मैदान कड़ी धूप से सूखकर फटने लगा है और उन लाखों दरारों में से धरती की छाती का खून मानो धुआं बनकर उड़ा जा रहा है। अग्निशिखा-सी उसकी लहराती हुई ऊर्ध्वगति की तरफ़ देखने से सिर चकराने लगता है, जैसे नशा आ गया हो।

उसे मैदान के किनारे रास्ते पर गफूर जुलाहे का घर है। उसकी मिट्टी की दीवार गिर गई है और आंगन सड़क से आ मिला है, मानो अन्तःपुर की लज्जा और आबरू पथिकों की करुणा के आगे आत्म-समर्पण करके निश्चिन्त हो गई हो।

सड़क के किनारे एक पेड़ की छाया में खड़े होकर तर्करत्न ने पुकारा, "ओ रे ओ गफूर, घर में है क्या?"

उसकी दसेक साल की लड़की ने दरवाज़े के पास आकर कहा, “क्यों... बापू को तो बुखार आ गया है।”

“बुख़ार! बुला हरामजादे को। पाखंडी म्लेच्छ कहीं का!”

शोरगुल सुनकर गफूर घर से निकलकर बुख़ार में कापंता बाहर आ खड़ा हुआ। फूटी दीवार से सटा हुआ एक पुराना बबूल का पेड़ है, उसकी डाल से एक बैल बंधा हुआ है। तर्करत्न ने उसकी तरफ़ इशारा करके कहा, “यह क्या हो रहा है, सुनूं तो सही? यह हिन्दुओं का गांव है, जम्मीदार ब्राह्मण है, सो भी कुछ होश है?”

इनका चेहरा गुस्से और धूप से सुर्ख हो रहा था, लिहाज़ा उस मुंह से गर्म और तीखी बात ही निकलेगी, मगर कारण न समझ सकने से गफूर सिर्फ मुंह की तरफ़ देखता रहा।

तर्करत्न ने कहा,“सबेरे जाते वक्त देख गया था, बंधा है और दोपहर को लौटती वक़्त देख रहा हूं कि ज्यो-का-त्यों बंधा हुआ है! गो हत्या होने पर मालिक साहब तुझे जिन्दा गाड़ देंगे। वे ऐसे ब्राह्मण नहीं है।

“क्या करूं पंडितजी महाराज, बड़ी लाचारी में पड़ गया हूं। कई दिन से बुख़ार में पड़ा हू। पगहा पकड़कर थोड़ा-बहुत चरा लाता, सो होता नहीं, चक्कर खाकर गिर पड़ता हूं।”

“तो खोल दे, आप ही चर आएगा।”

“कहां छोड़ आऊं पंडितजी, लोगों के धान अभी सब झाड़े नहीं गए है, खलिहान में पड़े हुए हैं, पुआल भी अभी तक ज्यो-का-त्यों पड़ा है। और मैदान तो सब खुलकर सफाचट हो रहा हैं, कहीं भी मुट्ठी-भर घास नही। किसी के धान में मुंह मार दे, किसी का पुआल तहस-नहस कर डाले, कोई ठीक नही, छोंड़ू तो कैसे छोड़ू महाराज?”

तर्करत्न ने ज़रा गर्म होकर कहा, "नहीं छोड़ता तो कहीं छांह में बांधकर दो आंटी पुआल ही डाल दे, चबाया करेगा तब तक। तेरी लड़की ने भात नहीं रांधा? मांड-पानी दे दे थोड़ा-सा पी लेगा।"

गफूर ने कुछ जवाब नहीं दिया। निरूपाय की भांति तर्करत्न के मुंह की तरफ़ देखता रहा, उसके मुंह से एक दीर्घ निश्वास निकल पड़ा।

तर्करत्न ने कहा, "सो भी नहीं है क्या? पुआल सब क्या कर दिया? हिस्से में जो कुछ मिला था, सो बेच-बूचकर 'पेटाय स्वाहा!' बैल के लिए भी थोड़ा-सा नहीं रखा! कसाई कहीं का?"

इस निष्ठुर अभियोग से गफूर की मानो ज़बान बन्द हो गई। क्षण-भर बाद उसने आहिस्ता से कहा, "जो कुछ हिस्से में मिला था, सो मालिक साहब ने पिछले बकाया में रखवा लिया।" रो-बिलखकर हाथ-पांव जोड़के कहा, "बाबू साहब हाकिम हैं आप, आपकी जमींदारी छोड़कर भाग थोड़े ही सकता हूं। मुझे थोड़ा-सा पुआल दे दीजिए। छप्पर छाना है, एक कोठरी है, बाप-बेटी को रहना है, सो भी खैर, इस साल ताड़-पतो से गुज़र कर लूंगा, लेकिन मेरा महेश भूखों मर जाएगा!"

तर्करत्न ने हंसकर कहा, "ओफ़ू-ओ! और आपने शोक से इसका नाम रख छोड़ है महेश! हंसी आती है!"

मगर यह व्यंग्य गफूर के कानों में नहीं गया, वह कहने लगा, लेकिन हाकिम की मेहरबानी नहीं हुई। दो महीने की खुराक लायक धान हम लोगों को दे दिया, लेकिन पुआल सब हिसाब में ले लिया, इस बेचारे को एक तिनका तक नहीं मिला..." यह कहते-कहते उसका गला भर आया, परन्तु तर्करत्न को उस पर दया नहीं आई। बोले, "अच्छा आदमी है तू तो! पहले से ले रखा है, देगा नहीं? जमींदार क्या तुझे

अपने घर से खिलाएगा? अरे, तुम लोग तो राम-राज्य में बसते हो। आख़िर कौम तो नीच ही ठहरी इसी से बुराई करता फिरता है!"

गफूर ने लज्जित होकर कहा, "बुराई मैं क्यों करने लगा महाराज, उनकी बुराई हम लोग नहीं करते, लेकिन दूं कहां से, बताइए? चार बीधे खेत हिस्से में जोतता हूं पर लगातार दो साल अकाल पड़ गया, खेत का धान खेत में सूख गया, बाप-बेटी दोनों को भर-पेट खाने को भी नहीं मिलता। घर की तरफ देखिए,बरखा होती है तो बिटिया को लेकर एक कोने में बैठकर रात बितानी पड़ती है, पैर फैलाकर सोने की भी जगह नहीं। महेश की तरफ़ देखिए, हड्डियां निकल आई है। दे दीजिए महाराज, थोड़-सा पुआल उधार दे दीजिए, दो-चार दिन इसे भर-पेट खिला दूं..." कहते-कहते ही वह धूप-से ब्राह्मण के पैरों के पास बैठ गया। तर्करत्न महाश्य तीर की-तरह दो कदम पीछे हटकर बोल उठे,"अरे, मरे, छू लेगा क्या?"

"नहीं, महाराज, छुऊंगा क्यों, छुऊंगा नहीं। इस साल दे दीजिए महाराज, थोड़ा-सा पुआल दे दीजिए। आपके यहां चार-चार टाले लगी हुई हैं, उस दिन मैं देख आया हूं, थोडा-सा देने से आपको कुछ कमी न होगी। बड़ा सीधा जीव है। मुंह से कुछ कह नहीं कह सकता, सिर्फ टुकर-टुकर देखता रहता है और आंखों से आंसू डालता रहता है।"

तर्करत्न ने कहा,"उधार तो ले लेगा, पर अदा कैसे करेगा सो तोबा?"

गफूर ने आशान्वित होकर व्यग्र स्वर में कहा, "जैसे बनेगा, मैं चुका दूंगा महाराज जी, आपको धोखा न दूंगा।"

तर्करत्न महाशय ने मुंह से एक प्रकार का शब्द करके गफूर के व्याकुल कंठ का अनुकरण करते हुए कहा, "धोखा नहीं दूगा! जैसे

बनेगा, चुका दूंगा! रसिक नागर बन रहा है! चल-चल हट, रास्ता छोड़ घर जाना है, बहुत देर हो गई है।"

इतना कहकर मुस्कुराते हुए कदम बढ़ाया ही था कि अचानक डर से पीछे हटते हुए गुस्से में आकर कहने लगे, "अरे मरे, सींग हिलाकर मारने आ रहा है, सींग मारेगा?"

गफूर उठकर खड़ा हो गयां पंडितजी के हाथ में फल-फूल और भीगे चावलों की पोटली थी, उसे दिखाते हुए गफूर ने कहा, "गन्ध मिल गई है न उसे, इससी से कुछ खाने को मांगता है...."

"खाने को मांगता है? ठीक, जैसा खुद गंवार है, वैसा ही बैल है। पुआल तो नसीब नहीं होता, केले-चावल खाने को चाहिए! हटा-हटा, रास्ते से एक तरफ़ हटाकर बांधं कैसे सींग हैं, किसी दिन किसी की जान न ले ले!" कहते हुए पंडित जी एक तरफ़ से बचकर निकल गए।

गफूर उनकी दृष्टि हटाकर कुछ देर तक महेश की तरफ़ एकटक देखता रहा। उसकी गम्भीर काली आंखें वेदना और भूख से भरी थीं, उसने कहा, "तुझे मुट्ठी-भर दिया नहीं? उन लोगों के पास बहुत है, फिर भी देते नहीं किसी को। न दें..." कहते-कहते उसका गला रुंध आया और आंखो से टप-टप आंसू गिरने लगे। महेश के पास आकर वह चुपचाप उसके गले पर, माथे और पीठ पर, हाथ फेरता हुआ चुपके-से कहने लगा, "महेश तू मेरा लड़का है, तू हम लोगों को आठ साल तक खिलाता-पिलाता रहा है, अब बूढ़ा हो गया है, तुझे मैं भर-पेट खिला भी नहीं सकता, लेकिन तू तो जानता है कि तुझे मैं कितना चाहता हूं।"

महेश ने इसके उत्तर में सिर्फ गर्दन बढ़ाकर आराम से आंखें मींच लीं। गफूर अपने आंसू महेश की पीठ पर पोंछता हुआ उसी तरह अस्फुट स्वर में कहने लगा, "जमींदार ने तेरे मुंह का कौर छीन

लिया, मसान के पास जो चरने की जगह थी, उसे भी पैसे के लोभ से ठेके पर उठा दिया, ऐसे अकाल में तुझे कैसे जिलाए रखू बता? छोड़ देने से तू दूसरों की टाल पर मुंह मारेगा, लोगों के केले के पेड़ तोड़कर खा जाएगा, तेरे लिए मैं क्या करूं? देह में अब तेरे ताक़त भी नहीं,गांव का कोई अब तुझे चाहता नहीं। लोग कहते हैं, अब तुझे बेच देना चाहिए...” मन-ही-मन इन शब्दों के उच्चारण करते ही उसकी आंखों से टप-टप आंसू गिरने लगे। उन्हें हाथ से पोंछकर वह इधर-उधर देखने लगा, फिर फूटे घर के छप्पर से थोड़ा-सा पुराना मैला पुआल खींच लाया और उसे महेश के समाने रखकर धीरे-से कहने लगा, “ले, जल्दी से थोडा-बहुत खा ले, देर होने से... फिर...”

“बापू?”

“क्यों बिटिया?”

“आओ, भात खा जाओ।” कहती हुई अमीना घर से निकलकर दरवाजे पर आ खड़ी हुई। क्षण-भर देखकर उसने कहा, “महेश को फिर छप्पर का पुआल खिला रहे हो बापू?”

ठीक इसी बात का उसे डर था, लज्जित होकर बोला, “सड़ा-सुड़ाया पुआल है बिटिया, अपने-आप झर-झरके गिर रहा था।”

“मैं भीतर से आवाज़ सुन रही थी बापू, तुम खींचके निकाल रहे थे?”

“नहीं बिटिया, ठीक खींचके नहीं निकाल।...

“लेकिन दीवार जो गिर जाएगी बापू...”

गफूर चुप रहा। सिर्फ एक कोठरी के सिवा और सब टूट-फूट गया है और इस तरह करने से अगली बरसात में वह भी नहीं टिक सकती, यह बात उससे ज़्यादा और कौन जानता है! ओर इस तरह और कितने दिन कट सकते हैं।

लड़की ने कहा, "हाथ-पावं धोकर भात खा जाओ बापू, मैं परोस चुकी हूं।"

गफूर ने कहा, "मांड तो ज़रा दे जा बिटिया, महेश को पिला-पिलूकर बेफिकर होकर खाने बैलूंगा।"

"मांड तो आज नहीं रहा बापू, हंडिया में ही चिपक गया।"

"नहीं है" गफूर चुप हो रहा। ऐसे कष्ट के दिनों में ज़रा भी कोई चीज़ बिगाड़ी नहीं जा सकती, इस बात को दस साल की लड़की भी समझ गई है। हाथ-पांव धोकर वह कोठरी के भीतर जाकर खड़ा हो गया। एक पीतल की थाली में पिता के लिए दाल-भात परोसकर बेटी अपने लिए एक मिट्टी की थाली में दाल-भात लिए बैठी है। देखकर गफूर ने धीरे से कहा, "अमीना, मुझे तो फिर आज जाड़ा मालूम हो रहा है बिटिया,बुख़ार में खाना क्या ठीक होगा?"

अमीना ने उद्विग्न चेहरे से कहा,"मगर तब तो तुमने कहा था कि बड़ी भूख लग रही है?"

"तब शायद बुख़ार नहीं था बेटी।"

"तो उठाके रख दूं, शाम को खा लोगे?"

गफूर ने न जाने क्या सोच-विचारकर सहसा इस समस्या की मीमांसा कर डाली बोला, "एक काम करो न बेटी, न हो तो महेश को खिला दो। रात को फिर मेरे लिए मुट्ठी-भर नहीं बना सकोगी अमीना?"

उत्तर में अमीना मुंह उठाकर क्षण-भर चुपचाप पिता के मुंह की ओर देखती रही, फिर सिर झुकाकर धीरे-से बोली, "हां बना दूंगी बापू।"

गफूर का चेहरा सुर्ख हो उठा। बाप और बेटी में यह जो थोड़ा-सा झूठ-मूठ का अभिनय हो गया,उसे इन दो प्रणियों के सिवा शायद और भी एक जन ने आसमान में रहकर देख लिया।

पांच-सात दिन बाद, एक दिन बीमार गफूर चिन्तित चेहरे से अपने आंगन मै बैठा था। उसका महेश कल से अभी तक लौटा ही नहीं। खुद वह कमज़ोर है, इसलिए अमीना उसे सबेरे से चारों तरफ़ ढूंढ़ती फिर रही है। दिन छिपने से पहले उसने वापस आकर कहा, "सुना है बापू मानिक बाबू ने महेश को थाने में भिजवा दिया है।"

गफूर ने कहा, "चल पगली!"

"हां बापू सच। उनके नौकर ने मुझसे कहा कि अपने बाप से जाके कह दे, दरियापुर के मवेशीखाने में ढूंढ़े जाकर।"

"क्या किया था उसने?"

"उनके बगीचे में घुसकर उसने पेड़-पौधे बरबाद कर दिए हैं।"

गफूर सन्न होकर बैठा रहा। महेश के सम्बन्ध में उसने अनेक प्रकार की दुर्घटनाओं की कल्पना की थी, पर ऐसी आशंका उसे नहीं थी। वह जैसा निरीह है, वैसा ही गरीब, लिहाजा कोई पड़ोसी उसे उतनी बड़ी सज़ा दे सकता है, इस बात का डर उसे नहीं था। ख़ासकर मानिक घोस से तो उसे, गऊ और ब्राह्मणों पर जिसकी भक्ति अन्य गांवो तक प्रसिद्ध है, ऐसी आशा नहीं थी।

लडकी ने कहा,"दिन तो छिपा जाता है बापू, महेश को लाने नहीं जाओगे?"।

गफूर ने कहा, "नहीं।"

"लेकिन उसने तो कहा है कि तीन दिन के भीतर नहीं छुड़ाने से पुलिसवाले उसे गौहट्टी में बेच डालेंगे।"

गफूर ने कहा, "बेच डालने दे।"

गौहट्टी ठीक क्या चीज़ है, अमीना इस बात को नहीं जानती थी, परन्तु महेश के सम्बन्ध में उसका उल्लेख होते ही उसका बाप कैसा

विचलित हो उठता है, इस बात को उसने बहुत दफे देखा था, परन्तु आज वह और कोई बात न कहकर चुपचाप धीरे-से चला गया।

रात को अंधेरे में छिपकर गफूर बंशी की दुकान पर जाकर बोला, "चाचा, आज एक रुपया देना होगा।" कहते हुए उसने अपनी पीतल की थाली बंशी के बैठने के माचे के नीचे रख दीं इस चीज़ की तौल वगेरह से बंशी परिचित था। पिछले दो सालों में उसने इसे पांच-छः दफे गिरवी रखकर एक-एक रुपया दिया है। इसलिए आज भी उसने कोई आपत्ति नहीं की।

दूसरे दिन फिर महेश अपने स्थान पर बंधा दिखई दिया। वही बबूल का पेड़ वही रस्सी वही खूटी, वही रीती नांद, वही भूख से बेचैन काली आंखों की सजल उत्सुक दृष्टि। एक बूढ़ा-सा मुसलमान उसे अत्यन्त तीव्र दृष्टि से देख रहा था। पास ही एक किनारे दोनों घुटने मिलाए गफूर चुपचाप बैठा था। अच्छी तरह देख-भालकर उस बुड्ढे ने चादर के छोर में से एक दस रुपये का नोट निकालकर, उसकी तह खोलके , बार-बार उसे ठीक करते हुए गफूर के पास जाकर कहा, "अब मोल-तोल करके इसे भुनाऊंगा नहीं, यह लो, पूरे दस-के-दस दिए देता हूं...लो।"

गफूर ने हाथ बढ़ाकर नोट ले लिया और उसी तरह चुपचाप बैठा रहा, पर जो आदमी बुड्ढ़े के साथ आए थे, उसके पगहा पर हाथ लगाते ही गफूर अकस्मात् उठकर सतर खड़ा हो गया और उद्धत स्वर में बोल उठा, "पगहा को हाथ मत लगाना, कहे देता हूं.... ख़बदार ,अच्छा न होगा!"

वे चौंक पड़े। बुड्ढ़े ने आश्चर्य के साथ कहा, "क्यों?"

गफूर ने उसी तरह गुस्से में जवाब दिया, "क्यों क्या, मेरी चीज़

है, मैं नही बेचता.... मेरी खुशी!" इतना कहकर उसने नोट को अलग फेंक दिया। पर मजूरी करने की उसको आदत नहीं और अभी बुख़ार को छूटे भी चार-पांच दिन ही हुए हैं, शरीर कमज़ोर है, थका हुआ फिर भी आज वह काम की तलाश में निकला था, मगर ऐसी तेज़ धूप में चलने के सिवा और कुछ उसके हाथ नहीं आया। भूख,प्यास और थकान के मारे उसे आंखों के आगे अंधेरा दिखाई दे रहा था। आंगन में खड़े होकर उसने आवाज़ दी, "अमीना, भात हो गया र?"

लड़की कोठरी में से आहिस्ता से निकलकर चुपचाप खूटी के सहारे खड़ी हो गई।

जवाब न पाकर गफूर चिल्ललाकर बोल उठा,"हुआ भात? क्या कहा, नहीं हुआ? क्यों नहीं हुआ बता?"

"चावल नहीं हैं? बापू।"

"चावल नही हैं? सबेरे क्यों नहीं कहा मुझसे?"

"रात को तो कहा था!"

गफूर ने मुंह बनाकर उसके स्वर की नकल करते हुए कहा, "रात को तो कहा था! रात को कहने से किसी को याद रहती है?" कर्कश कंठ से उसका क्रोध दूना बढ़ गया। वह चेहरे को अधिकतर विकृत करके कहने लगा,"चावल रहेगा कहां से। बीमार बाप खाय चाहे न खाय, धींगड़ी लड़की को चार-चार, पांच दफे गटकने को चाहिए। आज से चावल मैं ताले में बन्द करके रखूगा। ला, एक लोटा पानी दे, मारे प्यास के छाती फटी जाती है। कह दे, पानी भी नहीं है!"

अमीना उसी तरह सिर झुकाए खड़ी रही। कुछ देर बाद गफूर जब समझ गया कि घर में पीने का पानी तक नहीं, तब तो वह अपने को सम्हाल न सका। उसने चट् से पास जाकर उसके गाल पर तड़-से

एक तमाचा जड़ दिया और कहा "कलमुंही, हरामजादी लड़की दिन-भर तू किया क्या करती है? इतने लोग मरते हैं, तू क्यों नहीं मरतीं?"

लड़की ने कुछ जवाब नहीं दिया, मिट्टी की गागर उठाकर ऐसी कड़ाके की धूप में ही आंखें पोछती हुई चुपचाप चल दी। मगर उसके आंख से ओझल होते ही गफूर की छाती में शूल-सा चुभने लगा। बगैर मां की इस लड़की को उसने किस तरह पाल-पोसकर बड़ा किया है, सो वही जानता है।

वह सोचने लगा, उसकी इस स्नेहमयी कार्य-परायणा शान्त लड़की का कोई दोष नहीं है। खेत का जो थोड़ा-सा अनाज था, उसके निबट जाने के बाद से उसे दोनों वक़्त भर-पेट खाने को भी नहीं मिलता। किसी दिन एक वक्त खाकर रह जाती है और किसी दिन वह भी नसीब नहीं होता। दिन में चार-चार, पांच-पांच दफ़े खाने की बात जितनी असम्भव है, उतनी ही झूठ। और घर में पानी न रहने का कारण भी उससे छिपा न था। गांव में जो दो-तीन तालाब हैं, वे बिलकुल सूख गए हैं। शिवचरण बाबू के पिछवाड़े के पोखर में जो थोडा-बहुत पानी है भी, सो सबको मिलता नहीं। और-और तालाबों में एक-आध जगह गड्ढा खोदकर जो कुछ पानी संचित होता है, उसके लिए छीना-झपटी मच जाती है और वहां भीड़ भी बहुत रहती है। मुसलमान होने से वह उनके पास भी नहीं जा सकती। घंटों दूर खड़ी रहने के बाद, बहुत निहोरे करने पर कोई दया करके उसके बरतन में डाल दे, तो वह घर लाए। इस बात को वह जानता था। हो सकता है कि आज पानी न रहा; या छीना-झपटी के बीच किसी को लड़की पर कृपा करने का मौका ही न मिला हो, ऐसी ही कोई बात हो गई होगी, यह समझकर उसकी आंखों में आंसू भर आए।

इतने में जमींदार का पियादा यमदूत की तरह आंगन में आ खड़ा हुआ बोला, "गफूर, घर में है क्या?"

गफूर ने तीखे स्वर में उत्तर दिया, "हूं, क्यों, क्या है?"

"बाबू साहब बुला रहे हैं, चल!"

गफूर ने कहा, "अभी मैंने खाया-पिया नहीं पीछे जाऊंगा।"

इतना ज़बरदस्त हौंसला पियादे से सहा नहीं, गया। उसने एक भद्दा सम्बोधन करके कहा, "बाबू का हुक्म है, जूता मारते-मारते घसीट ले जाने का।"

गफूर दूसरी बार अपने को भूल गया, उसने भी एक कटु शब्द का उच्चारण करते हुए कहा, "महारानी के राज्य में कोई किसी का गुलाम नहीं है। लगान देकर रहता हूं, मुफ्त नहीं, मैं नहीं आता।"

मगर संसार में इतने छोटे के लिए इतने बड़े की दुहाई देना सिर्फ व्यर्थ ही नहीं, बल्कि विपत्ति का भी कारण है। यह खैर हुई कि इतना क्षीण कंठ उतने बड़े कानों तक पहुंचा नहीं.... नहीं तो उनके मुंह का अन्न और आंखों की नींद ही जाती रहती।

इसके बाद क्या हुआ, विस्तार से कहने की ज़रूरत नहीं, लेकिन घंटे-भर बाद जब वह जमींदार के सदर से लौटकर चुपचाप पड़ा रहा, तब उसका चेहरा और आंखें सब फूल रही थीं। उसकी सज़ा का प्रधान कारण है महेश। उसके घर से बाहर निकलने के बाद ही वह पगड़ा तोड़कर भाग खड़ा हुआ और जमींदार के सहन में जाकर उसने फूलों के सारे पौधे नष्ट कर डाले। अन्त में पकड़ने की कोशिश की गई तो वह बाबू साहब की छोटी लड़की को पटककर भाग गया। ऐसी घटना यह पहले-पहल हुई हो, सो बात नहीं, इसके पहले भी हुई है, पर गरीब होने से उसे माफ़ कर दिया जाता था, परन्तु प्रजा होकर उसका यह कह देना कि वह

लगान देकर रहता है और किसी का गुलाम नहीं, जमींदार से किसी भी तरह सहा नहीं गया। वहां उसने पिटने और बेइज्जत होने का ज़रा भी प्रतिवाद नहीं किया, सब कुछ मुंह बन्द करके सह लिया और घर आकर भी उसी तरह मुंह बन्द करके पड़ा रहा। भूख-प्यास की बात उसे याद नहीं रही, लेकिन छाती के भीतर मानों आग-सी जलने लगी। इस तरह कितनी देर बीत गई, उसे कुछ होश नहीं, परन्तु आंगन से सहस अपनी लड़की की कराह कान में पड़ते ही वह तड़ाक् से उठके खड़ा हो गया और लपका। बाहर जाकर देखता क्या है कि अमीना ज़मीन पर पड़ी है, उसकी फूटी गागर से पानी झर रहा है और महेश मिट्टी पर मुंह लगाए मानो मरुभूमि की तरह पानी सोख-सोखकर पी रहा है। आंखों की पलकें नहीं गिरी, गफूर का होश-हवास जाता रहा। मरम्मत के लिए कल उसने अपने हल का सिरा खोल रखा था, उसी को दोनों हाथों से उठाकर उसने महेश के झुके हुए माथे पर ज़ोर से दे मारा।

एक बार, सिर्फ एक बार महेश ने मुंह उठाने की कोशिश की, उसके बाद उसका भूखा-प्यासा कमज़ोर शरीर ज़मीन पर लुढ़क पड़ा। आंखो से आंसुओ की कुछ बूंदे कनपटियों की तरफ़ ढुलक पड़ीं और कान से थोड़ा-सा खून बह निकला। दो-तीन बार सारा शरीर थरथराकर कांप उठा, फिर सामने और पीछे के पैर जहां तक तन सकते थे, तन्नाकर महेश ने अन्तिम सांस छोड़ दी।

अमीना रो उठी, बोली,"क्या किया बापू? महेश तो अपना मर गया।"

गफूर टस-से-मस न हुआ, न कुछ जवाब दिया, सिर्फ एकटक दृष्टि से सामने पड़े हुए महेश की पथराई गहरी काली आंखों की तरफ़ देखता हुआ पत्थर की तरह निश्चल खड़ा रहा।

दो घंटे के भीतर ख़बर पाकर, दूसरे गांव के मोची आ जुटे और महेश को बांस में बांधकर बीहड़ की तरफ़ ले चले। उनके हाथों में पैने चमकते हुए छुरे देखकर गफूर सिहर उठा, चट्-से उसने आंखें मींच लीं, उसके मुह से एक शब्द तक नहीं निकला।

मोहल्ले के लोग कहने लगे, "तर्करत्न जी से व्यवस्था लेने के लिए जमींदार ने आदमी भेजा। प्रायश्चित का ख़र्च जुटाने में अब तेरा घर-द्वार तक बिक जाएगा!"

गफूर ने इन सब बातों का कोई जवाब नहीं दिया, वह घुटनों पर मुंह रखकर चुपचाप बैठा रहा।

बहुत रात बीते, गफूर ने लड़की को जगाकर कहा, "अमीना, चल हम लोग चलें यहां से.."

वह बरामदे में सो रही थी, आंखे मलती हुई उठकर बैठ गई, बोली, "कहां बापू?"

गफूर ने कहा, "फुलवाड़ी की जूट मिल में काम करने।"

लड़की आश्चर्य में पड़ गई और बाप का मुंह ताकने लगी। इसके पहले बड़े-से-बड़े दुख में भी उसका बाप जूट मिल में काम करने को राजी न हुआ था, कह दिया करता था कि वहां धर्म नहीं रहता, लड़कियों की इज्जत-आबरू नहीं रहती आदि।

गफूर ने कहा, "अब देरी मत कर बिटिया, बहुत दूर पैदल चलना है।

अमीना पानी पीने का लोटा और पिता के खाने की पीतल की थाली साथ में ले रही थी, पर गफूर ने मना कर दिया, "ये सब रहने दे बिटिया, इनसे अपने महेश का पिरासचित होगा।"

अन्धकारमय गहरे सन्नाटे में गफूर लड़की का हाथ पकड़कर

घर से निकल पड़ा। गांव में उसका कोई आत्मीय नहीं था, लिहाजा, किसी से कुछ कहने-सुनने की ज़रूरत नहीं थी। आंगन पार होकर रास्ते के किनारे उस बबूल के पेड़ के नीचे पहुंचते ही वह ठिठककर खड़ा हो गया और फूट-फूटकर रोने लगा। तारों से जड़े काले आसमान की तरफ मुंह उठाकर कहने लगा, "अल्लाह! मेरा महेश प्यासा मर गया। उसके चरने-खाने तक को किसी ने ज़मीन नहीं दी। मुझे जितनी चाहे सज़ा दे लो, मगर जिसने तुम्हारी दी हुई घास और तुम्हारा दिया हुआ पानी उसे पीने नहीं दिया, उसका कसूर तुम कभी माफ मत करना।"

परेश

एक

मजूदरों का वंश बड़ा है, गांव में उनकी बड़ी-भारी इज्जत है। बड़े भाई गुरुचरण इस घर के कर्ता-धर्ता है। केवल घर के ही क्यों, उन्हें अगर सारे गांव का कर्ता-धर्ता कहा जाय तो अत्युक्ति न होगी। बड़े आदमी तो और भी थे पर इतनी श्रद्धा-भक्ति का पात्र श्रीकुंजपुर में और कोई न था। अपने जीवन में बड़ी नौकरी उन्होंने नहीं की, गांव छोड़कर अन्यत्र जाने को राजी हो जाते तो उनके लिए वह दुष्प्राप्य नहीं थी। लेकिन यौवन मे जो एक बार निकटवर्ती जिला-स्कूल की मास्टरी के काम में घुसे तो किसी भी लोभ से उस शिक्षालय की ममता छोड़कर अन्यत्र जाने के लिए राजी नहीं हुए। यहां उनका वेतन तीस से बढ़ते-बढ़ते पचास रुपया हो गया था और अब उसकी आधी पचीस रुपया पेंशन पाते हैं। तीन साल हुए, उन्होंने अवसर ग्रहण कर लिया है। संसार में आजतक रुपये की कमी उनके लिए सबसे बड़ी चीज नहीं हुई। अगर ऐसा न होता तो झगड़ा मिटाने, मामलों का फैसला करने, दलबन्दी की गुत्थियां सुलझाने में उनका आदेश ही श्रीकुंजपुर में सर्वमान्य नहीं हो सकता। उनकी असीम धर्मनिष्ठा, चरित्र की दृढ़ता और अवचलित साधुता के सामने सभी कोई इज्जत के साथ सिर झुकाते हैं। उमर साठ

के लगभग होगी। अगर कोई आदमी चरित्र, साधुता या धार्मिकता में ज्यादती दिखाता तो आसपास के दस-बीस गांव के लोग उसका यह कहकर मजाक उड़ाते कि "ओफ हो, तुम तो एकदम गुरुचरण मालूम होते हो!" गुरुचरण की स्त्री नहीं थीः केवल एक लड़का था विमल। संसार में शायद अद्भुत कहलाने लायक सचमुच कुछ है ही नहीं, नहीं तो इतने बड़े और सर्वगुण सम्पन्न पिता के ऐसा सर्वदोष-सम्पन्न पुत्र कैसे हुआ,-कुछ समझ में नहीं आता।

पुत्र के साथ पिता का सांसारिक बंधन नहीं के बराबर था। उनका सारा का सारा बंधन जा पड़ा था भतीजे परेश पर। हरिचरण का बड़ा लड़का परेश ही मानों उनका अपना लड़का हो। परेश एम.ए. पास करके कानून पढ़ रहा है, उसे वर्ण-परिचय की पहली पुस्तक से लेकर आजतक सब-कुछ वे ही पढ़ाते आ रहे हैं। विमल ने कुछ नहीं सीखा, उनका यह दुःख परेश से मिट गया।

दो

छोटा भाई हरिचरण इतने दिनो से परदेश में मामूली नौकरी ही कर रहा था। सहसा लड़ाई के बाद न-जाने कैसे वह बड़ा आदमी बन गया औरे नौकरी छोड़कर घर चला आया। लोगों को ऊंचे ब्याज पर रुपये उधार देने लगा, स्त्री के नाम से एक बगीचा खरीद लिया, और भी दो-एक काम ऐसा किया जिससे उसके रुपये की गंध को पांच-सात गांव के लोगों की नाकतक पहुंचते देर न लगी।

एक दिन हरिचरण ने आकर विनय के साथ कहा, "भइया बहुत दिनों से मैं आप से एक बात कहने की सोच रहा हूं।"

गुरुचरण ने कहा, "अच्छी बात है, कहो।"

हरिचरण बगलें झांकता हुआ बोला, "आप अकेले अब और कितना कर सकेंगे, उमर भी काफी हो रही है।"

गुरुचरण ने कहा, "सो तो है ही। साठवां साल चल रहा है।"

हरिचरण ने कहा, "इसी से कह रहा था, मैं तो अब घर ही रहूंगा; जमीन-जायदाद सब गैर-सिलसिले से पड़ी है, जरा निशान लगा कर मैं ही अगर-"

गुरुचरण ने क्षणभर अपने छोटे भाई के चेहरे की तरफ देखकर कहा, "जमीन-जायदाद तो अपनी मामूली ही है और गैर-सिलसिले से भी नहीं है, लेकिन तुम क्या अलग होने की बात कह रहे हो?"

हरिचरण ने मारे शरम के दातों-तले जीभ दबाकर कहा, "जी नहीं, जी नहीं-जैसा है जैसा चल रहा है सब वैसा ही रहेगा; सिर्फ जो कुछ अपने पास है उसमें जरा निशान लगा लेना है; और रसोई-बसोई भी बड़े झंझट की चजी है,- सब कुछ एकत्रित ही रहेगा, पर दाल और भात अलग-अलग कर लिया जाय आप समझे नहीं-"

गुरुचरण ने कहा, "समझा क्यों नहीं, समझता तो हूं ही। अच्छी बात है, कल से ऐसा ही होगा।"

हरिचरण ने पूछा, "निशान आप कैसे लगायेंगे, कुछ तय किया है?"

गुरुचरण ने कहा, "तब करने की तो अबतक कोई जरूरत नहीं पड़ी थी; पर यदि वह आज आ पड़ी है तो तीनों भाइयों के तीन हिस्से बराबर-बराबर बांट देने से काम चल जायगा।"

हरिचरण ने आश्चर्य के साथ कहा, "तीन हिस्से कैसे? मझली बहू तो विधवा हैं, लड़का-बाला भी कोई नहीं, फिर उनका हिस्सा कैसा? दो हिस्से होंगे।"

गुरुचरण ने सिर हिलाकर कहा, "नहीं, तीन हिस्से होंगे। मझली बहू मेरे श्यामाचरण की विधवा है, जबतक जीवित रहेगी, हिस्सा तो पायगी ही।"

हरिचरण रुष्ट हो गया, बोला, "कानून से नहीं पा सकती, सिर्फ खाने-पहनने को ले सकती है।"

गुरुचरण ने कहा, "सो तो ले ही सकती है, क्योंकि वह बहू ठहरी।"

हरिचरण ने कहा, "मान लीजिए, कल को अगर बेच देना या गिरवी रख देना चाहे तो?"

गुरुचरण ने कहा, "कानून से अगर ऐसा हक हासिल हो तो करेगी।"

हरिचरण का चेहरा स्याह पड़ गया। बोला, "हूं, करेगी क्यों नहीं!"

दूसरे दिन हरिचरण रस्सी और फीता हाथ में लिये घर-घर में नाप-जोख करने लगा। गुरुचरण ने न तो कुछ पूछा, और न बाधा ही डाली। दो-तीन दिन बाद ईंटें, काठ और बालू-चूना-सुर्सी भी आ पहुंची। घर की पुरानी महरी ने आकर खबर दी, "कल से राज लग जायंगे, छोटे बाबू की भीत खड़ी होगी।

गुरुचरण ने हंसते हुए कहा, "सो तो देख ही रहा हूं, कहने की क्या जरूरत है।"

पांच-छह दिन बाद, एक शाम को दरवाजे के बाहर पैरों की आउट सुनकर गुरुचरण ने मुंह उठाकर पूछा, "पंचू की मां, क्या है?"

पंचू की मां बहुत दिनों की पुरानी महरी है। उसने इशारे से दिखाते हुए कहा "मझली बहू खड़ी है बड़े बाबू।"

बड़ी बहू के मरने के बाद से विधवा भ्रातृवधू ही इस गृहस्थी की मालकिन हैं, वे ओट में खड़ी होकर जेठ के साथ बोलती हैं। उन्होंने

मृदुकण्ठ से कहा, "ससुर के घर में क्या मेरा कुछ भी दावा नहीं, जो छोटी बहू मुझे रात-दिन,गालियां दिया करती हैं?"

गुरुचरण ने कहा, "है क्यों नहीं बहू! जैसा उनका है, ठीक वैसा ही तुम्हारा भी हक है।"

पंचू की मां ने कहा, "लेकिन इस तरह करने से तो घर टिकना मुश्किल है।"

गुरुचरण सब सुन रहे थे, क्षण-भर चुप रहकर बोले, परेश को आने के लिए चिट्ठी लिख दी है, पंचू की मां, उसके आते ही सब ठीक हो जायगा-तब तक तुम लोग जरा सहती रहो।"

मझली बहू ने दुविधा करते हुए कहाः "लेकिन परेश क्या–"

गुरुचरण ने टोकते हुए कहा, "लेकिन कुछ नहीं, मझली बहू, मेरे परेश के विषय में 'लेकिन' नहीं चल सकता। हरी उसका बाप जरूर है, पर वह लड़का मेरा ही है। सारी दुनिया एक तरफ हो जाय, तो भी वह मेरा ही रहेगा। उसके 'ताऊजी' कभी अन्याय नहीं करते यह बात अगर वह न समझे तो समझो कि व्यर्थ ही मैंने इतने दिनों पराये लड़के को छाती से लगाकर आदमी बनाया!"

दासी ने कहा, "इनमें क्या कहना है! उस साल माता निकली थी तब तुम्हारे सिवा उसे यमराज के मुंह से और कौन छीन सकता था, बड़े बाबू? तक कहां छोटे बाबू थे और कहां उसकी सौतेली मां! मारे डर के कोई उसके पासतक न फटकता था। अकेले ताऊजी ही थे, क्या रात और क्या दिन।"

मझली बहू ने कहा, "परेश की मां जीवित रहती,तो शायद उससे भी इतना करते न बनता।"

गुरुचरण संकोच में पड़ गये, "रहने दो बेटी, ये सब बातें।"

उसके चले जानेपर वृद्ध गुरुचरण की आंखों के सामने मानों विमल औरे परेश दोनों पास-पास खड़े हो गये। जंगले के बाहर अन्धकारमय आकाश की तरफ देखकर उनके मुंह से एक दीर्घ निःश्वास निकला पड़ा। उसके बाद मोटी बांस की लाठी उठाकर वे सरकारों के बैठकखाने में शतरंज खेलने चले गये।

दूसरे दिन दोपहर को गुरुचरण रोटी खाने बैठे थे। मकान के उत्तर-तरफ के बरामदे का कुछ हिस्सा घेरकर हरिचरण की रसोई का काम चल रहा था। वहां से तीक्ष्ण नारी-कण्ठ से ऐसी-ऐसी कड़ुई बातें निकलती आ रही थी, जिनका हदो-हिसाब नहीं। उनके भोजन में काफी विघ्न हो रहा थाः मगर उनमें जब सहसा पुरुष का मोटा गला आ मिला, तब क्षर-भर के लिए उनके काने खड़े हो गये और सुनकर सहसा व उठके खड़े हो गये।

मझली बहू ओट में से हाय-हाय कर उठी और पंचू की मां ने मारे क्रोध और क्षोभ के चीत्कार करके इस दुर्घटना को प्रकट कर दिया।

आंगन में खड़े होकर गुरुचरण ने भाई को पुकारकर कहा, "हरिचरण औरतों की बातपुर मैं ध्यान नहीं देना चाहता पर तुम पुरुष होकर अगर विधवा बड़ी भौजाई का इस तरह अपमान करोंगे तो उसका फिर इस घर में रहना नहीं हो सकता।"

इस बात का किसी ने जवाब नहीं दिया; पर बाहर जाने के रास्ते में उन्हें छोटी बहू का परिचित तीक्ष्ण कंठ सुनाई दिया; वह मजाक उड़ाती हुई कह रही थी, "इस तरह अपमान न किया करो, कहे देती हूं। नहीं तो मझली बहू घर में ही न रहेंगी! तब क्या होगा?"

हरिचरण जवाब दे रहा था, "दुनिया रसातल में डूब जायगी और क्या होगा! कौन रहने के लिए सर की कसम दिला रहा है? चली जाय तो जान बचे।" गुरुचरण ठिठककर खड़े हो गये।

तीन

हेडमास्टर साहब की कन्या के विवाह में शामिल होने के लिए गुरुचरण कृष्णनगर को रवाना हो रहे थे, इतने में अचानक सुना कि परेश घर आ गया है, और आते ही बुखार में पड़ गया है। वे घबराये हुए परेश के कमरे में घुस रहे थे कि सामने छोटे भाई को देखकर पूछ उठे, "परेश को बुखार आ गया है क्या?"

हरिचरण 'हूं' कहकर चला गया। छोटी बहू की मायके की नौकरानी ने सामने रास्ता रोककर कहा, "आप भीतर मत जाइए।"

"न जाऊं? क्यों?"

"भीतर दीदीजी बैठी हैं।"

"उन्हें जरा हट जाने को कह दे न।"

"नौकरानी ने कहा, "हट कहां जायंगी, लड़के के माथेपर हाथ फेर रही है।"कहकर वह अपने काम से चली गयी।

गुरुचरण स्वप्नाछन्न की भांति क्षणभर खड़े रहें, फिर परेश को पुकार कर बोले, "परेश कैसी तबीयत है बेटा?"

भीतर से इस व्याकुल प्रश्न का कोई जवाब न आया, मगर नौकरानी ने कहीं से जवाब दिया, "भइयाजी को बुखार है, सुन तो लिया!"

गुरुचरण स्तब्ध होकर दो-तीन मिनट तक वहीं खड़े रहे, फिर धीरे से बाहर चले आये और किसी से कोई बात न करके सीधे रेलवे स्टेशन की तरफ रवाना हो गये।

वहां ब्याह की धूम-धाम में किसी ने कुछ ध्यान नहीं दिया, परन्तु काम-काज निबट जानेपर उनके बहुत दिनों के मित्र हेडमास्टर साहब ने एकान्त में ले जाकर उनसे पूछा, "क्या बात है गुरुचरण? सुना है कि हरिचरण तुम्हारे बहुत पीछे पड़ा है?"

गुरुचरण ने अन्यमनसक की भांति कहा, "हरिचरण? नहीं तो!"

"नहीं तो क्या जी? हरिचरण की शैतानी का हाल तो सभी सुन चुके हैं।"

"गुरुचरण को सहसा सब बातें याद आ गयी। बोले, "हां-हां, जमीन-जायदाद के बारे में हरिचरण कुछ गड़बड़ी कर रहा है।"

उसकी बात के ढंग से हेडमास्टर क्षुण्ण हुए। दोनों बचपन के निष्कपट मित्र हैं फिर भी गुरुचरण भीतर की बात को उदासीनता के आवरण में छिपाना चाहते हैं-इस बात ख्याल करके फिर उन्होंने कोई बात नहीं पूछी।

गुरुचरण ने कृष्णनगर से वापस आकर देखा कि उनकी इन कई दिनो की अनुपस्थिति में मोका पाकर हरिचरण ने आंगन में जगह-जगह गढ़े खोद-खादकर ऐसा हाल कर रखा है कि कहीं पैर रखने को जगह नहीं। वे समझ गये कि वह अपनी मर जी और सहूलियत के माफिक घर का बंटवारा करके बीच में दीवार खड़ी करेगा। उसके पास रुपया है, लिहाजा किसी और के मतामत की उसे जरूरत नहीं।

वे अपने कमरे में जाकर कपडे बदल रहे थे. इतने में मझली बह को साथ लिये पंचू की मां आ खड़ी हुई। गुरुचरण समाचार पूछना चाहते थे कि वह अक्स्मात् अस्फट आतकण्ठ से रोने लगी ओर रोते-रोते ही उसने बताया कि परसों सबेरे मझली बहुजी को छोटे वाब ने गरदन पकड़कर धक्का देते हुए घर से बाहर निकाल दिया था और मैं मौजूद न होती तो शायद मार-मार कर अधमरी कर डालते।

घटना पूरी तरह से समझने में गुरुचरण को ज्यादा देर न लगी। फिर भी व मिट्टी के पतले की तरह निर्वाक और निस्पन्द रहकर सहसा पूछ उठे, "सचमुच ही क्या हरिचरण ने तुम्हारी देह को हाथ लगाया था, बहुरानी? लगा सका बहू?"

थोड़ी देर बाद पूछा, "जान पड़ता है तब परेश शायद खाटपर पड़ा होगा ?"

पंचू की मां ने कहा, "उन्हे तो कुछ हुआ ही नहीं बड़े बाबू, अंभी आज ही तो सबेरे की गाड़ी से कलकत्ता चले गये हैं।

कुछ हुआ नही ? तो वह अपने बाप की करतूत जानकर गया है ?

पंचू की मां ने कहा, "हां सभी कुछ।"

गुरुचरण के पैरो के नीचे से जमीन खिसक गयी। बोले, "बहुरानी, इतने बड़े अपराध की सजा अगर उसे न मिले तो इस घर में मेरा रहना उठ गया समझ लो। चलो अभी समय है, मैं गाड़ी लिये आता हूं, तुम्हें अदालत चलकर नालिश करनी होगी।"

अदालत जाकर नालिश करने के नाम से मझली बहू चौंक पड़ी। गुरुचरण ने कहा, "गृहस्थी की बहू-बेटियों के लिए यह काम सम्मान-जनक नहीं, यह मैं जानता हूं, पर इतना बड़ा जबरदस्त अपमान अगर चुपचाप सह लोगी बेटी,तो भगवात तुमसे नाराज हो जायंगे। इससे ज्यादा बात और में नहीं जानता।"

मझली बहू जमीन से उठकर खड़ी हो गयी बोली, "आप पिता के समान हैं। मुझे जैसी आज्ञा देंगे, मैं बिना किसी संकोच के उसका पालन करूंगी।"

हरिचरण के खिलाफ मुकदमा दायर हुआ। गुरुचरण ने अपनी पुराने जमाने की जंजीर बेचकर बड़े वकील की मोटी फीम दाखिल कर दी।

निर्दिष्ट दिन को मामले की सुनवाई हुई। प्रतिवादी हरिचरण हाजिर हुआ मगर वादिनी नहीं दिखाई दी। वकील ने न-जाने क्या कहा, सुना हाकिम ने मुकदमा खारिज कर दिया। भीड़ में गुरुचरण की अचानक

निगाहें पड़ गयी परेश पर। तब वह मुंह फेरकर मन्द-मन्द हंस रहा था।

गुरुचरण ने घर आकर सुना कि मायके से किसी की जबरदस्त बीमारी की खबर पाकर मझली बहू बगैर नहाये-धोए, यों ही गाड़ी बुलवाकर वहां चली गयी है।

पंचू की मां हाथ-पैर धोने को पानी देने आयी और सहसा रोकर कहने लगी, "रात भी झूठी दिन भी झूठा-तुम और कहीं चले जाओ बड़े बाबू, इस पापी संसार में तुम्हारे रहने की जगह नही है।"

ढोल आये, नगाड़े आये मजीरा आये-मुकदमा जीत जाने की खुशी में हरिचरण के घर शुभचण्डी की पूजा के ऐसे बाजे बजे कि सारा गांव उथल-पुथल हो उठा।

चार

दो भागों में विभक्त पैतृक मकान के एक हिस्से में रहा हरिचरण का परिवार और दूसरे में रहे गुरुचरण और उनकी बहुत दिनों की पुरानी-दासी पंचू की मां। दूसरे दिन सबेरे पंचू की मां ने आकर कहा, "रसोई का सब सामान जुटा दिया है बड़े बाबू।"

"रसोई का? ओ-हां-ठीक है, चलो मैं आया।" कहकर गुरुचरण उठना ही चाहते थे कि दासी ने कहा, "कोई जल्दी नहीं है बड़े बाबू, जरा दिन चढ़ने दीजिए; बल्कि आप गंगा-स्नान कर आइए।"

"अच्छी बात है,जाता हूं।" कहकर गुरुचरण पलक मारते ही गंगास्नान के लिए जाने को तैयार हो उठ खड़े हुए। उनके काम या बात में कहीं कुछ भी असंगति नहीं थी, फिर भी पंचू की मां को न जाने कैसा बहुत बुरा-सा मालूम दिया। उसे बार-बार यही खयाल आने लगा-मानो ये पहले के वे बड़े बाबू नहीं रहे।

पंचू की मां भीतर जाकर चिल्ला-चिल्लाकर कहने लगी, "कभी भला न होगा! हरगिज भला न होगा! इसकी सजा भगवान् देंगे ही देंगे!"

किसका भला न होगा और किसे भगवान सजा देंगे ही देंगे, ठीक समझ में न आया, लेकिन उन दिन छोटे बाबू की तरफ से इस बारे में झगड़ा करने को कोई तैयार नहीं हुआ।

इसी तरह दिन कटने लगे।

गुरुचरण की एकमात्र सन्तान विमलचन्द्र नहीं, वे इस बात को अच्छी तरह जानते थे। कोई मास पहले कुछ घण्टों के लिए एक बार वह घर आया था, फिर उसके दर्शन ही नहीं हुए। उस बार वह एक बैग में छिपाकर न जाने क्या-क्या रख गया था। उसके चले जाने पर गुरुचरण ने बुलाकर कहा था,

"देख तो बेटा, क्या है इसमे?" परेश ने अच्छी तरह देख-भालकर कहा था, "कुछ कागजात हैं, शायद दस्तावेज हों। ताऊजी, इन्हें जला दूं?"

गुरुचरण ने कहा था, "अगर जरूरी हुए तो?"

परेश ने कहा था, "जरूरी तो है ही, पर विमल-भइया के लिए शायद गैरजरूरी हैं। आफत को जरूरत क्या है घर में रखने की?"

गुरुचरण ने आपत्ति की थी, "बगैर जाने नष्ट नहीं करना चाहिए परेश, किसी का सत्यानाश भी हो जा सकता है। इन्हें तू कहीं छिपाकर रख दे बेटा,पीछे देखा जायगा।"

इस घटना की उन्हें याद नहीं थी। आज सबेरे गंगा-स्नान से लौटकर रसोई बनाने जा रहे थे, इतने में अकस्मात् बैग लिये हुए परेश, हरिचरण, गांव के और भी कई सज्जन और पुलिस आ खड़ी

हुई।

घटना संक्षेप में यह है कि विमल डकैती का असामी है, फिलहाल फरार है। अखबार में खबर पढ़कर परेश ने पुलिस को सब बातें जता दी हैं। बैग अब तक उसी के पास था। विमल खराब लड़का है, शराब पीता है, आनुषंगिक और भी अनेक दोष हैं। कलकत्ता रहकर कोई मामूली-सी नौकरी करके वह ये सब काम किया करता है। मगर वह डकैती कर सकता है, ऐसा सन्देह पिता के मन में कभी स्वप्न में भी न हुआ। कुछ क्षण वे एकटक परेश के चेहरे की तरफ देखते रहे, उसके बाद उनकी निष्प्रभ निर्निमेष दोनों आंखों से झर-झर आंसू टपकने लगे। बोले, "सब सच है, परेश ने एक बात भी झूठ नहीं कहीं!"

दरोगा ने और भी दो-चार बातें पूछकर उन्हें छुट्टी दे दी। जाते समय उसने सहसा झुककर गुरुचरण के पांव छुए, और कहा, "आप उम्र में बड़े हैं और ब्राह्मण हैं, मेरा कसूर ध्यान में न लाइएगा। इतने भारी दुःख का काम मैंने इसके पहले कभी नहीं किया।"

और भी, कई महीने बीत जानेपर खबर आई कि विमल को सात साल की सजा हो गयी है।

पांच

फिर ढोल, नगाड़े और मजीरा बजाकर समारोह के साथ शुभचण्डी की पूजा की तैयारियां होने लगीं। परेश ने कहा, "बापूजी, यह सब रहने दो।"

"क्यों?"

परेश ने कहा, "यह मुझसे सहन नहीं होगा।" बाप ने कहा, "अच्छी बात है, सहन न कर सको तो आज का दिन

कलकत्ता जाकर घूम-फिरककर बिता आओं। जगन्माता की पूजा है,धर्म-कर्म में बाधा मत डालो।"

कहना न होगा कि धर्म-कर्म में कोई बाधा नहीं आयी।

दस दिन बाद, एक दिन सबेरे गुरुचरण के घर की तरफ अकस्मात् शोरगुल और चींख-चिल्लाहट सुनाई दी, और कुछ देर बाद ग्वालिन रोती हुई आ खड़ी हुई। उसकी नाक से खून बह रहा था। हरिचरण ने घबराहट के साथ पूछा, "खून कैसे आ गया मोक्षदा? बात क्या है?"

रोने की आवाज सुनकर घर के सभी आ पहुंचे। मोक्षदा ने कहा, "दूध में पानी मिलाया था, इसलिए बड़े बाबू ने लात मारकर मुझे गड्ढे में गिरा दिया।"

हरिचरण ने कहा, "किसने किसने? हट-"

परेश ने कहा, "ताऊजी ने? झूठ बोलती है।"

छोटी बहू ने कहा, "जेठजी औरतों की देह से हाथ लगायेंगे? तू क्या सपना देख रही है दूधवाली?"

उसने अपनी देहपर कीच-मिट्टी दिखाते हुए देवी-देवताओं की कसम खाकर कहा कि सच्ची बात है।

'इंजक्शन' की कृपा से दीवार का उठना तो बन्द हो गया था, पर आंगन के गढ़े सब ज्यों के त्यों बने हुए थे, मूंदे नही गये थे। गुरुचरण के लात मारनेपर उन्हीं में से एक में गिर जाने से उसे चोट आ गयी थी।

हरिचरण ने कहा, "चल मेरे साथ, नालिश कर दे।"

स्त्री ने कहा, "कैसी असंभव बात कहते हो तुम! जेठजी औरतों की देहपर हाथ लगायें? झूठी बात है।"

हरिचरण ने कहा, "झूठी होगी, हार जायगी। लेकिन भइया के मुंह से तो झूठ निकल नहीं सकता। मारा होगा तो सजा हो जायगी।"

हुआ भी यही। भइया के मुंह से झूठ न निकला। अदालत के न्याय से उनपर दस रुपया जुरमाना हो गया।

अबकी बार शुभचण्डी की पूजा तो नहीं हुई, मगर दूसरे दिन देखा गया कि कुछ लड़के झुण्ड बांधकर गुरुचरण के पीछे-पीछे शोर-गुल मचाते और बकते हुए जा रहे हैं! ग्वालिन को मारने का गीत भी इतने में, बन गया है!

छह

रात के करीब आठ बजे होंगे। हरिचरण की बैठक भरी हुई है। गांव के मुरब्बी लोग आजकल यहीं आने लगे हैं। अकस्मात् एक आदमी ने आकर एक बड़े मजे की खबर सुनाई, "लुहारों के लड़कों ने विश्वकर्मा- पूजा के उत्सव में कलकत्ते से दो जनी खेमटा नाचनेवाली बुलाई हैं, उन्हीं के नाच की महफिल में गुरुचरण बैठे हैं!"

हरिचरण हंसते-हंसते लोट-पोट हो गये। बोला, "पागल है! पागल! इसकी बात सुनो! भइया खेमटा नाच देख रह हैं! किस चण्डूखाने से आ रहे हो अविनाश?"

अविनाश ने कसम खाकर कहा, "अपनी आंखों से देख आया हूं।

एक आदमी दौड़ा गया-सच्ची खबर लाने के लिए। दस मिनट बाद वह लौट आया, और बोला कि हां, बिलकुल सच बात है, और सिर्फ नाच ही नहीं देख रहे, बल्कि रुमाल में बांधकर उन्हें न्योछावर देते हुए भी वह अपनी आंखों से देख आया है।

बस फिर क्या था, एक जोर का शोरगुल उठ खड़ा हुआ। 'किसी ने कहा, किसी दिन ऐसा होगा ही, यह तो जानी हुई बात थी!' कोई कहने लगा 'जिस दिन बिना कुसूर औरते की देहपर हाथ लगाया था, उसी दिन हम समझ गये थे!' एकने लड़के की डकैती का उल्लेख करते हुए कहा– 'उसीसे बाप के चरित्र का अन्दाजा हो सकता है।' इसी तरह की न जाने कितनी तरह की बातें होने लगीं।

आज,कुछ बोला नहीं तो सिर्फ एक हरिचरण। वह अन्यमनस्क-सा होकर चुपचाप बैठा रहा। उसे न जाने कैसे मानों आज बचपन की याद आने लगी-क्या ये ही उसके भइया है? ये ही गुरुचरण मजूमदार है।

सात

रात के करीब दो-ढाई बजे होंगे, पर नाच खत्म होने में अब भी देर है। विश्वकर्मा-पूजा जल्दी ही खत्म हो चुकी थी; पर उसकी रेशा अब भी चल रही थी, जिसे भक्त लोग शराब पीकर, मांस खारक, रंडी नचाकर दक्ष-यज्ञ के रूप में पूरा कर रहे थे। अधिकांश लोग अपना होश-हवास खो बैठे थे और उन्हीं के बीच में बैठे मुसकरा रहे थे वृद्ध गुरुचरण।

इतने में कोई चादर से मुंह ढंके हुए वहां आया, और धीरे से उसने उन की पीठपर हाथ रखा। वे चौंक पड़े, बोले, "कौन?"

उसने कहा, "मैं हूं परेश। ताऊजी,घर चलिए।"

गुरुचरण ने कोई भी आपत्ति नहीं की, बोले, "घर? चलो।"

उत्सव-मंच का जरा-सा क्षीण प्रकाश रास्तेपर आ पड़ा था, वहां पहुंचकर परेश एकटक 'ताऊ' के चेहरे की तरफ देखता रहा। आंखों में वह ज्योति नहीं, चेहरेपर वह तेज नहीं, नीचे से ऊपरतक

सारा का सारा आदमी भूताविष्ट-सा हो गया है। इतने दिनों बाद आज उसकी आंखों से आंसू गिरने लगे और इतने दिनों बाद आज उसकी आंखें देख सकीं कि लोगों के आगे लज्जित होने लायक 'ताऊजी' में कोई चीज बाकी नहीं रही है। इस अर्ध-सचेतन देह को छोड़कर वे और कहीं चले गये हैं। उसने कहा, "कहा आपकी काशी जाने की बड़ी इच्छा थी ताऊजी, चलिएगा?"

गुरुचरण कंगाल की तरह बोल उठे, "जाऊंगा परेश, जाऊंगा, पर कौन ले जायगा मुझे।"

परेश ने कहा, "मैं ले जाऊंगा ताऊजी।" "तो चल एक बार, घर चलकर चीज-वस्तु ले आयें जाकर।"

परेश ने कहा, "नहीं ताऊजी, उस घर में अब नहीं जाना है। वहां का अब कुछ भी नहीं चाहिए हमें।"

गुरुचरण को सहसा मानों होश आ गया; क्षण-भर नीरव रहकर बोले, "कुछ नहीं चाहिए? उस घर का अब हम कुछ नहीं चाहते?"

परेश ने अपनी आंखें पोंछते हुए कहा, "नहीं ताऊजी, कुछ नहीं चाहिए। उन चीजों को लेने वाले और बहुत हैं वहां, चलिए।"

"चलो।" कहकर गुरुचरण ने परेश का हाथ पकड़ा; और जनशून्य रास्ते से दोनों के दोनों रेलवे स्टेशन की तरफ चल दिये।

हरिचरण

वह बहुत दिन पहले की बात है। लगभग दस-बारह साल हो गये हैं। तब दुर्गादासबाबू वकील नहीं बने थे। दुर्गादास बंद्योपाध्याय को तुमलोग शायद अच्छी तरह नहीं जानते, मैं अच्छी तरह जानता हूं। आओ, उनसे आज परिचय करा दूं।

बचपन में न जाने कहां से एक अनाथ पितृमातृहीन कायस्थ बालक ने रामदासबाबू के घर आश्रय ग्रहण किया था। सब कहते थे कि लड़का बड़ा अच्छा है। बहुत सुन्दर और बुद्धिमान। दुर्गादासबाबू के पिता का प्रिय भृत्य था।

सब काम वह खुद अपने ऊपर ले लेता था। गाय को चारा देने से लेकर बाबू को तेल लगाने तक के सब काम वह खुद करना चाहता था। उसे सर्वदा व्यस्त रहना अच्छा लगता था।

लड़के का नाम था हरिचरण। गृहिणी अकसर हरिचरण के काम को देखकर अचंभे में आ जाया करती थी। बीच-बीच में फटकार कर कहती भी थी : 'हरि, और भी तो नौकर हैं; तू अभी बालक है, क्यों इतना खटता है?' हरि के अवगुणों में था उसका हंसना। हंसना बहुत अच्छा लगता था उसे। वह हंसकर जवाब देता, 'मां, हम लोग गरीब आदमी हैं, खटना पड़ेगा हमें हमेशा। फिर बैठे रहकर क्या होगा?'

इस तरह काममाज, आराम और स्नेह में हरिचरण का करीब एक साल गुजर गया।

सुरो रामदासबाबू की छोटी लड़की है। अब सूरो की उम्र पांच-छः साल है हरिचरण से सूरो की बहुत पटती थी। जब दुग्धपान के निमित सुरो गृहिणी से द्वंद्वयुद्ध में प्रवृत्त हो जाती थी, जब मां बहुत देर तक बकझक करके भी अपनी इस क्षुद्र कन्या पर काबू नहीं कर पाती थीं और दुग्धपान की विशेष आवश्यकता तथा उसके अभाव में कन्यारत्न के आशु प्राण वियोग की आशंका से उद्विग्न होकर अत्यंत क्रोध से सुरवाला के गंडद्वय को विशेष रूप से दबाकर भी उसे दूध नहीं पिला पाती थी, तब हरिचरण की बात से ही काम बन जाता था। दर असल सुरो हरिचरण को बहुत पसंद करती थी।

दुर्गादास बाबू की उमर जब बीस साल थी, तब की बात कह रहा हूं। दुर्गादास अबतक कलकत्ता में पढ़ते थे। घर आने के लिये उन्हें स्टीमर से दक्षिण की ओर जाना पड़ता था, उसके बाद भी करीब दस-बारह कोस पैदल रास्ते पर होकर आना पड़ता था। सुतरां घर का यह पथ विशेष सहजगम्य नहीं था। तभी दुर्गादास बाबू अक्सर घर नहीं आते थे।

लड़का बी.ए. पास होकर घर आया है। अत्यन्त व्यस्त है मां। लड़के को अच्छी तरह खिलाने-पिलाने और सेवा-जतन करने के लिये घर पर सब लोग एक साथ उत्कंठित हो गये।

दुर्गादास ने पूछा, 'मां, यह लड़का कौन है?'

मां ने कहा, 'यह एक कायस्थ का लड़का है; बाप-मां नहीं है तभी तेरे पिता ने उसे अपने यहां रखा है। घर के सब काम-काज करता है, बड़ी शान्त प्रकृति का है लड़का, कभी किसी बात पर नाराज नहीं होता।

फिर, बिना मां-बाप का है बालक है बेचारा। मैं बहुत चाहती हूं उसे।

घर आकर दुर्गादासबाबू को हरिचरण का यह परिचय मिला।

जो हो, आजकल हरिचरण का बहुत काम बढ़ गया है। इस कार्यवृद्धि से वह असंतुष्ट नहीं, वरन संतुष्ट ही प्रतीत होता है। छोटे बाबू (दुर्गादास) को स्नान कराना, जरूरत के वक्त पानी भरा गड़ुआ, ठीक समय पर पान का डिब्बा, हुक्का वगैरह पेश करने में बहुत पटु है हरिचरण। दुर्गादास बाबू बहुधा सोचते हैं कि लड़का बहुत इन्टेलीजेन्ट है। लिहाजा कपड़ों में चुनट डालने और हुक्का भरने के काम हरिचरण के न करने पर दुर्गादासबाबू को पसंद नहीं आते थे।

कुछ समय में नहीं आता, कहां का पानी कहां जाकर मरता है। बड़ा दुरूह तत्त्व है यह। क्या तुमने देखा है कि अच्छी बात का अच्छा ही परिणाम है, क्या कभी बुरा नहीं होता? यदि तुमने न देखा हो तब आओ, आज मैं तुम्हें दिखाऊं यह दुरूह तत्त्व।

आज दुर्गादासबाबू का एक शानदार भोज में निमंत्रण है। घर भोजन नहीं करेंगे, शायद बहत रात गये लौटेंगे। इसीलिये हरिचरण को रोजमर्रा का काम खतम करके सो जाने को कह गये हैं।

अब हरिचरण की बात कहता हूं। दुर्गादासबाबू रात को बाहर के बैठकखाने में ही सोते थे। इसका कारण बहुत से लोग नहीं जानते। मेरा खयाल है कि उनकी पत्नी पित्रालय होने के कारण उन्होंने अपने लिये यह व्यवस्था बनाई थीं

रात को दुर्गादासबाबू का बिस्तर लगाना, फिर उनके सोनेपर उनकी पद सेवा आदि कार्य हरचिरण के जिम्मे थे। बाद में बाबू को अच्छी तरह नींद आ जाने पर हरिचरण पास के एक कमरे में जाकर सो जाता था।

संध्या होने के पहले से ही उस दिन हरिचरण का सिरदर्द करने लग गया। हरिचरण समझ गया कि अब उसे बुखार आनेवाला है। बीच-बीच में उसे अकसर बुखार आ जाता था। इसलिये इन लक्षणों को वह बखूबी जानता था। हरिचरण और बैठ नहीं पाया, अपने कमरे में जाकर सो गया। छोटे बाबू का बिस्तर नहीं लगा है, यह बात उसे याद नहीं रही। रात को सब ने भोजन किया, पर हरिचरण भोजन करने नहीं आया। गृहिणी देखने आयीं। हरिचरण सोया था; उसके बदन पर हाथ लगाकर देखा कि बहुत गरम है। समझ गयीं कि बुखार आ गया है उसे। लिहाजा उसे ओर कुछ न कहकर चुपचाप चली गयीं वे।

रात का दूसरा पहर हो चला था। भोज के उपरान्त दुर्गादासबाबू ने घर आकर देखा कि उनका बिस्तर नहीं लगा है। एक तो उन्हें नींद आ रही थी, फिर तमाम रास्ते यही सोचते आ रहे थे कि जाते ही बिस्तर पर पड़ जायेंगे, हरिचरण उनके श्रान्त पदयुगल से बिनामा (जूते) खोलकर धीरे-धीरे उन्हें दबाने लगेगा और वे आराम से तंद्रा में गड़गड़े का नल मुंह में लेकर आंखें खोलकर सुबह की रोशनी देखेंगे।

बिलकुल हताश होकर वे गुस्से से आगबबूला हो गये। दो-चार बार हरिचरण', 'हरि', 'हरे' आदि कहकर चिल्लाये। लेकिन कैसे आये हरि ? वह तो ज्वर के प्रकोप से बेहोश पड़ा है। तब दुर्गादासबाबू ने सोचा कि हरामजादा सो गया है। उसके कमरे में जाकर देखा कि अच्छी तरह ढक-ढांप कर सो रहा है।

और बरदाश्त नहीं हुआ उन्हें। बड़ी जोर से हरि के बाल पकड़कर खींच के उसे बैठाने की कोशिश की, लेकिन हरि फिर लुढक कर बिस्तर पर सो गया। तब अत्यन्त क्रोधवश दुर्गादासबाबू हिताहित ज्ञानशून्य हो गये। हरि की पीठ पर उन्होंने सबूट पदाधात

किया। करारी चोट खाकर वह होश में आकर बैठ गया बिस्तर पर। दुर्गादासबाबू बोले, 'दुधमुंह बच्चा है क्या तू जो सो गया था? बिस्तर कौन लगायेगा? मैं? बातचीत में उनका गुस्सा और बढ़ गया। हाथ के बेंत से हरिचरण की पीठ पर फिर उन्होंने दो-तीन वार कर दिये।

हरि जब रात को पदसेवा कर रहा था, तब शायद एक बूंद गरम पानी दुर्गादासबाबू के पैर पर टपक पड़ा था।

तमाम रात दुर्गादासबाबू को नींद नहीं आई। पानी की वह एक बूंद उन्हें बहुत गरम मालूम हुई थी। दुर्गादासबाबू हरिचरण को बहुत प्यार करते थे। अपनी नम्रता के लिये वह केवल दुर्गादासबाबू का ही नहीं, सब का प्रियपात्र था। फिर, महीने भर की इस घानिष्ठता के बाद और प्रिय बन गया था।

रात को कितनी ही बार दुर्गादासबाबू के मन में यह बात आई थी कि जाकर एक बार देख जायें कि उसकी पीठ में कितनी चाट आई है, कितनी सूजन आ गई है। पर वह तो नौकर है न, यह उनके लिये मुनासिब नहीं। कितनी बार मन में आया है कि पूछ आयें, बुखार कम हुआ कि नहीं। पर शर्म के मारे नहीं जा पाये। सुबह हरिचरण ने मुंह धोने का पानी ला दिया, हुक्का भर दिया। तब भी वे कह सकते थे, 'ओह! वह तो एक बारह साल का बालक मात्र है! बालक समझकर भी उसे पास बुलाकर उसकी पीठ को देख सकते थे, उस पर आहिस्ते से हाथ फेर सकते थे। एक बालक से क्या लज्जा?

दिन के नौ बजे न जाने कहां से एक टेलिग्राम आ गया। तार की बात सुनकर ही दुर्गादासबाबू का मन बहुत विचलित हो गया। तार खोलकर देखा कि स्त्री अत्यंत पीड़ित है। धड़ से उनकी छाती एक हाथ बैठ गयी। उसी दिन उन्हें कलकत्ता के लिये रवाना हो जाना पड़ा। गाड़ी

में बैठ कर उन्होंने सोचा, 'हे भगवान! प्रायश्चित होगा क्या?'

प्रायः महीनाभर हो गया है। आज दुर्गादासबाबू चित्त प्रसन्न है। उनकी पत्नी ठीक हो गयी है। आज उन्हें पथ्य मिला है।

घर से आज एक चिट्ठी आई है। चिट्ठी दुर्गादासबाबू के छोटे भाई ने लिखी है। पत्र के अन्त में 'पुनश्च' करके लिखा गया है:

'बड़े दुःख की बात है कि कल सुबह दस दिन के ज्वर विकार से हरिचरण की मृत्यु हो गई है। मरने से पहले उसने बहुत बार आप को देखने की ख्वाहिश जाहिर की थी।

ओह! मातृ-पितृहीन अनाथ!

दुर्गादासबाबू ने धीरे-धीरे पत्र के सौ टुकड़े करके उन्हें फेंक दिया।

देवघर की स्मृतियां

डाक्टरों के आदेशानुसार वायु-परिवर्तन के लिये देवघर जाना पड़ा। चलते समय कविगुरु की एक कविता बार-बार याद आने लगी :

औषुधे डाक्टरे
व्याधिर चेये आधि हल बड़
करले जखन अस्थी जर जर
तखन बलले हावा बदल करो।

हवा बदलने से क्या लाभ होता है, यह सभी जानते हैं; फिर भी लोग जाते ही हैं और मुझे भी जाना पड़ा। चारदीवारियों से घिरे हुए एक मकान में रहता हूं। पास के किसी मकान से एक महाशय रात के तीन बजे से फटे बांस की आवाज की तरह बेसुरे राग से भजन गाना शुरू कर देते हैं, नींद उचट जाती है, और खीझ कर बाहर बरामदे में आकर बैठ जाता हूं। धीरे-धीरे भोर हो जाता है। पक्षियों का कलरव शुरू हो जाता है। सबसे पहिले कोयल पक्षी की आवाज सुनाई पड़ती है। सुबह होने के पहले ही सब शोर मचाने लगते हैं और फिर धीरे-धीरे बुलबुल, श्यामा, गौरैया और कोयल आदि भी जंगल के आम के पेड़ों, मेरे मकान के नींबू के वृक्ष, सड़क पर स्थित पीपल के पेड़

पर शोर मचाने लगतीं। यद्यपि किसी को देख नहीं पाता था फिर भी लगता है जैसे इन सबको पहचानता हूं पीले रंग के दो पक्षी नित्य देर से आते थे और दीवार के पास चीड़ वृक्ष की सबसे ऊंची डाल पर आकर हाजिरी दे जाते थे। अचानक दो दिन तक वे दोनों नहीं आये। मन में यह शंका उत्पन्न हुई कि कहीं किसी ने उन दोनों को पकड़ तो नहीं लिया। इधर व्याध भी काफी हैं, पक्षियों का ही रोजगार करते हैं, लेकिन तीसरे दिन उन्हें यथास्थान देखकर संतोष हो गया।

इस तरह सुबह समाप्त हो जाती है। शाम के समय गेट के बाहर सड़क के एक ओर आकर बैठ जाता हूं। टहलने की शक्ति मुझमें नहीं है, इसलिए जो लोग टहलते रहते हैं, उनकी ओर हसरत भरी निगाहों से देखता रहता हूं टहलने वालों में अधिकतर मध्यम वर्ग के पुरुष और नारी ही थे। उनमें कुछ के पैर फूले रहते थे, जिसे देखते ही समझ जाता था कि बेरी-बेरी के रोगी हैं। अपनी इस कमजोरी को छिपाने के लिए उन्हें कष्ट सहना पड़ता है। जोकि सर्दी का मौसम नहीं है, फिर भी अपने फूले हुए पांव को ढकने के लिए ये मोजा पहनते हैं, किसी की धोती-जमीन लथेड़ती, इससे उन्हें चलने में कष्ट हो रहा है, फिर भी लोगों की नजरों से वे अपने आपको बचाना चाहते हैं। मुझे सबसे अधिक दुःख होता था-एक दरिद्र लड़की को देखकर। रोग-मुक्त होकर भी पैदल चलकर पुनः खोयी हुई शक्ति को प्राप्त कर लेगी और तब पति-पुत्रवाली गृहस्थी में जाकर अपने नारी-जीवन को सार्थक करेगी। मैं अपनी जगह पर बैठा यही सब सोचा करता था। एक बंगाली लड़की इससे अधिक क्या कामना कर सकती है। मैं मन ही मन आर्शीवाद देते हुए कामना करता कि वह स्वस्थ होकर अपने घर वापस चली जाये। जिन तीन लड़कों ने उसकी जीवन-शक्ति का शोषण कर लिया है, उन्हें

जीवित रखने के लिए उसमें आत्मबल और शक्ति पैदा हो जाये। यह किस की लड़की है, किसकी बहू है, यह मैं नहीं जानता लेकिन यह लड़की हमारे देश की उस असंख्य लड़कियों का प्रतीक बनकर मेरे मन में जो एक लकीर खींच गयी; वह कभी मिट न सकेगी।

मेरे साथ एक जवान मित्र निःस्वार्थ-सेवा करने के लिए आये हुए थे। कलकत्ते में बीमारी के समय जैसा देखा था, ठीक वैसा ही यहां भी पाया। अक्सर वह कह उठता, "चलिये भाई साहब, कहीं टहल आया जाए। आपसे अधिक उम्र के व्यक्ति चहलकदमी कर रहे हैं। अगर आप टहलेगें नहीं, तो भूख कम लगेगी।"

"पर बेकार घूमना मुझे पसंद नहीं भाई।"

हव नाराज होकर अकेले ही चले जाते, लेकिन जाते समय मुझे सावधान कर दिया करते, "अधियारा होने के पहले वापस आजाइयेगा। नौकरों से लालटेन मंगवा लिया करियेगा। इधर 'करइत' सांप अधिक है। कहीं बदल पर पैर पड़ गया तो खैर नहीं।"

उस दिन मित्र साहब कहीं गये हुए थे। शाम का समय था। कुछ लोग, भोजन का समय हो गया है, समझकर तेजी से अपने घर की ओर जा रहे थे, संभवतः ये सभी लोग व्याधि से घिरे हैं और शाम होने के पहले ही अपने दरबे में प्रवेश कर जाते हैं। उनलोगों के चलने की गति देख कर मुझे भी जोश आ गया। सोचा, "चलूं कुछ दूर टहल आऊं। उस दिन काफी देर तक टहलता रहा। अंधकार समीप होने के कारण घर की ओर ज्यों ही रवाना हुआ, तो देखा पीछे-पीछे एक कुत्ता भी चला आ रहा है। मैंने उससे कहा, "क्या है रे? मेरे साथ चलेगा? अंधियारे रास्ते का तूही साथी बन जा।" वह दूर खड़ा अपनी पूंछ हिलाता रहा। मैं समझ गया, उसे मेरा प्रस्ताव स्वीकार है। फिर मैंने कहा, "अच्छा, आ मेरे साथ।"

कुछ दूर आगे बढ़कर प्रकाश के सामने देखा-दुबला पतला वृद्ध-सा है, बदन पर अधिकांश जगहों पर बाल नहीं है, कुछ लंगड़ा कर चल रहा था अपनी जवानी के समय शक्तिवान रहा होगा इसमें संदेह नहीं। उसी कुत्ते से बात-चीत करता हुआ घर के सामने आ गया। दरवाजा खोलकर मैंने कहा, "आओ, भीतर आओ, आज तुम मेरे अतिथि हो।"

वह बाहर खड़ा अपनी पूंछ हिलाता रहा। भीतर आने का साहस नहीं हुआ। तभी नौकर लालटेन लेकर आया। दरवाजा बंद करते देख मैंने कहा" आज दरवाजा बन्द करने की जरूरत नहीं है। अगर वह कुत्ता आये तो उसे कुछ खाने को दे देना।" एक घंटे बाद जब पता लगाया तो मालूम हुआ कि कुत्ता भीतर नहीं आया, न जाने कहां चला गया।

दूसरे दिन सबेरे बाहर आकर देखा-दरवाजे के पास ही अतिथि महोदय खड़े हैं। प्रत्युत्तर में मेरी ओर देखते हुए पूंछ हिलाने लगे। मैंने कहा, "आज अवश्य भोजन करना। बिना खाये मत जाना। समझे?" इस प्रश्न के उत्तर में वह बराबर पूंछ हिलाने लगा। मैं समझ गया वह राजी है।

रात के समय नौकर ने आकर सूचना दी कि कल वाला कुत्ता बाहर बरामदे में आकर बैठा है। रसोइये को बुलाकर मैंने कहा, "आज वह मेरा अतिथि है, उसे भरपेट भोजन दिया जाय।"

दूसरे दिन पता चला कि अतिथि महोदय मौजूद हैं। अतिथ्य की मर्यादालंघन कर आराम से बरामदे में पड़े हैं। फिर भी मैंने कहा–"खैर, रहने दो। उसे भरपेट भोजन अवश्य दिया जाय।"

मुझे यह ज्ञात था कि नित्य काफी भोजन फेंक दिया जाता है। इससे किसी को आपत्ति नहीं होगी। लेकिन आपत्ति थी और वह भी भयंकर आपत्ति। हम लोगों के बचे भोजन की हकदार थी बगीचे की मालिन।

मुझे यह बात नहीं मालूम थी। मालिन देखने में जवान है, खूबसूरत है और भोजन के संबंध में संत है। नौकरों का झुकाव उस पर अधिक है। फलस्वरूप मेरा अतिथि उपवास करता है। शाम के समय जब टहलने निकलता हूं तो नित्य उसे सड़क पर पहले से ही स्वागत में खड़ा देखता हूं। चलते-चलते पूछता, "क्यों भाई, आज गोश्त कैसी बनी रही? उसकी हड्डियों में तुम्हें स्वाद मिला या नहीं?"–उत्तर में पूंछ हिलाते देख समझ गया-गोश्त उसे पसंद आया था। मुझे यह नहीं मालूम था कि मालिन ने उसे बगीचे से खदेड़ दिया है। अब बाग में घुसने नहीं देती। फलस्वरूप बेचारा सड़क पर मेरी प्रतीक्षा में खड़ा रहता है। इस कार्य में मेरे नौकरों का भी हाथ था।

अचानक दरवाजे पर छाया देखकर मैं चौंक उठा। देखा-मेरे अतिथि महोदय सामने खड़े होकर पूंछ हिला रहे हैं। दोपहर होने के कारण सभी नौकर सो गये हैं, इसलिए हजरत चुपचाप कैसे ऊपर तक चले आये हैं। सोचा-शायद दो दिन से दिखाई न पड़ने के कारण मुझे देखने के लिए चला आया है। कहा, "आओ दोस्त, चले आओ।" लेकिन वह आगे नहीं आया। पूछा, "खा-पी चुके? क्या-क्या खाया?" अचानक उसकी आंखों की छोर पर पानी दिखायी पड़ा। लगा जैसे वह मेरे पास फरियाद लेकर आया है। चिढ़कर मैंने नौकर को आवाज दी। दरवाजा खुलने की आवाज से मेरा मित्र भाग गया। नौकर के आने पर पूछा, "आज कुत्ते को खिलाया गया था?"

"जी नहीं, मालिन ने उसे भगा दिया।"

"खाना जो बचा था, वह क्या हुआ?"

"मालिन सब उठा ले गयी है। "चिल्लाहट सुनकर मेरे मित्र महोदय आंखें मींचते हुए ऊपर आये। कहा, "भाई साहब, आप भी

अजीब तमाशा करते हैं, इन्सान को भरपेट भोजन मिल ही नहीं रहा है और आप कुत्ते के लिए परेशान हो रहे हैं।" मित्र महोदय जानते हैं कि इस अकाट्य युक्ति का कोई जवाब नहीं है। मैं चुप रह गया। किसकी फरियाद किसके द्वारा वहां पहुंचती है, उन्हें कैसे समझाऊं? समझाना मेरे बूते का कार्य नहीं है। खैर, जो भी हो, मेरे अतिथि को बुलाया गया और उसे बरामदे के कोने में जगह दे दी गयी। आज सुबह से सामान बगैरह बांधा जा रहा था। दोपहर को गाड़ी जाती है। गेट के सामने बैलगाड़ी आयी, उस पंर सभी सामान लाद दिया गया। मेरे अतिथि महोदय आज बहुत व्यस्त रहे कुलियों के साथ दौड़-दोड़कर खबरदारी कर रहे थे कि वहां कोई सामान छूट न जाय। उसका उत्साह सबसे अधिक था।

टिकट खरीद लिया। माल-असबाब गाड़ी पर चढ़ा दिया गया। मित्र ने आकर सूचना दी कि गाड़ी छूटने वाली है। जो लोग मुझे पहुंचाने आये थे, सभी को इनाम दिया गया, सिर्फ मेरे अतिथि को नहीं दिया गया। गर्म हवा के झोंके से आंखों में अंधेरा छा गया। उस अंधकार में मैंने देखा स्टेशन के बाहर फाटक के पास अतिथि महोदय खड़े एकटक देख रहे हैं। गाड़ी चल पड़ी। वापस लौटने के लिए मेरा मन व्याकुल नहीं था। सिर्फ रह-रहकर यही याद आ रही थी कि आज मेरा अतिथि जब वापस जायेगा तो देखेगा कि लोहे के फाटक वाला दरवाजा बन्द है। अब उसके भीतर प्रवेश करना मुश्किल है। दो दिन तक इधर-उधर टहलता रहेगा। शायद सुनसान दुपहरिया में दीवार फांदकर भीतर आकर मेरी तलाश करे। फिर जहां से आया था, वहीं वापस चला जायगा।

शायद उससे तुच्छ, जीव शंहर में और कोई नहीं है, फिर भी देवघर की स्मृति में उसे स्मरणीय बनाने की इच्छा से यह कहानी लिख दी।

अभागिनी का स्वर्ग

ठाकुरदास मुखर्जी की बढ़ी-बढी पत्नी का देहान्त सात दिन के बुखार में हो गया। वृद्ध मुखर्जी महाशय ने धान के रोजगार में काफी पैसा कमाया था। उनके चार लड़के, तीन लड़कियां और उनके भी बाल-बच्चे मौजूद थे। उस पर दामाद,अडोसी-पड़ोसी, नौकर-चाकर सबके आ जाने से एक उत्सव सा हो गया था। गांवभर के लोग धूमधाम के साथ निकलेवाली अर्थी को देखने आये। लड़कियों ने रोते-रोते मां के दोनों पांवों पर गाढ़ा करके महावर और माथे पर सिन्दूर लगा दिया। बहुओं ने ललाट पर चन्दन लगाकर बहुमूल्य वस्त्र से सास को ढक दिया। बच्चों ने उनकी अन्तिम पद-धूलि लेकर अपने-अपने माथे लगायी। पुष्पत्र सुगन्धमाला और कलरव से मालूम ही न पड़ा कि इस घर में कोई शोक की घटना हुई है। ऐसा मालूम हुआ जैसे बड़े घर की गृहिणी 50 वर्ष के बाद फिर एक बार नये ढंग से अपने पति के घर विदा हो रही है। वृद्ध मुखर्जी महोदय शांत भाव से अपनी चिरसंगिनी को अन्तिम बिदा देकर छिपे-छिपे आंखों से आंसू पोंछकर शोकार्त कन्याओं और पुत्र बधुओं को सांत्वना देने लगे। प्रबल हरिध्वनि से प्रभात के आकाश को आलोड़ित करता हुआ सारा गांव अरथी के साथ हो लिया। और भी एक स्त्री जरा दूर रहकर इस दल के साथ हो गयी। यह थी कंगाली की

मां। वह अपनी झोंपड़ी के आंगन में फले हुए कुछ बैंगन तोड़कर हाट में बेचने जा रही थी, इस दृश्य को देखकर उससे फिर हिला न गया। उसका हाट जाना रह गया। उसके आंचल में बैंगन वैसे ही बंधे रह गये। वह अपनी आंसू पोंछती हुई, सबके पीछे-पीछे श्मशान में जा उपस्थित हुई। गांव के बाहर गरुड़ नदी का श्मशान है। वहां पहले से ही लकड़ी के बोझे, चन्दन के टुकड़े, घी, मधु धूप, राल इत्यदि उपकरण संचित हो चुके थे। कंगाली की मां छोटी जाति की थी, दूले की लड़की होने से पास जाने की हिम्मत न हुई। दूर एक टीले पर खड़ी वह अन्त्येष्टि क्रिया शुरू से आखिर तक उत्सुक आग्रह के साथ टकटकी बांधकर देखने लगी।

अनेक कण्ठों की हरिध्वनि के साथ जब पुत्र के हाथ की मंत्रपूत अग्नि से चिता जलने लगी, तब उसकी आंखों से आंसुओं की झड़ी बंध गयी। मन ही मन वह बार-बार कहने लगी, "भाग्यवती मां!तुम सुरग जा रही हो। मुझे आशीर्वाद करती जाओ, जिससे मैं भी इसी तरह कंगाली के हाथ की आग पा सकूँ।" लड़के के हाथ की आग! यह कोई मामूली बात नहीं है। पति, पुत्र कन्या, नाती, नतिन, दासपरिजन के सामने यह स्वर्गारोहण हो रहा है। यह देखकर उसकी छाती फटने लगी। इस सौभाग्य की मानो वह गिनती ही न कर सकी। सद्यः प्रज्ज्वलित चिता का लगातार उठता हुआ जोर का धुआं नीले रंग की छाया फेंकता हुआ घूम-घूमकर आकाश की ओर उठता जा रहा था। कंगाली की मां को उसी में एक छोटे रथ की मूर्ति स्पष्ट दिखाई दी उस रथ के चारों तरफ कितने चित्र अंकित है उसकी चोटी छोटे पर तरह-तरह की लताएं और पत्तियां लिपटी हुई हैं। उसके भीतर न जाने कौन बैठा हुआ है। चेहरा उसका पहचानने में नहीं आता, परन्तु माथे पर उसके सिन्दूर की रेखा और महावर

पांवों में लगा हुआ है। ऊपर की ओर देखते-देखते कंगाली की मां की आंखों में आंसुओं की धारा बह रही थी। इतने में एक चौदह-पन्द्रह साल का लड़का उसकी धोती का पल्ला खींचता हुआ बोला, 'तू यहां खड़ी है अम्मा! रोटी नहीं बनायेंगी?'

मां ने झांककर उसकी तरफ-मुड़कर देखा और कहा, "बनाऊंगी रे।" इसके बाद सहसा ऊपर की ओर उंगली दिखाकर व्यग्र स्वर में कहा, "देख,देख बेटा! बाह्मण मां रथ में चढकर स्वर्ग जा रही है।"

लड़के ने आश्चर्य के साथ मुंह उठाकर कहा, "कहां?" कुछ देर अच्छी तरह देख भालकर वह फिर बोला, "तू पगली हो गयी है मां। वह तो धुंआ है।" इसके बाद क्रोधित होकर बोला, "दोपहर तो हो गया मुझे भूख नहीं लगती होगी क्यों?" और साथ-साथ मां की आंखों में आंसू देखकर बोला, "बाह्मणी मां मरी है, तो तू क्यों रोये मरती है?"

कंगाली की मां को अब होश हुआ। दूसरे के लिए श्मशान में खड़ी होकर इस तरह आंसू बहाने से वह स्वयं मन ही मन लज्जित हुई। यहां तक कि लड़के के कल्याण की आशंका से दूसरे ही क्षण आंखें पोंछकर जरा हंसने की कोशिश करती हुई बोली, "रोऊंगी क्यों रे, आंखों में धुआं लग गया था इसी से।"

"हां, हां, धुआं ही तो लगा है। तू तो बिल्कुल रो रही है।"

मां ने फिर कोई प्रतिवाद नहीं किया। लड़के का हाथ पकड़कर घाट तक आयी। खुद नहायी और कंगाली को भी नहलाया। इसके बाद घर लौट गयी। श्मशान-संस्कार देखना उसके भाग्य बदा नहीं था।

दो

संतान के नामकरण में पिता-माता की मूढ़ता पर विधाता पुरुष अन्तरिक्ष में रहकर अधिकतर हंसकर संतुष्ट नहीं होते, बल्कि तीव्र प्रतिवाद भी करते हैं। इसी से उनका सारा जीवन उनके नाम के प्रति व्यंग्य करते रहते हैं। कंगाली के जीवन का इतिहास छोटा है, पर यही कंगला जीवन विधाता के इस परिहास की गरज से मुक्ति पा चुका था। उसे जन्म देकर मां मर गयी। क्रोधवश पिता ने लड़की का नाम रखा-अभागी। मां नहीं है, बाप नदी में मछली पकड़ता रहता है। उसके लिए न तो दिन है और न रात। फिर भी कैसे छोटी अभागी एक दिन कंगाली की मां बनकर जीवित रह गयी, यह एक विस्मयजनक बात है। जिसके साथ इसका विवाह हुआ, उसका नाम था- रसिक बाघ। उस बाघ की एक और बाघिन थी। उसे लेकर वह एक दूसरे गांव चला गया और अभागिन अपने अभाग्य तथा बच्चे को लेकर उसी गांव में रह गयी।

उसका वह कंगाली आज बड़ा हो गया है, पन्द्रहवें में कदम रखा है। हाल में ही उसने बेंत का काम सीखना शुरू कर दिया है। अभागिनी को आशा है कि और भी साल भर तक अगर अभाग्य के साथ जूझ सकी तो उसका दुःख दूर हो जायगा। यह दुःख क्या है, जिन्होंने दिया है, उनके अलावा और कोई नहीं जानता।

कंगाली तालाब से हाथ-मुंह धोकर आया तो देखा कि उसकी थाली का बचा भोजन मां एक बरतन में ढंककर रख रही है। उसने आश्चर्य से पूछा, "तुमने नहीं खाया मां?"

"बहुत अबेर हो गयी है, बेटा। अब भूख भी नहीं है।"

लड़के ने विश्वास नहीं किया। कहा, "हां, भूख तो जरूर नहीं होगी। कहा देखू तेरी हंडियां?"

यही छलना करके कंगाली की मां कंगाली को धोखा देती आयी है,इसी से उसने हंड़ियां देखने के बाद संतोष व्यक्त किया। उसमें और एक व्यक्ति के भोजन करने लायक भात था। अब वह प्रसन्न भाव से मां की गोद में जाकर बैठ गया। इस उमर के लड़के साधारणतः ऐसा नहीं करते, किन्तु बचपन से ही अक्सर बीमार रहने के कारण मां की गोद के सिवा बाहर के संगी-साथियों के साथ खेलने का उसे मौका ही नहीं मिला। यहीं बैठकर उसे खेलकूद का शौक मिटाना पड़ा है। एक हाथ मां के गले में डालकर उसके मुंह पर अपना मुंह रखते हुए ही वह चौंक पड़ा। कहा, "मां तेरी देह तो गरम है। क्या तू घाम में खड़ी मुरदा जलाना देख रही थी? क्यों फिर नहायी जाकर। मुरदा जलाना क्या तैने...."

मां ने चट से लड़के का मुंह दाबकर कहा, छिः बेटा! 'मुरदा जलना' नहीं कहते, पाप लगता है। सती-लक्ष्मी मां महारानी रथ में चढ़कर सुरग गयी है।"

लड़के ने संदेह करके कहा, "तेरे पास वही बात है। रथ में चढ़ने से क्या कोई सुरग जाता है?"

मां ने कहा, "मैने जो अपनी आंखों से देखा है बेटा! ब्राह्मण मां रथ में बैठी थी। उनके लाल-लाल पांव सबने देखे रे।"

"सबों ने देखे?"

"हां सबों ने।"

कंगाली मां की छाती से लगकर सोचने लगा। मां का विश्वास करना ही उसका अभ्यास था, विश्वास करना ही उसने बचपन से

सीखा है। उसकी मां जब कह रही है सबों ने इतनी बड़ी घटना अपनी आंखों से देखी है, तब अविश्वास करने की कोई बात नहीं रह गयी। थोड़ी देर बाद उसने आहिस्ते-आहिस्ते कहा, "तब तो तू भी मां सुरग को जायगी? बिन्दो की मां उस दिन राखाल से कह रही थी, कंगाली की मां जैसी सती लक्ष्मी दूलो में और कोई नही है।"

कंगाली की मां चुप रही। कंगाली उसी तरह धीरे-धीरे कहने लगा "बाबू ने जब तुझे छोड़ दिया था, तब कितने जनों ने 'सगाई' करने के लिए तेरी खुशामद की थी। लेकिन तैने कहा–नहीं। तू ने कहा–कंगाली बना रहेगा तो मरो दुःख दुर हो जायगा। फिर से सगाई क्यों करूं? अच्छा मां! तू शादी करती तो मैं कहां जाता? मैं शायद भूखों मर जाता।"

मां ने लड़के को दोनों हाथों से छाती से चिपका लिया। वास्तव में उस दिन उसे ऐसी सलाह कम लोगों ने नहीं दी, और जब वह इसके लिए किसी भी तरह राजी नहीं हुई, तब ऊधमबाजी भी कम नहीं हुई। उस बात को याद करके अभागिन की आंखों से आंसू गिरने लगे। लड़के ने हाथ से मां के आंसू पोंछते हुए कहा, "कथरी बिछा दूं मां! सोयेगी?"

मां चुप रही। कंगाली ने चटाई बिछाकर उस पर कथरी बिछा दी। टांड़ के ऊपर से वह छोटा तकिया उठा लाया और मां का हाथ पकड़कर उस पर सुलाने चला तब मां ने कहा–"कंगाली आज काम पर तू मत जा। रहने दे।"

काम पर मत जाने के प्रस्ताव से कंगाली को बहुत ही अच्छा लगा, मगर बोला, "जलपान के दो पैसे फिर नहीं मिलेंगे मां!"

"मत मिलने दे, आ आज तुझे कहानी सुनाऊं।"

अधिक लोभ न दिखाना पड़ा। कंगाली उसी क्षण मां की छाती से लगकर पड़ा रहा, और बोला-'सुना मां राजकुमार कोतवाल का बेटा और वह पक्षीराज का घोड़ा।'

अभागिनी ने राजकुमार कोतवाल पुत्र और पक्षी राज घोड़े से कहानी शुरू कर दी। यह सब उसकी बहुत दिनों की सुनी हुई और बहुत दिनों की कही हुई कहानियां थी। परन्तु कुछ ही क्षणबाद कहां गया उसका राजकुमार और कहां गया कोतवाल का बेटा। उसने ऐसी कहानी शुरू कर दी, जो दूसरे से सीखी हुई नहीं थी-उसकी अपनी रचना थी।

जैसे-जैसे उसका बुखार बढ़ने लगा, माथे में खून का दौरा ज्यों-ज्यों जोर का होने लगा, त्यों-त्यों मानो वह नयी-नयी कहानियों का इन्द्रजाल रचती चली गयी। भय विस्मय और पुलक के मारे मानो वह जोर से मां के गले से लगकर उसकी छाती में समा जाने लगा। बाहर दिन डूब चुका था। सूर्य के अस्त होते ही संध्या की मलिन छाया धीरे-धीरे गाढ़ी होकर चारों ओर व्याप्त हो गयी, परन्तु घर के भीतर आज दिया नहीं जला, गृहस्थ का अन्तिम कर्तव्य पालन करने के लिए कोई न उठा। निविड़ अंधककार में सिर्फ रुग्ण माता का बाधाहीन गुंजन निस्तब्ध पुत्र के कानों में सुधा बरसाता चला गया। वही श्मशान और श्मशान यात्रा की कहानी भी, वहां वही रथ, वही महावर से रंगे लाल पैर, वही उसका स्वर्ग जाना। किस तरह शोक विह्वल पति, अंतिम पदधूलि दे व रोते हुए विदा हुए, किस तरह हरिध्वनि के साथ लड़के मां की अर्थी उठा ले गये और फिर उसके बाद संतान के हाथ से आग! "वह आग नहीं थी बेटा! वह हरि का रूप था। मेरा बेटा कंगाली चरण!"

"क्यों मां?"

"तेरे हाथ की आग अगर पा गयी बेटा! ब्राह्मण मां की तरह मैं भी सुरग जा सकूँगी।"

कंगाली ने अस्फुट स्वर में कहा, "हट, ऐसा नहीं कहते।"

मां शायद उसकी बात सुन भी न सकी। वह गरम सांस छोड़ती हुई कहने लगी, "तब छोटी जात होने से कोई नफरत न कर सकेगा। गरीब दुःखी होने से फिर कोई रोक टोक न सकेगा! ओफ! लड़के के हाथ की आग! रथ को तो आना ही पड़ेगा।"

लडके ने मां के मुंह पर हाथ रखकर रुंधे गले से कहा, "ऐसा मत बोल मां। ऐसा मत बोल, मुझे बड़ा डर लगता है।"

मां ने कहा, "और सुन कंगाली! तू अपने बाबू को एक बार पकड़ लायेगा। वे उसी तरह अपने पांव की धूल मेरे माथे से लगाकर मुझे विदा कर देंगे। उसी तरह पांव में महावर माथे पर सिन्दुर, पर यह सब कौन करेगा बेटा! तू करेगा न कंगाली? तू ही मेरा सब कुछ है।" कहते-कहते उसने लड़के को छाती से लिपटा लिया।

तीन

अभागिनी के जीवन-नाटक का अन्तिम अध्याय समाप्त होने जा रहा है। उसका विस्तार ज्यादा नहीं थोड़ा ही था। शायद अब तक तीस ही साल पार हुए होंगे या न भी हुए हों। समाप्त भी हुआ वैसे ही मामूली तौर पर। गांव में वैद्य कोई न था, दुसरे गांव में एक रहते थे। कंगाली जाकर रोया-धोया, हाथ जोड़े, पांव पड़ा और अन्त में उसने एक लोटा गिरवी रखकर उन्हे एक रुपया सलामी दी, मगर फिर भी वे आये नहीं। उन्होंने चार-पांच गोलियां देकर टरका दिया। और उसका खटराग कितना! खरल, शहद अदरख का सत, तुलसी के

पत्तों का रस! कंगाली की मां न लड़के पर गुस्सा होकर कहा, 'क्यों तु मुझसे बिना पूछे लोटा गिरवी रख आया बेटा? इसके बाद उसने गोलियां हाथ में लेकर सिर से लगाई और चूल्हे मे डाल दी। बोली, "अच्छी होऊंगी तो ऐसे ही हो जाऊंगी। बाग्दी-दलो (नीच जाति) के घर दवा खाकर कभी कोई नहीं जीता।"

दो-तीन दिन इसी तरह बीत गये। पड़ोसी लोग खबर पाकर देखने आये और अपने-अपने जाने हुए मुष्टि योग-हसत के सींग का घिसा हुआ पानी गट्टा कौड़ी जलाकर शहर के साथ चाटना इत्यादि अव्यर्थ औषधियों का पता देकर, सब अपने-अपने काम पर चले गये। बच्चा कंगाली जब घबड़ा सा गया तो मां ने उसे अपने पास खींचकर कहा– "वैद्य की दवा से तो कुछ भी नहीं हुआ बेटा! इन दवाओं से क्या होगा?

कंगाली ने रोते हुए कहा, "तुमने तो गोलियां खाई ही नहीं मां। चूल्हे में फेंक दी थी। ऐसे ही क्या कोई अच्छा होता है?"

"मैं अच्छी हो जाऊंगी। अच्छा, तू थोड़ा सा भात-आत बनाकर खा तो ले देखू। मैं देखती ही रहूंगी।"

कंगाली अपने जीवन में आज पहले पहल अपने हाथों से भात बनाने लगा। न तो वह अच्छी तरह माड़ निकाल सका और न ठीक से परस कर खा ही सका। चूल्हा तक तो ठीक से जला ही नहीं। उफान का पानी पड़ जाने से धुआं हुआ सो अलग। भात परसने में चारों तरफ बिखर गया। मां की आंखों में आंसू भर आये। उसने खुद एक बार उठने की कोशिश की, पर वह सिर न सीधा कर सकी, बिछौने पर गिर पड़ी। खा चुकने पर लड़के को अपने पास बुलाकर उसे, कैसे बनाया और परोसा जाता है, उसका विधिवत् उपदेश देते-देते उसका क्षीण कण्ठ सहसा रुक गया और आंखों से बराबर आंसू की धारा बहने लगी।

गांव का ईश्वर नाई नाड़ी देखना जानता था। दूसरे दिन वह आया और हाथ देखकर उसी के सामने चेहरा गंभीर बनाकर, एक दीर्घ निःश्वास लेते हुए अन्त में सिर हिलाकर उठकर चल दिया। कंगाली की मां इसका अर्थ समझ गयी। मगर उसे डर नहीं लगा। सब के चले जाने पर उसने लड़के से कहा, "एक बार उन्हें बुला ला सकता है बेटा?'

'किसको मां?'

'वही रे-उस गांव जो चले गये हैं।'

कंगाली समझकर बोला, 'बाबू को।'

अभागिनी चुप रही। कंगाली ने पुनः कहा, "वह क्यों आने लगे मां?"

अभागिनी को खुद ही काफी संदेह था, फिर भी उसने धीरे से कहा, "जाकर कहना। मां सिर्फ तुम्हारे पैरों की धूल जरा चाहती है।"

वह उसी वक्त जाने को तैयार हो गया। मां ने उसका हाथ पकड़कर कहा, 'जरा रोना-धोना बेटा, कहना मां जा रही है।" जरा ठहरकर फिर बोली, 'उधर से लौटते वक्त नाइन भाभी से थोड़ा सा महावार लेते आना बेटा! मेरा नाम लेने से ही वह दे देगी। मुझसे बड़ा मेल है।'

मेल उसका बहुतेरे से है, इसमें संदेह नहीं। बुखार होने के बाद से कंगाली ने अपनी मां के मुंह से इन सब चीजों की बात इतनी तरह से सुनी है कि वह वहीं से रोता हुआ रवाना हुआ।

चार

दूसरे दिन रसिक दुले समयानुसार जब आ पहुंचा तब अभागी को उतना होश नहीं था। मुंह पर मृत्यु की छाया पड़ चुकी थी। आंखों की दृष्टि इस संसार का काम पूरा करके न जाने कहां किस अनजान

देश को चली गयी थी। कंगाली ने रोते हुए कहा, "मां रे! बाबूजी आये हैं, पांवों की धूल लेगी न?"

मां शायद समझी हो या न समझी हो, या हो सकता है कि उसकी गहराई तक संचित वासना ने संस्कार के समान ढकी हुई चेतना पर चोट पहुंचाई हो। इस मृत्यु पथ के यात्री ने अपना कमजोर कांपता हुआ हाथ बिस्तर के बाहर निकालकर पसार दिया।

रसिक हतबृद्धि की तरह खड़ा रहा। संसार में उसके भी पांव के धूल की जरूरत हो सकती है, उसे भी कोई चाह सकता है, यह उसके कल्पना से बाहर की बात है। बिन्दो की बुआ खड़ी थी-उसने कहा, "दो बेटा जरा पांव की धूल हाथ से लगा दो।"

रसिक आगे बढ़ गया। अपने जीवन में उसने कभी जिस स्त्री से प्रेम नहीं किया, अशन-वसन नहीं दिया, कोई खोज खबर नहीं ली, मरते समय उसे सिर्फ पांव की धूल देते हुए रो पड़ा।

राखाल की मां ने कहा, 'ऐसी सती लक्ष्मी स्त्री ब्राह्मण तथा कायस्थों के घर न पैदा होकर दूलो के घर क्यों पैदा हुई! अब उसकी जरा गति सुधार दो बेटा! कंगाली के हाथ की आग के लोभ से बेचारी ने प्राण दे दिये।"

अभागिनी के अभाग्य के देवता ने अगोचर में बैठ कर क्या सोचा नहीं मालूम, परन्तु बच्चा कंगाली की छाती में जाकर यह बात तीर सी चुभ गयी। उस दिन का दिन तो कट गया, पहली रात भी कट गयी, पर सबेरे के लिए कंगाली की मां प्रतीक्षा न कर सकी। मालूम नहीं इतनी छोटी जात के लिए स्वर्ग के रथ की व्यवस्था है या नहीं, अथवा अंधेरे में पैदल ही उन्हें रवाना होना पड़ता है, परन्तु इतना समझ में आ गया कि रात खतम होने के पहले ही वह इस दुनिया को छोड़कर चली गयी है।

झोपड़ी के सामने आंगन में एक बेल का पेड़ था। कहीं से कुल्हाड़ी मांग के रसिक ने उस पर चलायी होगी या न भी चलायी हो, न जाने कहां से जमींदार ने आकर उसके गाल पर तड़ से एक थप्पड़ जड़ दिया और कुल्हाड़ी छीनकर कहा, "साला कहीं का, यह क्या तेरे बाप का पेड़ है, जो काट रहा रे?"

रसिक गाल पर हाथ फेरने लगा। कंगाली रुआंसा होकर बोला, "वाह यह तो मेरी अम्मा के हाथ का रोपा हुआ पेड़ है, दरबान जी! बाबू को तुमने झूठमूठ क्यों मार दिया?"

दरबान ने उसे भी एक न सुनने लायक गाली देकर मारना चाहा, पर वह अपनी मरी हुई मां के पास बैठा था, इसलिए छुआछूत के डर से उसे छुआ नहीं। शोरगुल से लोगों की भीड़ जमा हो गयी। किसी ने भी इस बात से इन्कार नहीं किया कि बिना पूछे रसिक का पेड़ काटना अच्छा नहीं हुआ। वे ही फिर दरबान साहब के हाथ जोड़ने और पैर पकड़ने लगे कि वे मेहरबानी करके हुक्म दे दें। कारण बीमारी के समय जो कोई देखने आया था, उसी से कंगाली की मां ने अपनी अन्तिम अभिलाषा कर दी थी।

मगर दरबान इन सब बातों में आनेवाला नहीं था, उसने हाथ-मुंह हिलाते हुए कहा, 'यह सब चालाकी मेरे सामने नहीं चल सकती।'

जमींदार स्थानीय व्यक्ति नहीं थे। गांव में उनकी एक कचहरी है, गुमाश्ता अधरराय उसके मालिक हैं। लोग जिस समय दरबान से व्यर्थ अनुनय-विनय कर रहे थे,कंगाली उसी समय बेतहाशा दौड़ता हुआ एकदम कचहरी में जा पहुंचा। उसने लोगों के मुंह से सुन रखा था-पियादे लोग घूस लेते हैं, इसलिए उसे निश्चित विश्वास था कि इतने बड़े असंगत अत्याचारी की बात अगर मालिक के

कान तक पहुंचा दे तो इसका प्रतिकार हुए बिना नहीं रह सकात। हाय रे अनभिज्ञ! बंगाल के जमींदार और उनके कर्मचारी को वह पहचानता नहीं था। सद्यमातृहीन- बालक शोक ओर उत्तेजना से उद्भ्रांत होकर एकबारगी ऊपर चढ़ता चला आया था। अधरराय हाल ही में संध्या पूजा और थोड़ा सा जलपान करके बाहर आकर बैठे थे। विस्मित और क्रुद्ध होकर बोले, "कौन हैं?"

"मैं हूं कंगाली। दरबान जी ने मेरे बाप को मारा है।"

"अच्छा किया है। हरामजादे ने लगान न दी होगी?"

कंगाली ने कहा, "नहीं, बाबू साहब! बाबू पेड़ काट रहे थे-मेरी मां मर गयी है" कहते-कहते वह अपनी रोआई को रोक न सका, रो दिया।

सबेरे ही इस तरह के रोना-धोना से अधर बाबू नाराज हो उठे। छोकरा मुर्दा छूकर आया है। मालूम नहीं, यहां का भी कुछ छू-छा दिया होगा। कड़ककर बोल, "मां मरी है तो जा, नीचे जाकर खड़ा हो, अरे कौन है रे! यहां जरा गोबर पानी डाल दे। किस जात का लड़का है

कंगाली ने डर के मारे नीचे उतर कहा, "हम लोग दूले हैं।"

अधर ने कहा, "दूले! अरे, दूले के मुर्दे के लिए लकड़ी की क्या जरूरत है रे?"

कंगाली ने कहा, "मां मुझे आग देने को कह गयी है। तुम पूछ लो न बाबू साहब! मां सब किसी से कह गयी है। सबों ने सुना है।" मां की बात कहते हुए उसके क्षण-क्षण के अनुरोध-उपरोध सब एक साथ याद आ जाने से उसका कण्ठ मानो रुलाई के मारे फटा जाने लगा।

अधर ने कहा, "अम्मा को जलाना चाहता है तो पेड़ के पांच रुपये दाम ला। ला सकेगा?"

कंगाली जानता था कि यह असंभव है। उसको उत्तरीय (कफन) खरीदने के लिए दाम चाहिए था, सो बिन्दो की बुआ उसकी भात खाने की थाली गिरवी रखने के लिए ले गयी है, वह अपनी आंखों से देख आया था। उसने गरदन हिलाकर कहा, 'नहीं।'

अधर ने अपना चेहरा अत्यन्त विकृत करते हुए कहा, 'नहीं तो मां को ले जाकर नदी के किनारे गाड़ दे। किसी के बाप के पेड़ पर तेरा बाप कुल्हाड़ी चलाने चला है रे-पाजी अभाग बदमाश।'

कंगाली ने कहा, "वह तो हम लोगों के आंगन का पेड़ है। बाबू साहब! मेरी मां का रोपा हुआ पेड़ है।"

"हाथ का रोपा हुआ पेड़ है? पांडे! सुअर को गरदनिया दे के निकाल तो दे यहां से।"

पांडे ने आकर गरदनियां देकर निकालते हुए मुंह से ऐसी बात कही कि जिसे सिर्फ जमीदारों के कर्मचारी ही कह सकते हैं।

कंगाली धूल झाड़कर उठ खड़ा हुआ और फिर धीरे-धीरे बाहर चला आया। क्यों उसने मार खायी और क्या उसका कसूर था, उसकी समझ में यह बात नहीं आयी। गुमाश्ते के निर्विकार चित्त पर इसका जरा भी असर नहीं हुआ। अगर होता तो यह नौकरी उसे न मिलती। उलटे उसने फरमाया, "पारस! देखना जरा, इसका लगान बाकी पड़ा है या नहीं। बाकी हो तो जाल-बाल कोई चीज छीनकर रखवा देना। हरामजादा भाग जा सकता है।"

मुखर्जियों के घर श्राद्ध है-बीच में सिर्फ एक दिन बाकी है। धूमधाम और तैयारियां खूब जोरों से गृहिणी के श्राद्ध के लिए हो रही

है। वृद्ध ठाकुर दास स्वयं देख-रेख कर रहे हैं। कंगाली उनके सामने आ खड़ा हुआ, बोला, "पण्डित जी! मेरी मां मर गयी है।"

"तू कौन है? क्या चाहता तू?"

"मैं कंगाली हूं। मां कह गयी है उसे आग देने के लिए।"

"सो दे जाकर।"

कचहरी की घटना की खबर इस बीच में चारों तरफ फैल गयी थी। एक आदमी ने आकर कहा, "यह लड़का शायद एक पेड़ चाहता है।" इतना कहकर उसने वह घटना कह सुनाई।

मुखर्जी साहब आश्चर्य और नाराजगी के साथ बोल उठे-"सुनो इसकी, अरे हमें ही कितनी लकड़ी चाहिए। कल परसों काम ठहरा। जा, जा, यहां कुछ नहीं होगा।' इतना कहकर वे अन्यत्र चले गये।

भट्टाचार्य महाशय पास ही बैठे सूची तैयार कर रहे थे। उन्होंने कहा, "तेरी जात में जलाते हैं कब रे? जा, मुंह में जरा आग देकर नदी के किनारे गाड़ दे।

मुखर्जी साहब का बड़ा लड़का काम की जल्दी में व्यस्तता के साथ इधर से ही वहीं जा रहा था उसने कान खड़े करके जरा सुनकर कहा, 'देखते हैं, पंडित जी। सब सालें आजकल ब्राह्मण कायस्थ हो जाना चाहते हैं।' कहकर वह अपने काम से चला गया।

कंगाली ने फिर किसी से प्रार्थना नहीं की। इन दो घंटो के अनुभव से दुनिया में वह मानों एकदम बूढ़ा हो गया था।

नदी के किनारे गढ़ा करके अभागिनी को सुला दिया। राखाल की मां ने कंगाली की हाथ में थोड़ा सा जलता हुआ पुआल देकर उसकी मां के मुंह में छुआ दिया। उसके बाद सबने मिलकर मिट्टी से ढककर कंगाली की मां का अन्तिम चिह्न तक लुप्त कर दिया।

सब कोई अपने काम में व्यस्त थे। सिर्फ कंगाली उस जले हुए पुआल से जो थोड़ा बहुत धुआं घूमता हुआ आकाश में उड़ रहा था- उस धुएं की तरफ एक टक देखता हुआ स्तब्ध खड़ा था।

रस-चक्र

राजशाही शहर से कुछ कोस की दूरी पर विजयपुर ग्राम है। गांव बड़ा है, बहुतेरे बाह्मणों, वैद्यों, कायस्थों का निवास है। लेकिन मैत्र-वंश की सतता, साधुता और सर्वधर्मनिष्ठा की ख्याति गांव से शहर तक फैल गयी थी। इनके पास जो धन-दौलत थी, उससे मोटे चावल और कपड़े का काम किसी तरह चल सकता था, इससे अधिक नहीं। मगर कोई भी क्रिया-कलाप छूटने नहीं पाता था। मकान काफी जगह घेर कर बना था। बहुत से मिट्टी और फूस के घर थे। बहुत बड़ा-सा चंडीमंडप था। इनमें से सभी सदा भरे रहते थे।

लेकिन यह सब कैसे होता था? संभव इसलिए होता था कि जीवित तीनों भाई कमाते थे। बड़े शिवरतन गांव में ही जमींदार के यहां अच्छी नौकरी करते थे, संझले शम्भुरतन शेयर की गाड़ी पर जिला अदालत में पेशकारी करने जाया करते थे, केवल चौथे विभत्तिरतन को धनी ससुर की कृपा से कलकत्ते के एक बड़े सौदागरी दफ्तर में नौकरी मिली थी। मझले और छोटे भाई बचपन में ही मर गये थे। तालिका में उन दोनों शून्य स्थानों के अलावा उनका कुछ भी बाकी नहीं रह गया था।

दो दिन हुए दशहरा समाप्त हुआ है। देवी-प्रतिमा का ढांचा आंगन में एक ओर एक घेरे में रखा हुआ है ताकि अचानक किसी की निगाह नहीं पहुंचती। उसका मंगलघट आज भी बेदी के बगल में उसी तरह रखा हुआ है। उसके आम्रपल्लव उसी तरह स्नग्ध सजीव हैं। अभी तक रंचमात्र मलिनता ने कहीं स्पर्श नहीं किया है।

इसके नजदीक एक बड़ी दरी पर बैठे हुए तीनों भाइयों ने शायद खर्च-बगैरह के बारे में अभी-अभी बातचीत समाप्त की थी। विभूतिरतन ने जरा इधर-उधर करके संकोच के साथ हंसने जैसा मुंह बना कर कहा, "उस दिन सासजी ने आश्चर्य चकित होकर कहा था, तुम्हारी तनख्वाह का सारा रुपया एक ही साथ बड़े भाई के पास भेज देना पड़ता है। फिर वह जरूरत के मुताबिक कुछ लेकर बाकी वापस भेज देते हैं। इससे हर महीने बहुत से रुपये डाकखाने में देने पड़ते हैं।"

गृहस्थी के खर्च की बही तब भी शिवरतन के सामने खुली थी और उनकी आंखें भी उसीपर लगी हुई थी। वे कुछ अन्यमनस्क से बोले, "डाकखाने वाले मनीआर्डर के पैसे क्यों छोड़ने लगे? इसमें आश्चर्य होने की कौन-सी बात है?"

विभूति की धनी सास की दृष्टि कुछ दिनों से लड़की और दामाद की सासांरिक उन्नति की ओर गयी थी शिवरतन को इस बात का संदेह हुआ था, लेकिन जबानपर वह तनिक भी प्रकट नहीं हुआ।

विभूति ने सोचा, बड़े भाई ने बात को ठीक-ठीक नहीं सुना, इसलिये जरा और साफ करते हुए कहा, "जी हां, यही तो जान पड़ता है। इसीलिए वे कहती हैं। सिर्फ आपकी जरूरत के लायक ही अगर–"

शिवरतन ने आंखें उठाकर देखा। कहा, "मेरी जरूरत को तुम लोग कैसे जानोगे?"

उनके चेहरे पर उसी तरह सहज और शान्त भाव देखकर विभूति की हिम्मत बढ़ गयी। उसने प्रफुल्लित होकर कहा, "जी हां, इसीलिए उन्होंने यह कहा था। आपकी चिट्ठी पत्री में उसका कुछ आभास रहने पर यह फिज़ूलखर्ची नहीं होती।"

शिवरतन ने हिसाब की बही में फिर आंखें गड़ाते हुए कहा, " उनसे कहना कि बड़े भाई इसे फिज़ूलखर्ची नहीं समझते हैं। चिट्ठी-पत्री में आभास देना भी जरूरी नहीं समझते। जोगीन, चिलम भर ला।"

विभूति अपने उतरे हुए चेहरे को लिये स्तब्ध बैठा रहा और शम्भू दादा के चेहरे की ओर कनखियों से देखकर हाथ में अखबार लेकर पढ़ने लगा।

कुछ देर तक किसी के मुख से कोई बात नहीं निकली। एक अवांछित नीरवता से घर भर गया। लेकिन इसको समझने के लिए इस मैत्रेय-वंश की कहानी को जरा और साफ करना जरूरी है।

इसी विराजपुर में वे सात-आठ पुश्तों से बसे हैं। कितने घर बार तोड़े और बनाये गये हैं। कितने ही जरूरत के मुताबिक घटाये बढ़ाये गये हैं, लेकिन पुराने जमाने का रसोईघर आज भी उसी तरह एकमात्र और अद्वितीय बना हुआ है। उसे कभी बांटा नहीं गया है। उसमें किसी ओर से बढ़ाने की कल्पना तक भी नहीं की गयी है। परिवार सदा से संयुक्त रहा है। सदा आज तक जो बड़ा रहा है, वह बड़ा रह कर ही जीवन-पात कर गया है। बाद में पैदा होकर अग्रज के सर्वमय कर्तृत्व पर प्रश्न उठाने के लिए अवकाश कभी किसी को नहीं हुआ।

इश वंश के आज जो सबसे बड़े हैं, उन्हीं शिवरतन ने जब छोटे भाई की अत्यन्त दुरूह समस्या का केवल 'जरूरत नहीं है' कहकर समाधान कर दिया, तो धनी सास-सुसर के अतिशय क्रुद्ध चेहरे को याद करके भी विभूति को हिम्मत नहीं हुई कि वह इस बहस को तनिक भी आगे बढ़ाये।

नौकर तम्बाकू चढ़ा कर दे गया, शिवरतन ने बाहर से सन्दूक बन्द करके बड़े इतमीनान से धूम्रपान करते हुए कहा, "तुम्हारी छुट्टी के अब कितने दिन रह गये विभूति?"

विभूति, "जी, छः दिन।"

शिवरतन ने मन ही मन हिसाब करके कहा, "तो तुम्हें शुक्रवार को ही रवाना होना पड़ेगा।"

विभूति ने धीरे स्वर में कहा, "जी हां, लेकिन इन दिनों बहुत काम काज है इससे-"

शिवरतन ने कहा, "अच्छी बात है, न हो तो दो दिन पहले ही चले आओ। देवी-पक्ष है, दिन क्षण देखने की जरूरत नहीं। सभी सुदिन हैं। तो परसों बुधवार को ही रवाना हो जाओ, क्यों?"

विभूति ने कहा, "जैसी आज्ञा,ऐसा ही करूंगा।"

शिवरतन ने फिर कुछ देर तक चुपचाप धूम्रपान कर जरा हंसकर कहा,"नयी बहू के सामने बहुत ही लज्जित हूं। पिछले साल उसे एक प्रकार से निश्चित वचन ही दे दिया था कि इस साल उसकी छुट्टी रही, इस बार वह नैहर में दशहरा देखे। लेकिन दिन जितने ही नजदीक आते गये उतना ही डर लगने लगा कि उसके नहीं रहने से क्रिया-कर्म विश्रृंखल हो जायगा, सब कुछ चौपट हो जायगा। आदर अभ्यर्थना करने में चारों ओर नजर रखने में उसके जैसा दूसरा नहीं।

इतना काम, इतनी बेतरतीबी, इतना हंगामा रहता है, मगर बिटिया को कभी कहते नहीं सुना कि इस ओर नजर नहीं दे सकी या इसे भूल गयी। दूसरे समय गृहस्थी चल जाती है, बड़ी बहू और मझली बहू देखभाल लेती है। लेकिन बड़े काज-प्रयोजन में छोटी बहू नहीं है, इस बात के याद आते ही डर के मारे मेरे हाथ-पैर सिकुड़ जाते हैं।

किसी तरह हिम्मत नहीं बंधती।" यह कहकर स्नेह और श्रद्धा से चेहरे को दीप्त करके वह फिर चुपचाप धूम्रपान करने लगे।

बड़े भाई के अन्दर नयी बहू के बारे में पक्षपाल का भाव था, इस बात को लेकर घर में बहस तो होती ही थी, एक ईर्ष्या का भाव भी था। बड़ी बहू तो गुस्से में आकर बीच-बीच में सुना भी दिया करती थी और मझली बहू पीठ पीछे ऐसा प्रचार करने से बाज नहीं आती थी कि छोटी बहू की बड़े आदमी की लड़की होने के कारण ही यह खुशामद की जाती है। नहीं तो हम दोनों बहुएं जब 11 महीने गृहस्थी का बोझ संभाल सकती हैं तो क्या दशहरे के महीने को नहीं चला सकती? बड़े आदमी की लड़की न आये तो क्या देवी की पूजा रुकी रहे?

ये सारे शब्दबेधी वाण यथासमय यथास्थान पहंचते थे, मगर शिबरतन न तो विचलित होते थे और न प्रतिवाद ही करते। शायद जरा मुस्कुरा भर देते थे। विभूति अधिक कमाता है। उसे बारहों महीने कलकत्ते में ही रहना पड़ता है। अतः वहां नयी बहू के बगैर रहे काम नहीं चलेगा, इस बात को वे अच्छी तरह समझते थे, मगर नासमझों का दल किसी तरह समझना नहीं चाहता था। उसे गृहस्थी के सारे छोटे-मोटे काम साल भर नहीं करने पड़ते हैं। केवल महामाया की पूजा के उपलक्ष्य में किसी समय अचानक आकर सारी जिम्मेदारी, सारा कर्तव्य अपने हाथों लेकर उसे निर्विघ्न समाप्त करके,घर और बाहर की सारी

ख्याति आहरण करके वह चली जाती है। उसके न रहने से यह सारी चीजें मानों होती ही नहीं, सब कुछ मानों तितर-बितर हो जाता। लोगों के चेहरे और आंखों के इन सारे इशारों से औरतों का चित्त प्रज्वलित हो उठता था। काज-प्रयोजन के समाप्त हो जाने पर इस बात को लेकर प्रतिवर्ष कुछ न कुछ कलह-विवाद हो ही जाया करता था। विशेष करके मां आज भी जीवित हैं और वही अब भी मालकिन हैं। लेकिन अवस्था अधिक हो जाने के कारण दूसरों की भूल चूक दिखाकर फटकारने और गाली गलौज करने को अपने हाथ में रखकर मालकिन की बाकी सारी जिम्मेदारियों को स्वेच्छा से बड़ी और मझली बहुओं के हाथों में सौंपकर निश्चिन्त हो गयी हैं। वह नयी बहू को फूटी आंखों भी नहीं देख सकतीं। वह सुन्दरी है, बड़े आदमी की लड़की हैं, उसके पास गहने कपड़े जरूरत से ज्यादा हैं। उसे गृहस्थी नहीं चलानी पड़ती है, वह चिट्ठी लिख सकती हैं, घमंड के मारे उसके पैर जमीन पर नहीं पड़ते हैं, आदि शिकायतें लगातार ग्यारह महीने सुनते-सुनते इस बहू के विरुद्ध उनका मन कड़वाहट से भरा रहता और लम्बे अरसे के बाद जब वह घर में पैर रखती थी तो उन्हे यह अनाधिकार-प्रवेश सही लगता था।

कल से एक बात उठी है कि धरणी सान्याल के घर की महिलाओं के सकोरों में दो-दो सन्देश कम पड़ गये थे, और कम इसलिए पड़े थे, कि वे गरीब हैं। यह बदनामी केवल गांव में ही नहीं, बल्कि सारे शहर को पार कर विलायत तक पहुंचना चाहती है, यह बुरा समाचार मालकिन के कानों में तब गया जब वह पूजा के लिए बैठ रही थीं। तब से छतीस घण्टे बीत गये हैं, इन सकोरों ने पूजा मे काफी विघ्न डाला है, मगर बहस समाप्त नहीं हो पायी है। दोष केवल नयी बहू का है, इस विषय में जिस प्रकार किसी को सन्देह नहीं था, खुद बड़े घर की बेटी

होने के कारण जान-बुझकर गरीब परिवार का उसने अपमान किया है, इसमें भी उसी तरह किसी को सन्देह नहीं था। नयी बहू सारी बातों को चुपचाप सह लेती थी ऐसी बात नहीं-बीच-बीच में वह जवाब भी दे देती थी। लेकिन उसका कोई भी जवाब सीधे सास के कानों तक नहीं पहुंचता था, पहुंचता था प्रतिध्वनित होकर, इसलिए उसका वक्तव्य लोगों के मुंह की चोट खाकर न केवल विकृत ही होता था, बल्कि उसका रेश आसमानी से विलीन नहीं होना चाहता था। आज सबेरे जब घर में यह हालत थी-सान्याल-परिवार की मिठाई की कमी को लेकर नयी बहू के बारे में बहस जब चरम सीमापर पहुंच रही थी तब शिवरतन उसी नयी बहू की प्रशंसा में मुक्तकण्ठ हो रहे थे।

शिवरतन ने कहा, "बुधवार को नयी बहू को भी साथ ले जाओ। बिटिया अगर और कुछ दिनों तक यहां रह जाती तो यहां का सब कुछ संभालकर मुझे साल-भर के लिए निश्चिन्त कर जाती। क्योंकि यह काम इतनी तरतीब से और किसी भी बहू से नहीं होता। लेकिन किया क्या जाए! ले जाकर दस-पांच दिन उसके मैके रख आना, बहनों के संग कुछ दिन आनन्द से बिता सकेगी। विभूति, तुम्हे घर में तो विशेष कोई असुविधा नहीं होगी न?"

विभूति ने कहा, "कुछ असुविधा नहीं होगी।"

शिवरतन ने कहा, "अच्छी बात है, यही करना। नयी बहू घर छोड़कर चली जायगी, यह याद आते ही दशहरे का दुःख और भी उद्वेलित हो उठता है, लेकिन क्या किया जाय! सभी महामाया की इच्छा है। साल-भर सभी को लेकर गृहस्थी चलाना"-कहकर वह दीर्घ-श्वास को दबा कर शायद और कुछ कहने जा रहे थे, लेकिन अकस्मात् उपस्थित सभी बिलकुल चौंक उठे।

वृद्धा जननी रोत रोते आंगन के बीचमें आ खड़ी हुईं थी। शिवरतन अत्यन्त व्यस्त होकर हुक्के को रखकर उठ खड़े हुए। मां ने रोते-रोते कहा, "शिबू मेरे गुरु की कसम रही, अगर तू इसका फैसला नहीं करता है तो तेरे घर में अब मैं जल नहीं ग्रहण करूंगी। नयी बहू बड़े आदमी की बेटी है, उसने आज मुझे जूता फेंककर मारा है।"

सामने वज्र गिरता तो भी शायद भाई अधिक नहीं चौंकते। विभूति का चेहरा डर से फक हो गया शिवरतन विस्मय से हतबुद्धि होकर बोले, "नयी बह ने। यह क्या कभी हो सकता है मां?"

मां उसी तरह रोदन-विकृत कण्ठ से बोली, "होने का काम भी नहीं है भैया, वह जो नयी बहू है। बड़े आदमी की बेटी है। जो भी हो, जब गुरु का नाम लेकर कसम खायी है तो घर में रखकर बूढ़ी मां को अब मत मारो, आज ही काशी भेज दो। जाऊं, उन्हीं के चरणों में आश्रय लूं।"

देखते-देखते लड़के-लड़कियों नौकर-नौकरानियों की एक प्रकार से भीड़ ही जमा हो गयी। शिवरतन ने अपनी छोटी लड़की गिरीबाला की ओर देखकर कहा, "क्या हुआ है रे गिरी, तू जानती है?"

गिरिबाला ने सिर हिलाकर कहा, जानती हूं पिताजी!-यह कहकर उसने सान्यालों के सकोरों में सन्देश कम होने की कहानी विस्तारपूर्वक सुनायी। कहा, " दादी नयी चाची को बड़ी गालियां दे रही थीं पिताजी!"

शिवरतन ने कहा, "फिर?"

लड़की ने कहा, "नयी चाची चुपचाप झाड़ू लगा रही थी, सामनें नये काका के जूते पड़े हुए थे, उन्हीं को पैर से फेंक भर दिया था।"

शिवरतन ने प्रश्न किया, "फिर?"

गिरि ने कहा, "एक जूता छटककर दादी के पैर के पास जा गिरा था।"

शिवरतन ने केवल हूं' कहा।मां की ओर देखकर बोले, "अन्दर जाओ मां, इसका फैसला अगर नहीं होता है तो काशी ही चली जाना।"

एक-एक करके धीरे-धीरे सभी चले गये। केवल तीनों भाई चुप बैठे रहे। नौकर चिलम भरकर दे गया। लेकिन तम्बाकू जलने लगी, शिवरतन ने उसे छुआ नहीं। करीब आधा घंटा इसी तरह चुप बैठे रहकर अन्त में सिर उठाकर बोले, "विभूति?"

विभूति ने ससम्मान कहा, "जी?"

शिवरतन बोले,"तुम्हारी स्त्री को तुम्हें छोड़कर और किसी को सजा देने का अधिकार नहीं है।"।

विभूति ने आशंका से भरे हुए क्षीण कंठ में कहा, "आदेश दीजिए।"

शिवरतन बोले,"इस जूते को तुम अपनी स्त्री के सिर पर रख देना! आंगन के बीच वह सारी दोपहरी खड़ी रहेगी। तुम्हें यही मेरा आदेश है।"

आदेश सुनकर विभूति के दिमाग में बिजली कौंध गयी। अपने सास-ससुर का चेहरा, साली-सरहजों के चेहरे, नौकरी की बात, स्त्री का चेहरा सब कुछ एक ही साथ याद आकर भय और चिन्ता ने उसके चेहरे को म्लान कर दिया। उसने भर्राई हुई आवाज में कहना चाहा, "लेकिन बड़े भैया, दोष का विचार किये बगैर ही-"

शिवरतन ने शान्त स्वर में कहा,"मां अपने को अत्यन्त अपमानित महसूस कर रही है, इसे तुम लोगों ने भी देख लिया। उनका कौन-सा कसूर है, कितना कसूर है, इसके फैसले का भार मेरे ऊपर नहीं है। जिनका फैसला कर सकता हूं उनके प्रति मेरा यही आदेश है। अब आगे क्या करना है, उसे तुम जानो।"

विभूति ने कहा, "बड़े भैया आपका हुक्म सदा से सिर माथे रखता आया हूं, कभी कोई स्वतंत्रता नहीं पायी है। आज भी वही होगा। लेकिन.....

इस लेकिन को वह भी समाप्त नहीं कर पाया, शिवरतन भी मुंह लटकाए बैठे रहे।

विभूति ने कुछ देर तक चुप रहकर शायद बड़े भाई से किसी बात की प्रत्याशा की। लेकिन कुछ न पाकर उठ खड़े होते हुए उसने कहा, "बड़े भैया, मैं चला।" यह कहकर धीरे-धीरे वह अन्तःपुर की ओर चला गया।

शिवरतन ने कुछ भी नहीं कहा। वे उसी तरह मुंह लटकाए बैठे रहे। दशहरे का घर था, आज भी आत्मीयों, अनात्मीयों, रिश्तेदारों पड़ोसियो, लड़के-लड़कियों, नौकर-नोकरानियों से घर भरा हुआ था। इसी के बीच जो नयी बहू उनके प्राणों से अधिक स्नेह की पात्री है, उसी का इतना बड़ा अपमान, इतनी बड़ी सजा कैसे होगी, इसे वह खुद भी नहीं सोच पाये। उनके नत नेत्रों से गरम आंसुओ के बड़े-बड़े बूंद टप-टप फर्श पर झरने लगे, –लेकिन 'विभूति' कहकर एक बार पीछे से नहीं पुकार सके। मन-ही-मन निरन्तर कहने लगे- किन्तु मां जो है! उनका अपमान जो हुआ है!

भला-बुरा

अविनाश घोषाल कुछ वर्ष और नौकरी कर सकते थे। लेकिन संभव नहीं हुआ। खबर आयी कि इस बार भी उन्हे धता बतलाकर कोई जूनियर मुन्सिफ सब-जज बन गया। दूसरी बार की तरह इस बार भी अविनाश चुप रहे। अन्तर केवल इतना ही था कि इस बार उन्होंने डाक्टर के सर्टिफिकेट के साथ जल्द से जल्द अवसर लेने के लिए दरख्वास्त भेज दी। दरख्वास्त मंजूर होगी ही, इसमें उन्हें सन्देह नही था।,

अविनाश के काम की फूर्ती से सभी प्रसन्न थे, भद्र आचरण की प्रशंसा सभी करते हैं, फिर भी उनकी यह दुर्गति हुई। इसके पीछे के गुप्त इतिहास को बहुत कम लोग जानते हैं उसे बतला दूं। उनकी नौकरी की शुरूआत में एक बार एक नौजवान आई.सी.एस. जिले का जज होकर दफ्तर का इन्सपेक्शन करने आया। छोटी-सी बात को लेकर दोनों में पहले मत-भेद हुआ और बाद में इसी ने बड़े झगड़े का रूप ले लिया। लौटकर जज साहब इससे निरन्तर उसके काम के छिद्रान्वेषण में लगे रहे। लेकिन छिद्र का पाना सहज नहीं था। जज साहब इससे तनिक प्रसन्न नहीं हुए। उनके फैसले को काटकर देखा कि हाईकोर्ट में वह नहीं टिकता, खुद ही अधिक लज्जित होना पड़ता है। तबादले का समय हो गया था, अविनाश दूसरे जिले में चले गये। लेकिन जज से मुलाकात

करके नहीं गये। श्रद्धा-निवेदन की प्रचलित रीति में उनसे बहुत बड़ी त्रुटि हुई। इसके बाद कितने ही साल बीत गये। बात को अविनाश भूल गये थे मगर वह नहीं भूले थे। इसका प्रमाण मिला कुछ दिन पहले। वह नौजवान जज अब हाईकोर्ट में आये हैं, मुन्सिफ बगैरह के विधाता बनकर। अविनाश सीनियर आदमी था, काम के लिए काफी मशहूर था, उनकी उन्नति का पथ सम्पूर्ण रूप से बाधा-हीन था। अचानक देखा गया कि उनकी जगह नीचे का आदमी सब जज हो गया। और मामला यही खत्म नहीं हुआ। एक-एक करके और भी तीन आदमी उसे पीछे छोड़ आगे बढ़ गये। जो लोग नहीं जानते वे कहेंगे कि कहीं ऐसा भी होता है? यह तो सरकारी नौकरी है और उस पर इतनी बड़ी नौकरी है। यह क्या काजियों का जमाना है? लेकिन अनुभवी कहंगे, उससे भी ज्यादा ज्यादतियां होती हैं। अतएव अविनाश मन ही मन समझ गये कि अब इससे छुटकारा नहीं। आत्म-सम्मान और नौकरी इन दो नावों पर पैर नहीं रखा जा सकता-दोनों मे से एक को चुन लेना होगा। उसी बात को इस बार उन्होंने पूरा किया। परिवार में अविनाश की भार्या आलोकलता, आई.ए. फेल पुत्र हिमांशु और कन्या शाश्वती यही तीन प्राणी थे। नौकर-नौकरानियों की संख्या इतनी थी कि अनगिनित कहा जाय तो अतिशयोक्ति नहीं होगी।

उस दिन अविनाश अदालत से प्रसन्नचित लौटे, यथानियम कपड़े बदले हाथ-मुंह धो जलपान करने के लिए बैठते हुए बोले, "जाने दो, इतने दिनों के बाद मुक्ति मिली छोटी बहू। सरकारी खबर न आने पर भी हाईकोर्ट के एक मित्र का तार मिला है कि मेरी जेल की मियाद खत्म हो चली। अधिक विलम्ब नहीं होगा। विलम्ब नहीं होगा, इस बात को खुद ही जानता था।"

आलोकलता निकट ही एक कुर्सी पर बैठी सिलाई कर रही थी, और कन्या शाश्वती पिता के बगल में बैठी, उन्हें पंखा झल रही थी। सुनकर दोनों चौंक उठीं।

स्त्री ने प्रश्न किया, "इसका मतलब?"

अविनाश ने कहा, "शायद सुना होगा कि कोई गोविन्दपद बाबू इस बार भी मुझे पीछे छोड़ छह महीने के लिए सबजज हो गये। हाग् साहब के हाईकोर्ट में आने के बाद से पिछले तीन सालों से यही होता आ रहा है। मैंने एक शब्द भी नहीं कहा। सोचा था कि अपने अन्याय को किसी दिन वह खुद समझेंगे। लेकिन देखा; यह नहीं होने का। कम से कम उस आदमी के रहते दम तक तो नहीं। अविचार को इतने दिनों तक सहता रहा। लेकिन सहन करने से मनुष्यत्व नहीं रहेगा।"

कल शाम को सदराला के यहां घूमने जाकर आलोकलता इसी तरह की बात आभास इशारे से सुन आयी थीं। लेकिन उसका मतलब समझ नहीं आया था, और इस वक्त भी नहीं समझ पायी। बोली,

"तदबीर-तगादे के बगैर आज के जमाने में कौन-सी बात होती है? मनुष्यत्व कायम रखने के लिए क्या किया है सुनूं तो जरा?"

अविनाश ने कहा, "तदबीर-तगादा नहीं किया जाता, मगर जो कर सकता था उसे अवश्य ही किया है।"

आलोकलता पति के मुंह की ओर देखती रहीं, अभी तक तात्पर्य उनकी समझ में नहीं आया। वह डर गयीं। बोलीं, 'सुनू भी? क्या किया है बतलाओ भी तो सही?"

अविनाश ने कहा, "वह है काम से इस्तीफा देना,और इस्तीफा दे भी दिया है।"

आलोक के हाथ से सिलाई का सामान जमीन पर गिर पड़ा। वज्राहत की भांति कुछ देर तक स्तब्ध रहकर बोली,"यह क्या कर रहे हो? इतने प्राणियों को भूखों मारने का संकल्प किया है क्या? काम छोड़ो तो भला, तुम्हारी सौगन्ध खाकर कहती हूं कि मैं उसी दिन आत्म-हत्या कर लूंगी।"

अविनाश चुप बैठे रहे। कोई जवाब नहीं दिया।

"दरख्वास्त अगर दे ही दी है, तो वचन दो कि कल ही वापिस ले लोगे?"

"नहीं।"

"नहीं क्यों? दुःखी हो तरंग में आकर लोग न जाने क्या-क्या कर बैठते हैं। लेकिन इसका क्या कोई प्रतिकार नहीं हैं?

अविनाश ने धीरे-धीरे कहा, "तरंग में आकर तो मैंने ऐसा नहीं किया है छोटी बहू। जो कुछ किया है वह सोच-विचारकर ही किया है।"

"वापिस नहीं लोगे?"

"नहीं।"

"तो तुम चाहते हो कि मैं मर ही जाऊं?"

"तुम तो जानती हो छोटी बहू कि मैं इसकी कामना नहीं करता। तुम पत्नी होकर अगर पति की मर्यादा को इस तरह से नष्ट करती हो कि लोगों के सामने मस्तक ऊंचा करके खड़ा भी न हो सकूँ तो-"

बात अविनाश के मुंह में अचानक रुद्ध हो गई, "खत्म नहीं हुई।"

आलोकलता ने कहा, "तो क्या कहते हो?"

जवाब में एक कठोर बात उनकी जबान पर आयी थी, मगर इस बार भी वह उसे नहीं बोल पाये। कन्या ने बाधा डाल दी। अब तक वह सब कुछ चुपचाप सुन रही थी। लेकिन अब उससे नहीं रहा

गया। बोली, "नहीं पिताजी, इस वक्त मां में सोचने-विचारने की शक्ति नहीं है। तुम उन्हें कोई जवाब नहीं दे सकते।"

लड़की की हिमाकत देखकर मां पहले कुछ हतबुद्धि-सी हो गयी। दूसरे ही क्षण जड़े-जोरों की फटकार बताकर बोल उठी, "शाश्वती, जा यहां से चली जा, कहती हूं।"

लड़की बोली, "अगर चला जाना ही पड़ता है तो पिताजी को साथ ले जाऊंगी मां। तुम्हारे पास छोड़कर नहीं जाऊंगी।"

"क्या कहा?"

"कहा कि तुम्हारे पास उन्हें अकेला छोड़कर मैं नहीं जाऊंगी कभी नहीं जाऊंगी। चलो पिताजी, हम जरा नदी के किनारे धूम आएं। शाम के बाद मैं खुद तुम्हारा खना बना दूंगी। इस वक्त खाना रहने दो। उठो, चलो पिताजी।" यह कहकर उसने उनका हाथ पकड़कर खड़ा कर दिया।

दोनों सचमुच ही चले जा रहे हैं, देखकर आलोक ने अपने को कुछ संभालकर कहा, "जरा रुको। सचमुच ही क्या एक बार भी नहीं सोचा कि नौकरी छोड़ देने पर तुम्हारे परिवार के इतने प्राणी क्या खायेंगे?"

अविनाश ने जवाब देना चाहा, मगर इस बार भी लड़की ने बाधा दी। वह बोली, "खाने की क्या सचमुच ही तुम्हें चिन्ता हो गयी है मां? लेकिन रोना तो नहीं चाहिए। नौकरी छोड़ने पर भी पिताजी को पेन्शन मिलेगी-और वह भी तीन-सौ से कम क्या होगी। बगलवाले मकान के संजीव बाबू साठ रुपये तनख्वाह पाते हैं, खाने वाले उनके यहां भी नौ-दस हैं। कितनी बार देख आयी हूं, उनके यहां का खाना हमारे यहां से बुरा नहीं होता। उनका चला जा रहा है तो हम तीन-चार प्राणियों का खाना-पहनना नहीं चलेगा।"

मां के धीरज का बांध टूट गया। कटु-व्यंग के स्वर में चिल्ला उठी, "जा भाग मेरी नजरों के सामने से। जब अपना परिवार बसाना तब गिरिस्तिनपना दिखाना। मेरी गृहस्थी में दखल दिया कि तुझे घर से निकाल बाहर कर दूंगी।"

लड़की ने जरा हंसकर कहा, "अच्छी बात है मां, वही करो। पिताजी का हाथ पकड़कर मैं चली जाऊं। तुम और भैया पिताजी की पेन्शन के सारे रुपये लेकर जो चाहो करो। हम कुछ भी नहीं करेंगे। मैं लड़कियों के किसी स्कूल में नौकरी करके बूढ़े पिताजी का खर्च चला लूंगी।"

मां आगे कुछ नहीं बोलीं। देखते-देखते उनकी दोनों आंखों से आंसुओं की धारा वह चली।

लड़की ने पिता का हाथ किंचित दबाकर कहा, "चलो पिताजी, चले। शाम हो जायगी।"

अविनाश के पग बढ़ाते ही आलोकलता आंचल से आंखें पोंछकर रुंधे गले से बोली, "जरा और रुको। तुम्हारी यह कैसी भीष्म प्रतिज्ञा है? इसमें क्या हेर-फेर नहीं होने का?"

अविनाश ने गर्दन हिलाकर कहा, "नहीं। ऐसा नहीं होने का।"

"देखो, मैं तुम्हारी स्त्री हूं, तुम्हारी सुख-दुःख की साथिन हूं।"

अवनिाश बाधा देकर बोले, "अगर यह सच है तो इतने दिनों तक मेरे सुखों का हिस्सा मिला है, अब मेरे दुःखों का हिस्सा लो।"

आलोक ने कहा, "तैयार हूं मगर सारी इज्जत आबरू कायम रखने के लिए इतने रुपये काफी नहीं है तो पेन्शन के थोड़े से रुपयों से काम कैसे चलेगा?"

अविनाश बोले, "इज्जत आबरू का मतलब अगर अमीरी ठाठ समझ रखा है तो वह नहीं होने का, इसे मानता हूं,। नहीं तो यों संजीव बाबू का भी चल जाता है।"

"लेकिन तुम्हारी लड़की? उन्नीस-बीस की हो गई, उसका ब्याह-कब करोगे?"

मां की समस्या का समाधान शाश्वती ने किया और बोली, "मां, मेरे ब्याह के लिए तुम चिन्ता न करो। अगर सोचना ही चाहती हो तो बल्कि सोचो संजीव बाबू ने दो बेटियों का ब्याह कैसे किया।"

जवाब सुनकर मां का धीरज फिर टूटा। सजल आंखें दृप्त हो उठीं, रुंधे गले का स्वर पंचम पर पहुंच गया। बोली, "शाश्वती, मुंहजली, मेरी नजरों के सामने से अब भी क्यों नहीं हटती? जा हट जा, कहे देती हूं।"

"जाती हूं मां, चलो न पिताजी।"

बगलवाले कमरे में हिमांशु कविता करने में लगा हुआ था। आई.ए.एस. परीक्षा के तीसरे प्रयास में अब भी कुछ देर है। उसकी कविताएं बातायन पत्रिका में छपती हैं। दूसरी कोई पत्रिका नहीं लेती है, बातायन-सम्पादक उत्साहित करते हुए चिट्ठी लिखते हैं-"हिमांशु बाबू, आपकी कविता अच्छी बन पड़ी है। अगली बार एक कविता और भेजें-कुछ छोटी। और साथ हीशारवती देवी की एक रचना अवश्य ही भेजें।" नहीं जानता, वातायन-सम्पादक सच लिखते हैं या मजाक करते हैं। या उनके मन में कोई और बात है। शाश्वती देखकर हंसती हुई कहती है-भैया, यह चिट्ठी मित्रों को दिखाते न फिरना।"

"क्यों, बतला तो?"

"नहीं, यों ही कह रही हूं। अपने मुंह मियां-मिठ्ठु बनते फिरना क्या अच्छा लगता है?"

कविता भेजने के पहले बहन को पढ़ाने के बहाने अपनी भूलों को वह सुधार लेता है। संशोधन की मात्रा कुछ अधिक हो जाने पर लज्जित होकर कहता है, "तेरी तरह मैंने तो पिताजी से संस्कृत, व्याकरण, काव्य, साहित्य नहीं पढ़ा है। मेरा क्या दोष है? लेकिन शाश्वती तू जान ले, यह कुछ भी नहीं है, दस रुपये महीना पर एक पण्डित रख लेने से सब कुछ बन जाता है। कविता का यथार्थ जीवन है कल्पना में, भाव में, उसकी अभिव्यंजना में। वहां तेरे मुग्धबोध के बाप की क्या मजाल, कि टांग अड़ावे!"

"यह तो बिलकुल सच बात है भैया।"

हिमांशु की कलम की नोक पर एक अच्छी तुक आ गयी थी। लेकिन मां के कठोर कण्ठ स्वर ने सब कुछ को छितरा दिया। कलम रख बगलवाले दरवाजे को ठेल इस कमरे में पैर रखते ही मां चिल्ला उठीं।

"जानता है हिमांशु, हमारा कितना बड़ा सत्यानाश हो गया! उन्होंने नौकरी छोड़ दी-नहीं तो उनका मनुष्यत्व नष्ट हो रहा था। क्यों? इसलिए कि उनकी जगह कोई दूसरा आदमी सबजज बन गया है, वे नहीं हो सके। मैं साफ कहे देती हूं, यह डाह के सिवा और कुछ भी नहीं है। निरा डाह।"

हिमांशु ने अचरज से आंखें फाड़कर कहा, "तुम यह क्या कह रही हो मां। नौकरी छोड़ दी? व्हाट् नानसेंस!"

अविनाश का मुंह पीला पड़ गया। दांतों होंठ चबाकर वह चुप खड़े रहे। आसन्न सन्ध्या की म्लान छाया में उनका चेहरा विचित्र लग रहा था।

शाश्वती पागलों की भांति चिल्ला उठी, ओफ्, संसार में धृष्टता की कोई सीमा भी है? तुम चलो जल्दी चलो, नहीं तो मैं सिर पीटकर मर जाऊंगी।"-कहकर आधे अचेत पिता को लेकर वह घर से बाहर चली गयी।

राम की सुमति

1

राम लाल क उमर तो कम थी, पर दुष्ट-बुद्धि कम न थी। गांव के लोग उससे डरते थे। उसका अत्याचार कब, किधर से, किस रूप में टूट पड़ेगी, इस बात का अन्दाज लगाना मुश्किल था। उसके सौतेले बड़े भाई श्याम लाल को भी ठीक शान्त प्रकृति का आदमी नहीं कहा जा सकता। पर हां. इतना जरूर था कि वह छोटे से कसर पर भारी सजा न देता था। गांव के जमींदार के यहां वह काम करता और अपनी जमीन-जायदाद की भी देख-भाल रखता। घर की हालत मजे की थी। कुंआ, बागीचा, खेत, दस-बीस घर बाग्दी प्रजा और कुछ नगद रुपया भी उसके पास था। श्यामलाल की स्त्री नारायनी जब पहले पहल इस घर में आयी-यह करीब तेरह-चौदह वर्ष की बात है, तब उसी साल राम की विधवा मां का देहान्त हुआ। मरते वक्त वे ढाई साल के दूध-पीते बच्चे राम को और अपनी सारी गिरस्ती अपनी तेरह साल की बालिका पतोहू नारायनी के हाथ सौंप गयीं।

इस साल चारों तरफ बुखार का बोल-बाला था। नारायनी को भी बुखार आ गया। तीन-चार गांवों के बीच नीलमणि बाबू ही एक

मात्र डाक्टर थे, सो भी अधकचरे, फिर इस समय उनकी फीस भी एक रुपये से बढ़कर दो रुपया हो गयी थी। इसके साथ ही उनकी कुनैन की पुड़िएं भी आरारोट और मैदे की मिलावट से जायकेदार बन गयी थी! सात दिन बीत गये, पर नारायनी का बुखार जरा भी हल्का न पड़ा। श्यामलाल को चिन्ता हो गयी।

घर की नौकरानी नृत्यकाली, जो डाक्टर बुलाने गयी थी, वह लौट आयी, बोली–डाक्टर बाबू साब आज आन गांव जायंगे चार रुपया पर, सो नहीं आ सकते।

श्यामलाल को गुस्सा आ गया, बोले-अरे तो कम्बख्त को हम भी चार दे देते, आता तो सही : रुपया बड़ा है कि जान? जा तू, बुला ला चमार को।

नारायनी ने कमरे के भीतर से बात सुन ली। कमजोर कांपते हुए स्वर में वह बोली–सुनो, यहां आओ, तुम इतने घबरा क्यों रहे हो? डाक्टर आज नहीं आते तो कल सही, एक दिन में क्या बिगड़ा जाता है?

रामलाल, जो आंगन के एक कोने में अमरूद के पेड़ के नीचे बैठा चिड़ियों के लिए पिंजरा बना रहा था, उठकर आया और बोला-तू रहने दे नेत्य, मैं जाता हूं।

देवर की आवाज सुनते ही नारायनी घबराकर उठ बैठी और बोली–सुनते हो, राम को रोको।-ओ राम, मेरे सिर की कसम है, जाना मत,-भइया, तू मेरा राजा भइया, किसी से लड़ते नहीं हैं!

राम ने सुना ही नहीं,-बाहर चला गया। उसका पांच साल का भतीजा, जो अब तक सींकें हाथ में लिये जैसा का तैसा बैठा था, वह बोला-पिंजरा नहीं बनाओगे चाचा?

“बना लेंगे” कहकर राम चल दिया।

नारायनी ने, माथा ठोंककर, रोने के स्वर में पति से कहातुमने उसे जाने क्यों दिया? देखो, अब वह क्या उपद्रव करके आता है।

श्यामलाल गुस्से में तो थे ही, और भी झुंझलाकर बोले-मैं क्या करूं? तुम्हारे रोकने पर भी नहीं रूका। मेरे कहने से रुक जाता?

"हाथ क्यों नहीं पकड़ लिया? इस अभागे के मारे तो घड़ी-भर भी चैन नहीं-मर जाऊं तो अच्छा! नित्तो, जा तो बेटी-खड़ी मत रह, भोला को भेज, समझा-बुझाकर उसे मेरे पास लौटा लावे,-शायद वह अभी गाय चराने नहीं गया है।"

नृत्यकाली भोला की तलाश में चल दी।

राम नीलमणि डाक्टर के घर जा पहुंचा। डाक्टर अपनी डिस्पेन्सरी में बैठे थे, –यानी एक टूटी अलमारी के सामने एक टूटी कुरसी-टेबुल लगाये कांटा हाथ में लिये दवा तौल रहे थे, और चार-पांच रोगी मुंह बाये उसी को देख रहे थे। डाक्टर तिरछी निगाह से राम को देखकर अपने काम में लग गये।

राम क्षण-भर चुपचाप खड़ा रहा, फिर बोला-भाभी का बुखार क्यों नहीं अच्छा होता?

डाक्टर ने कांटे पर ही निगाह जमाये हुए कहा–नहीं होता, तो मैं क्या करूं?-दवा तो देता हूं

"खाक देते हो! सड़ी मैदा के चूरे से कही बुखर छूटता है?"

सुनते ही डाक्टर कांटा, बांट, दवा आदि सब चीजों को एक तरफ हटाकर लाल-लाल आंखें निकाल करके वे राम की तरफ एकटक देखते रह गये। इतनी बड़ी हिमाकत की बात उनके सामने कोई जबान पर ला सकता है, उन्हें यह मालूम ही नहीं था।

क्षण-भर के बाद ही वे गरज उठे-सड़ी मैदा का चूरा! तो फिर

लेने क्यों आता है रे? और तेरा भइया मुझे पैरों पड़कर बुलाने क्यों भेजता है रे?

राम ने कहा–इस तरफ कहीं और कोई डाक्टर नहीं है इसलिए तुम्हें बुलाने भेजा है। अगर होता,तो नहीं भेजते।

कमरे में बैठे हुए लोग दंग होकर सुन रहे थे; उनकी तरफ देखकर राम ने फिर कहा–तुम छोटी जाति के हो इसी से कह बैठे पैरों पड़कर बुलाने भेजते हैं!' भइया किसी के पैरों नहीं पड़ते। आते वक्त भाभी ने कसम दिला दी है, नहीं तो तुम्हारे सब दांते तो अभी तोड़ देता! खैर, सुनों,-अच्छी दवा लेकर अभी तुरंत आओ, देर मत करो; आज अगर बुखार अच्छा नहीं हुआ तो सामने जो कलमी आम के झाड़ लगा रखे है,- अभी तो ज्यादा बढ़े भी नहीं है,-रात तक उनमें से एक कुल्हाड़ी की चोट पर कोई भी न बचेगा। और कल आकर तुम्हारी ये शीशी-बोतलें सब चकनाचूर कर जाऊंगा!इतना कहकर वह फौरन ही वहां से हवा हो गया!

डाक्टर हाथ में कांटा लिये बैठे ही रह गये।

एक बुड्ढे ने कुछ हिम्मत बांधकर कहा–डाक्टर साहब, अब आप और देर न करें। अच्छी दवाई अगर कहीं छिपाकर रखी हो तो उसे लेकर जल्दी चले जाओ। उसका नाम है राम-जो कह गया है, वही करके छोड़ेगा।

डाक्टर ने कांटा रखते हुए कहा–मैं अभी थाने में दरोगा के पास जाता हूं तुम सब गवाह हो!

जो बूढ़ा सलाह दे रहा था; वह बोला-गवाह! गवाही कौन देगा बाबू? कुनैन खाने से मेरे तो कान भन भन कर रहे हैं। राम ठाकुर क्या कह कह गये, सो तो कुछ सुनाई ही नहीं दिया। और दरोगा

क्या करेगा बाबू? वह देवता देखने में तो छोटा है, पर उसके साथी बाग्दी लड़कों का झुंड तो छोटा नहीं है। अगर आग लगाकर घर में बन्द कर जला डाले तो न थाने के लोग देखने आयंगे,— और न दारोगा साहब ही एक मुट्ठी पुआल देकर उपकार करेंगे। गवाही-अवाही हम से नहीं होगी,-उससे सब ही डरते हैं। इससे अच्छा तो यही है कि वह जो करने को कह गया है, सो कीजिए। जरा मेरी नाड़ी तो देखिए आप-आज कुछ रोटी-ओटी खाऊं?

डाक्टर भीतर ही भीतर जले जा रहे थे। बूढे के नाड़ी देखने के प्रस्ताव ने उन्हें भड़का दिया। डपटकर बोले—गवाही नहीं देगा! चलो निकलो यहां से,-मैं किसी की नाड़ी-आड़ी नहीं देखूगा! कोई मरता भी होगा, तो भी दवा नही दूगा। देखू, तुम लोगों की क्या गति होती है!

बूढ़ा लाठी उठाकर खड़ा हो गया कहने लगा—दोष किसी का नहीं डाक्टर साहब, उनको आप पहचानते नहीं हैं। बढ़े शैतान हैं वे लोग। हां तो, इन्हें भी खबर देने जाना पड़ेगा, नहीं तो समझ बैठेंगे कि थाने जाने की सलाह हम लोगों ने ही दी होगी। बीधे-भर बैंगन लगायें हैं,—बड़े भी हो चुके हैं, —शायद आज रात को ही वे सब साफ कर दें। बाग्दियों के लड़के तो रात को सोते भी नहीं हैं, बाबू थाने में आप न हो तो, फिर कभी चले जाइएगा; पहले एक शीशी असली दवा ले जाकर उन्हें ठंडा कर आइए।

बूढ़ा चला गया; और लोग जो थे वे भी धीरे खिसकने लगे। नीलमणि बाबू ने एक गहरी उसांस ली और मानव-जीवन का अन्तिम अनुभव-संसार के सर्वोत्तम ज्ञान का सूत्र-कहते हुए मकान के भीतर चले गये कि 'दुनिया में किसी साले का भला नहीं करना चाहिए।'

नारायनी जंगले में से बाहर की ओर देखती हुई फड़फडा रही

थी। इतने में राम लौट आया। कहा–“गोविन्दा,चल, पिंजरा बनाये।”

नारायनी ने बुलाया-ओ राम, जरा इधर आ।

राम खपंची के छेद में सावधानी से सींक पिरोता हुआ बोला— अभी नहीं। काम कर रहा हूं।

नारायनी ने धमकते हुए कहा–चल जल्दी,कहती हूं न।

राम सब छोड़-छाड़कर तुरन्त ही उठ बैठा और धीरे से भाभी के कमरे में आकर तख्त-पोश के एक ओर पांयताने बैठ गया। नारायनी ने पूछा-डाक्टर मिले थे घर पर?

“हां।”

“आने को कहा।”

नारायनी को विश्वास नहीं हुआ, बोली–सिर्फ आने को कहा, और कुछ नहीं कहा?

राम चुप हो रहा।

नारायनी ने कहा–बता तो सही, क्या-क्या कहा है?

“नहीं बताऊंगा।”

नृत्यकाली ने आकर कहा–डाक्टर बाबू आ रहे हैं।

नारायनी मोटी चादर खींचकर करवट बदलकर लेट रही। राम भाग गया। थोड़ी देर में डाक्टर को साथ लिये श्यामलाल आये। डाक्टर ने अपना काम पूरा करके अन्त में नारायनी से कहा–बहू रानी, बुखार का अच्छा होना न होना क्या डाक्टर के हाथ की बात है? तुम्हारे देवर ने तो मुझे दो दिन का समय दिया है। इस बीच अच्छा हो गया तो ठीक है, नहीं तो वह हमारे मकान में आग लगा देगा।

मारे शरम के नारायनी का तो मरना हो गया। बोली–उसकी सब बातें ऐसी ही होती हैं, आप किसी तरह की चिन्ता न करें।

डाक्टर ने कहा–लोग कहते हैं कि उसका एक गिरोह है। उस गिरोह की बात और काम में कोई फर्क नहीं पड़ता। इसी से बड़ी आशंका हो रही है बहू, हम तो दवा ही दे सकते हैं, प्राण तो नहीं दे सकते?

नारायनी चुप रह गयी। श्यामलाल ने नाराज होकर कहा–यह तो हम जानते ही हैं कि वह छोरा किसी न किसी दिन जेल जायगा। पर साथ में कहीं हम लोगों को भी न जाना पड़े यही फिकर है।

आज नीलमणि बाबू अपने खास कमरे का सन्दूक खोलकर असली कुनैन और ताजी दवा लाये थे। उसे देकर, सब समझा-बुझाकर, वे चलने लगे तो श्यामलाल उन्हें चार रुपया फीस में देने लगे। डाक्टर ने दांतों तले जीभ दबाकर कहा–सर्वनाश! मेरी फीस एक रुपया है, उससे ज्यादा हरगिज नहीं ले सकता, मेरी ऐसी आदत नहीं। श्यामबाबू, रुपया दो दिन की चीज है मगर धर्म हमेशा का है।

दो दिन पहले यहीं से उन्होंने एक की जगह दो रुपये लिये थे, इस बात को भी आज वे भूल गये! मगर श्यामलाल सब बातें समझ गये! खैर कुछ भी हो, नारायनी अच्छी हो गयी और घर के काम-काज पहले की तरह ही चलने लगे।

2

करीब दो महीने बीत गये। एक दिन नारायनी नदी से नहाकर लौटते ही, पानी का घड़ा उतारती हुई बोली–नित्तो, वह बन्दर गया कहां?

'बन्दर' कौन है, इसे घर के सभी लोग जानते थे।

नृत्यकाली ने कहा–छोटे बाबू अभी तो थे यहां-वह, वहां बैठे पतंग बना रहे हैं।

नारायनी ने राम को देखते ही बुलाया-इधर तो आ अभागा, तू

इधर आ! तेरे मारे मैं क्या कुएं-पोखर में डूब मरूं, ?

रामलाल आधे बेल के गूदे को लकड़ी से खुरचता हुआ नारायनी के सामने आकर खड़ा हो गया।

नारायनी ने कहा—सांतरा के बगीचे की खीरे की बेल क्यों उखाड़ आया, बता?

"मुझे उसने उखाड़ते देखा है?"

"उसने नहीं देखा, मैंने तो देखा है। क्यों उखाड़ी बता?"

"उस बुढ़िया रांड़ ने मुझे गाली क्यों दी?"।

नारायनी ने जल-भुनकर कहा—गाली की बात पीछे सुनूंगी-पहले यह बता कि तू चोरी करने क्यों गया था?

रामलाल अचम्भे और गुस्से में आकर बोला-चोरी कर रहा था।? हरगिज नहीं। जरा-सा खीरा ले लिया, तो क्या चोरी हो गयी।

नारायनी और भी भड़क उठी। बोली—हां बन्दर, होती है, होती है! सौ बार होती है! चोरी किसे कहते है जरा-सा बच्चा भी जानता है! धींगरा तो हो गया, पर तू अब भी यह नहीं जानता! खड़ा रह एक पैर से! पाजी कहीं का,-खड़ा हो उठा पैर!

इस घर में छोटा बच्चा गोबिंदा था राम का वाहन। चौबीसों घंटे वह राम के पास रहता और सब काम में उसकी सहयता करता। राम के हुक्म के मुताबिक अब तक वह पतंग पकड़े बैठा था; गड़बड़ी देख, उसे छोड़ वह मां के पास आकर खड़ा हो गया।

राम को इधर-उधर करते देख चटसे' चाचा, खड़े रहो एक पैर से-ऐसे-'कहकर स्वयं उसने खड़े होकर एक पैर से खड़े होने की तरकीब बता दी।

राम ने तड़-से उसके गाल पर एक तमाचा जड़ दिया और फिर पीछे की ओर मुड़कर वह एक पैर से खड़ा हो गया।

नारायनी किसी कदर हंसी रोककर बच्चे को गोद में उठा रसोई-घर में चली गयी! दो मिनट बाद बाहर लौटकर उसने देखा, राम बैसे ही एक पैर से खड़ा है और धोती के छोर से बार-बार आंखें पोंछ रहा है।

नारायनी ने कहा–अच्छा जा, हो गया। अब ऐसी बदमाशी मत करना।

राम ने बात नहीं मानी। गुस्से में उसी तरह एक पैर पर खड़े-खड़े आंखें पोंछता रहा।

नारायनी पास जाकर उसकी बांह खींचने लगी; पर वह खड़ा होकर खड़ा ही रहा और जोर से झटका देकर उसने उसका हाथ हटा दिया। नारायनी ने हंसकर फिर एक बार हाथ खींचने की कोशिश की; अब की बार वह पहले ही की तरह जोर के झटके से हाथ हटाकर भाग गया।

घंटे-भर बाद नृत्यकाली जब राम को बुलाने आयी तो देखती है कि चंडीमंडप के उस बाजू के बरामदे में पैर लटकाये आप चुपचाप मुंह फुलाये बैठे हैं!"

दासी ने कहा–स्कूल का वक्त हो गया छोटे बाबू, माजी बुला रही है।

राम ने कुछ जवाब नहीं दिया। इस तरह बैठा रहा, मानों उसने सुना ही नहीं।

नित्तों ने सामने जाकर कहा–माजी नहा-धोकर खाने को कह रही हैं।

राम आंखें धुन्नाता हुआ गरजकर बोला-जा तू यहां से। दूर हो।

"मगर माजी ने क्या कहा, सुन लिया?"।

"नहीं सुना, जा। मैं नहीं नहाऊंगा, नहीं खाऊंगा, कुछ नहीं करूंगा,-तू जा यहां से।"

"अच्छा तो मैं जाकर कह देती हूं।" कहकर दासी जाने लगी।

राम उसी वक्त उठकर चट से पिछवाड़े के गंदे तालाब में डुबकी लगा आया और भींगे सिर, भींगे कपड़े पहिने, उसी तरह फिर आकर बैठ गया। नारायनी खबर लगते ही घबराकर दौड़ी आयी।"अरे ओ भूत! यह क्या किया तूने? उस तलैया में तो मारे डर के कोई पैर तक नहीं डुबोता और तू मजे से डुबकी लगा आया!"

उन्होंने अपने आंचल से अच्छी तरह उसकी देह पोंछी, सिर पोंछा, अपने हाथ से कपड़े बदले और फिर घर में ले जाकर खाना परोसा। रात थाली के सामने मुंह फुलाये खूटे की तरह बैठा रहा।

नारायनी उसके मन की बात समझ गयी, पास आकर सिर पर हाथ फेरती हुई बोली–राजा भइया है न तू इस वक्त अपने आप खाले; रात को मैं खिला दूंगी। अभी तो, देख, पूरा खाना नहीं बना। राजा भइया, खा ले!

तब राम चुपचाप खाकर और कपड़े पहिनकर स्कूल चल दिया।

दासी ने कहा–तुम्हारी ही वजह से इसकी सब आदतें बिगड़ती जाती हैं माजी! इतने बड़े लडके को गोद मे बिठाकर खिलाया जाता है क्या! जरा-सा रूठ गया तो गोद में बिठाकर हाथ से खिलाओ, यह कैसी बात है?

नारायनी कुछ मुस्कराकर बोली–नहीं तो खाता नहीं। रात को खिलाने का लोभ न दिखाती तो वही मुंह फुलाये बैठा रहता, '-खाता थोड़े ही।

दासी ने कहा–खाता कैसे नहीं? भूख लगती तो आप ही खाता। इतना बड़ा हो गया।

नारायनी भीतर ही भीतर नाराज-सी होकर बोली–तुम लोग तो उसकी उमर ही देखा करती हो। अरे बड़ा होगा, होश संभालेगा

तो उसे आप ही लाज आयगी। वह खुद ही तब न तो गोद में बैठेता और न मुझ से खिलाने को कहेगा।

दासी दुःखित होकर बोली–मैं तो अच्छे के लिए ही कह रही हूं माजी, नहीं तो मुझे क्या पड़ी है? सोलह-सतरह साल का हो चला, अब भी अगर उसे अकल न आयी तो फिर कब आयगी?

नारायनी को अब गुस्सा आ गया। बोली–अकल आने के लिए कोई उमर नहीं होती नित्तो, किसी को दो साल पहले आती है, किसी को दो साल बाद। और आवे चाहे न आवे, तुम लोगों को इतनी फिकर क्यों है।

दासी ने कहा–यही तो तुम में दोष है माजी! वह कितना शरारती हो गया है, सो क्या तुम से कुछ छिपा है? मुहल्ला-भर यही कहता है कि तुम्हारे ही लाड़-प्यार ने उसे...।

नारायनी ने रूखे स्वर से कहा–मुहल्ले के लोग लाड़-प्यार ही देखते हैं; डांटती-डपटती हूं सो कोई नहीं देखता। पर तू तो मुहल्ले की नहीं है,-सबरे से एक पैर पर खड़ा-खड़ा रोता रहा, तलैया के सड़े पानी में नहा आया, भगवान् जानें, बीमार पड़ेगा या क्या होगा! उसके बाद तेरी क्या यह चाहत थी कि मैं उसे भूखा ही स्कूल भेज देती? घर और बाहर का रात-दिन का यह लांछन तो मुझसे नहीं सही जाता, नित्तों! कहते-कहते उसका स्वर रूंध-सा गया, आंखें डबडबा आई, आंचल से उसने आंखें पोंछ ली।

दासी नहीं जानती थी कि इसी बात पर कल रात को पति से भी मामूली कलह हो चुकी है। अत्यन्त लज्जित और दुःखित होकर उसने कहा–रोती क्यों हो माजी? मैंने कोई बुरी बात तो कही नहीं। लोग कहते हैं, इसी से जरा संभल जाने के लिए मैंने कहा था।

नारायनी ने आंखें पोंछकर कहा, "भगवान् सब आदमियों को एक-सा नहीं बनाते। वह जरा शरारती है, इसीलिए तो मुझे जिस-तिस की बात चुपचाप सुननी पड़ती है, लेकिन जब-तब लाड़-प्यार करने का उलाहना लोग क्यों देते है? लोग क्या यह चाहते हैं कि मैं उसे काटकर नदी में बहा दूं? तभी सब के कलेजे ठंडे होंगे?" इतना कहकर वह बिना किसी प्रकार के उत्तर की प्रतीक्षा किये ही जल्दी से उठकर चल दी।

दासी का मुंह जरा-सा हो गया। मन ही मन कहने लगी-भगवान् जाने क्या बात है! हर बात में जिसकी इतनी बुद्धि, इतना धीरज है, वह इतनी-सी बात क्यों नहीं समझती? और वहा री डांट-डपट! लड़का पल भर एक पैर से खड़ा रोता रहा तो मानों दुनियां रसातल में चली गयी!

राम को भाई के साथ बैठकर खाना बिल्कुल पसंद न था। आज रात को जान-बूझकर ही नारायनी ने दोनों भाइयों की थाली पास लगायी और खुद बगल में जा बैठी। राम रसोई में घुसते ही उछल पड़ा। बोला-जाओ, मैं नहीं खाता-मैं आज खाऊंगा ही नहीं।

नारायनी ने कहा–तो जा, सो जा।

नारायनी के गम्भीर कंठ-स्वर में राम की उछल-कूद बन्द हो गयी। मगर वह खाने नहीं बैठा-चुपचाप खड़ा रहा!

रसोई घर के दूसरे दरवाजे से श्यामलाल के आते ही राम आंधी की तरह बाहर हो गया। श्यामलाल इतमीनान से खाने बैठे, बोले-राम ने नहीं खाया क्या!

नारायनी ने संक्षेप में उत्तर दिया-वह मेरे साथ खायगा।

खाना खाकर ज्यों ही श्यामलाल बाहर गये त्यों ही राम मुट्ठी में राख लिये हुए भीतर आया और बोला-मैं किसी को खाने नहीं दूंगा,-सब की थाली में राख डाल दूंगा,-डालूं?

नारायनी ने मुंह उठाकर कहा–डाल के देख न, कैसी सजा मिलती है!

राम ने मुट्ठी में राख दबाये हुए ही स्वर बदलकर कहा–बड़ी सजा देने वालीं सबेरे मुझे ठगकर रात का नाम लेकर खिला दिया, अब सजा बताती हैं!

"तूने खाया क्यों था?"

"तुमने जो कहा कि रात को...।"

"धींगरा कही का, पराये हाथ से खाने में तुझे शरम नहीं आती?"

राम आश्चर्य में आ गया बोला-पराया हाथ कहां? तुम्हीं ने तो कहा था?

नारायनी ने फिर बहस नहीं की कहा–अच्छा जा, राख फेककर हाथ धोके आ। मगर फिर कभी किसी दिन खिलाने को कहेगा, तो देखना!

खिलाना अब तक जारी था, इतने में दासी बिला-जरूरत एक बार दरवाजे के सामने से भीतर की ओर देखती हुई उधर के बरामदे की तरफ निकल गयी!

नारायनी ने यह देखकर राम से कहा–राम, तुझे क्या कभी अकल न आयेगी? भगवान् क्या कभी तुझे सुमति न देंगे? लोगों के ताने तो अब मुझसे सहे नहीं जाते।

राम मुंह का कौर निगलकर बोला-कौन हैं वे लोग, उनका नाम बताओ?

नारायनी ने एक गहरी सांस लेकर कहा–बस कौन है-उनका नाम बताओ?

परन्तु कुछ ही महीनों बाद नारायनी को सचमुच असा हो गया। उसकी विधवा मां दिगम्बरी अपनी दस वर्ष की लड़की सुरधुनी के साथ

अब तक किसी तरह अपने भाई के घर दिन काट रही थी। सहसा उस भाई की मृत्यु हो जाने के बाद उसके लिए कहीं खड़े रहने को स्थान नहीं रह गया। नारायनी ने पति को राजी करके आदमी भेजकर उसे अपने यहां बुलाया। वह आयी और आने के साथ ही वह अपनी लड़की को लांध गयी। फिर लगे हाथ राम पर भी अधिकार जमाने के लिए पैर पसारना चाहा। शुरू से ही वह राम को विद्वेष की दृष्टि से देखने लगी।

आज सबेरे राम दो-तीन हाथ लम्बा एक पीपल का पौध ले आया और उसने उसे आंगन के बीचों-बीच गाड़ना शुरू कर दिया। रसोई-घर के दरवाजे में बैठी हुई दिगम्बरी माला फेरती-फेरती सब देखती हुई तीखी आवाज में बोली–यह क्या हो रहा है राम?

राम ने उसकी ओर देखकर कहा–पीपल बड़ा हो जायगा, तो खूब छांह रहेगी। मास्टर साहब ने कहा है पीपल की छांह बहुत अच्छी होती है। गोविन्दा, जा तो एक लोटा पानी ले आ। भोला मोटा-सा एक बांस ले आ-बेंडा लगाना होगा, नहीं तो, गाय-बछड़ा खा जायगी!

दिगम्बरी के आग-सी लग गयी, बोली, आंगन में पीपल का पेड़! यह तो दुनिया से निराली बात है; घर में पीपल लगाते यहीं देखा।

राम ने उसकी बात सुनी-अनसुनी कर दी।

गोविन्दा अपने सामर्थ्य के अनुसार एक छोटी-सी लुटिया में पानी भर लाया। राम ने उसके हाथ से लुटिया लेकर प्रेम से हंसते हुए कहा–इतने-से पानी से क्या होगा रे पगला!-तू यहां खड़ा रह, मैं पानी लाता हूं!

इसके बाद घड़ों पानी उड़ेलकर सारे आंगन में कीचड़ करके जबतक राम ने वृक्षारोपण-कर्म समाप्त किया, तब तक नदी से नहाकर नारायनी भी लौट आयी। अब तक दिगम्बरी भूसे की आग की तरह

अपने आप में जल रही थी। कारण उसकी आंखों के सामने ही यह हितकारी विराट अनुष्ठान आरम्भी होकर लगभग समाप्त हो रहा था। अब लड़की को देखते ही वह चिल्ला उठी-देख नारायनी देख! अपने देवर की करतूत अपनी आंखों से देख! आंगन के बीच में पीपल गाड़कर कहता है, छांह होगी! और उधर देख पीछे, हरामजादे भोला का काम, पूरे के पूरे बांस के झाड़ घसीटे ला रहा है-बेड़ा लगेगा!

नारायनी ने पीछे को मुड़कर देखा, सचमुच वह ढेर के ढेर बांस और खपरचियां लिए आ रहा है। भोला और राम की उमर लगभग बराबर की है। नारायनी हंसने लगी उधर मां का क्रोधपूर्ण घबराहट का व्यस्त भाव, और इधर राम का यह पागलपन-सारा दृश्य उसको परम हास्यकर प्रतीत हुआ। हंसकर बोली–आंगन में पीपल के पेड़ का क्या होगा रे?

राम आश्चर्य में आकर बोला-क्या होगा क्या भाभी, कैसी ठंडी छांह होगी और यह जो छोटी-सी डाली देख रही हो, बड़ी होने पर,-एःगोविन्दा, उंगली मत दिखा, बढ़ेगा नहीं-बड़ी होने पर, इस पर झुला डालेंगे और गोविन्दा को खूब झुलाया करेंगे। भोला, जरा गंडासा उठा लाना, तुझसे नहीं होगा बेड़ा ऊंचा लगाना पड़ेगा, नहीं तो काली बछिया गर्दन डालकर खा जायगी। इतना कहकर वह फटाफट बांस काटने लगा।

नारायनी हंसती हुई भरा हुआ कलसा रखने रसोईघर में चली गयी।

मारे गुस्से के दिगम्बरी की आंखें जलने लगीं। लड़की की तरफ क्रोधपूर्ण दृष्टि से देखती हुई बोली–तूने कुछ नहीं कहा? तो यहीं पीपल लगेगा क्यों?

नारायनी ने हंसते हुए कहा–मां तुम घबराती क्यों हो, इतना बड़ा पेड़ कुछ लगेगा थोड़े ही। उसमें जड़-वड़ कहां है जो घड़ो पानी

डालने से जम जायगा और बढ़ने लगेगा? यह तो कल ही सूख-साखकर अलग हो जायगा।

दिगम्बरी जरा भी शान्त न हुई, बोली–सूखेगा क्या खाक? भला चाहती है तो इसे उखाड़ के फेंक दे।

नारायनी ने चौंककर कहा–बाप रे! तब तो घर में रहना मुश्किल हो जायगा।

दिगम्बरी ने कहा–क्यों, घर क्या उसका अकेले का है कि मन में आया तो आंगन में पीपल लगा दिया? तू क्या कोई होती ही नहीं? मेरा गोविन्दा कोई नहीं है क्या? हे भगवान्! पीपल पर दुनिया भर के कौए, चील, गिद्ध आकर बसेरा करेंगे, हड्डी गोश्तडालकर आंगन बिगाडेंगे,–मुझसे तो, नारायनी, यहां नहीं रहा जायगा। आखिर उससे तू इतनी डरती क्यों है, मालूम भी तो हो? मेरा घर होता, तो देखती यह कितना बड़ा शैतान है! एक दिन में सीधा कर देती!

नारायनी को मां के हृदय के भीतर का दृश्य मानो दर्पण की तरह साफ दिखाई दे गया। वह कुछ देर चुप रहकर जोर से हंस पड़ी, बोलीअभी तो लड़का है मां, उसमें इतनी अकल कहां! अकल होती तो क्या अपने घर के आंगन में पीपल लगाता? दो दिन रहने दो फिर तो वह आप ही उखाड़कर फेंक देगा।

दिगम्बरी ने कहा–फेंक देगा! वह क्यों फेंकेगा, मैं खुद ही फेंक दूंगी।

नारायनी ने कहा–नहीं मां, नहीं, ऐसा काम मत करना, पहले से ही कह देती हूं, उसे तुम पहचानती नहीं। मेरे सिवा उसके दादा भी उसे छूने की हिम्मत नहीं करेंगे। मां, आज के दिन तो लगा रहने दो, फिर देखा जायगा।

दिगम्बरी नाराज होकर बोली–अच्छा, तू जा, कपड़े पहिन!

दोपहर को नारायनी अपने कमरे में बैठी तकिये का गिलाफ सी रही थी, इतने में दासी ने आकर खबर दी-माजी, सत्यानाश हो गया! नानीजी ने छोटे बाबू का पेड़ उखाड़कर फेंक दिया अब स्कूल से आते ही वे खा जायंगे, किसी को छोड़ेंगे थोड़े ही।

नारायनी तुरन्त सिलाई छोड़कर बाहर आ गयी, देखा-सचमुच पेड़ नहीं है।

मां से पूछा-मां राम का पेड़ क्या हुआ?

दिगम्बरी ने हंडिया-सा मुंह बनाकर उंगली से दिखाते हुए कहा–वह पड़ा है!

नारायनी ने पास जाकर देखा, उसे सिर्फ उखाड़कर ही नहीं फेंका गया, बल्कि तोड़-मरोड़कर नष्ट कर डाला गया है। नारायनी ने चुपचाप उठाकर उसी वक्त उसे बाहर फिंकवा दिया और धीरे से वह अपने करमे में चली गयी।

स्कूल से लौटते ही राम ने सबसे पहले अपना पेड़ देखा; देखते ही उछल पड़ा। किताब-कापी सब फेंक दी, चिल्ला उठा-भाभी, मेरा पेड़?

नारायनी रसोई मे से निकल आयी, बोली–बताती हूं, इधर आ।

"नहीं, नहीं आता, पहले बता! कहां है मेरा पेड़!"

"इधर मेरे पास आ तो सही, बताती हूं।"

राम के पास पहुंचते ही वह हाथ पकड़कर उसे कमरे में ले गयी और गोद में बिठाकर पीठ पर हाथ फेरती हुई बोली–मंगल को कहीं पीपल लगाया जात है रे पागल?

राम ने शान्त होकर पूछा-क्यों, क्या होता है?

नारायनी ने कहा–घर की बड़ी बहू मर जाती है! मंगल को नहीं लगाते!

राम का चेहरा क्षण-भर के लिए उतर गया। बोला-धत्, तुम झूठ बोलती हो।

नारायनी ने उसी तरह हंसते हुए कहा–नहीं रे, झूठ नहीं है। पत्रा में लिखा है सो झूठ है?

"कहां है देखू पत्रा?"

नारायनी मन ही मन घबराई, चट से गम्भीर आश्चर्य का भाव दिखाती हुई बोली–तू है कैसा लड़का! मंगल को पत्रा का नाम भी कहीं लेते है,-तू देखेगा कैसे रे? इतना तो भोला भी जानता है, अच्छा, बुला तो, उसे!

इतनी बड़ी मूर्खता भोला के सामने प्रकट हो जायगी, इस भय से अप्रतिभ हो उसने मातृसम बड़ी बहू के गले में दोनों बांहे डालकर छाती में मुंह दुबकाते हुए कहा–मालूम है, यह तो मुझे भी मालूम हैं मगर फेंक देने से फिर तो कोई दोष नहीं रहता ना, भाभी?

नारायनी ने उसका सिर छाती से चिपकाते हुए कहा "नहीं, अब कोई दोष नहीं है।" उसकी आंखें डबडबा आयी। मीठे स्वर में कहा"क्यों रे राम, मैं मर जाऊं, तो तू क्या करे?"

राम ने जोर से सिर हिलाकर कहा–धत्, नहीं ऐसा नहीं कहते।

नारायनी ने छिपाकर आंसू पोंछकर कहा–बूढ़ी हो गई, अब मरूंगी नहीं?

अब राम की समझ में आया कि हंसी में कह रही है। हंसता हुआ बोला-तू बूढ़ी हो गयी। एक भी तो दांत नहीं टूट! एक भी तो बाल नहीं पका!

नारायनी ने कहा–बाल न पके तो क्या, मैं किसी दिन नदी में डूब मरूंगी। नहाने जाऊंगी, सो लौटूंगी ही नहीं।

"क्यों भाभी?"

"तेरे मारे! मेरी मां को तू देख नहीं सकता, रात-दिन झगड़ा किया करता है, उस दिन मालूम पड़ेगा, जब मै लौटके न आऊंगी।"

इस बात पर राम ने विश्वास तो नहीं किया, लेकिन उसके मन में खटका बैठ गया! बोला-अच्छा अब मैं कुछ नहीं कहूंगा। मगर वह क्यों मुझे छेड़ती रहती हैं?

"छोड़ने दे। वे मेरी मां हैं, वे भी गुरुजन हैं। जैसे तू मुझे प्यार करता है, उसी तरह उन्हें भी किया करा। करेगा न?"

राम ने फिर भाभी की छाती में मुंह छिपा लिया। यहीं मुंह रखकर उसने लम्बे तेरह वर्ष बिताये है, इतना बड़ा हुआ है। फिर भला कैसे वह इतना बड़ा झूठ बोल सकता था! यह तो उसके लिए बिल्कुल ही असाध्य है।

नारायनी ने रुंधे हुए कंठ से कहा–मुंह छिपाने से क्या होगा, बता?

ठीक इसी समय दिगम्बरी आ धमकी। कंठ-स्वर में घोलकर बोली–तुझे काम-धन्धा भी नहीं है नारायनी! यहां देवर को लेकर सुहाग हो रहा है और वहां तेरे लड़के की दुर्दशा हो रही है!

राम ने तुरन्त ही मुंह उठाकर देखा। उसकी आंखें भूखे श्वापदों की तरह चमक उठीं।

नारायनी ने जबरदस्ती उसका सिर अपनी छाती की तरफ खींच लिया और कहा–लड़के की दुर्दशा हो रही है, कैसे?

"कैसे? अच्छी बात है!" कहकर दिगम्बरी चलती बनी।

बनाकर कहने लायक कोई झूठी बात भी उससे कहते न बनी। राम ने जबरन सिर उठाकर कहा–उस डाइन का मैं टेहुआ मसक दूंगा!

नारायनी ने उसका मुंह दबाकर कहा–चुप रह पाजी वे मेरी मां हैं!

चार-पांच दिन बाद एक दिन राम भात खाते-खाते जोरों से सिसकार भरने लगा। वह दो-तीन बार पानी पीकर थाली फेंक-फांककर, उठ खड़ा हुआ, और फिर लगा नाचने-"इस डायन के हाथ का भोजन में नहीं खाऊंगा, कभी नहीं खाऊंगा, मिरचों के मारे सारा मुंह जल गया, भाभी, ओ भाभी-"

नारायनी बैठी माला फेर रही थी, शोर सुनकर जल्दी से उठ आयी, बोली–क्या हुआ रे?

मारे गुस्से के राम रोने लगा। "मैं कभी नहीं खाऊंगा, उसको निकाल दो।" कहता हुआ वह तेजी से बाहर निकल गया।

नारायनी दंग रहकर कुछ देर तक खड़ी रही, फिर मां से बोली–मां,बार-बार तुमसे कह दिया, तरकारी में इतनी मिरचे मत डाला करो, इतनी मिरचें खाने की यहां किसी को आदत नहीं है।

दिगम्बरी आग-बबूला हो उठी, बोली–तीता है कहां? दो मिरचे छौंक में डाल भी दी तो क्या हो गया! इतना हाय-तोबा मच गया!

नारायनी ने झुंझलाकर कहा–न सही दो मिरचें कुछ अटका है! जब कोई खाता ही नहीं

"चुप रह नारायनी, चुप रह! चली है मुझे रसोई सिखाने! बनाते-बनाते बाल सफेद हो गये, अब पेट की लड़की से मुझे रसोई सीखना होगा! धिक्कार है मुझे!"

नारायनी ने कुछ जवाब न देकर सीधे-रसोई-घर में जाकर, फिर से सामान जुटाना शुरू किया।

दिगम्बरी दरवाजे पर पैर पसारकर माथा ठोंककर बैठ गयी और लगी चिलाने-हाय भैया! कहां है तू, मुझे भी अपने पास बुला ले! अब तो नहीं सहा जाता! जिसके मुंह में आता है, सो ही गाली दे देता है! मैं बुढ़िया हूं, मैं डायन हूं, मुझे निकाल दो! मैं दामाद-लड़की के टुकड़े खाने आयी हूं-मुझे फांसी लगाने को रस्सी भी नहीं जुटती! इससे तो गली-गली भीख मांगकर पेट भरना लाख गुना अच्छा था! सुरो, चले बिटिया, निकल चलें। अब इस घर का अन्न-पानी नहीं छूऊंगी।

सुरधुनी रोनी-सी सूरत बनाकर मां के पास आकर खड़ी हो गयी। दिगम्बरी उसका हाथ पकड़कर चलने को तैयार हो गयी।

नारायनी तरकारी बना रही थी। हंसिया रखकर उठ आयी और सामने रास्ता रोककर खड़ी हो गयी।

दिगम्बरी ने रोते हुए कहा–हमें रोक मत नारायनी, जाने दे अब। पेड़ के नीचे भूखों मरना अच्छा, पर यहां का न भात खाऊंगी और न तेरे यहां सोऊंगी।

नारायनी ने हाथ जोड़कर कहा–किस पर गुस्सा करके जाती हो मां! हम से कोई कसूर हुआ हो तो बताओ?

दिगम्बरी के रोने में और भी उफान आ गया, नाक से बोली–मैं नन्ही-सी छोकरी नहीं हूं नारायनी, सब समझती हूं। बिना तेरी शह पाये उसकी क्या मजाल है जो इतना बढ़-चढ़ के बोले? मैं डाइन हूं! ऐं,-मुझे निकाल दो! अच्छी बात है, मैं खुद ही जाती हूं,। हम तुम लोगों की गले की ग्रह, आफत हैं, सामने से हट, जाने दे!

नारायनी ने मां के दोनों पैर छूकर कहा,"मां, आज के दिन माफ करो। -अच्छा, उन्हें आ जाने दो, फिर जैसी समझ में आवे करना।" इतना कह हाथ पकडकर वह उन्हें भीतर ले गयी। दोनों

पैरों पर पानी डाला, आंचल से उन्हें पोंछा, एक पीढ़े पर बिठाकर, पंखा लेकर हवा करने लगी।

उस समय तो उसका क्रोध शान्त हो गया, पर दोपहर को श्यामलाल के जीमने बैठते ही किवाड़ की आड़ में बैठकर वह उफन-उफनकर रोने लगी। पहले तो श्यामलाल देखते ही रह गये। कुछ समझ ही न सके कि माजरा क्या है, फिर धीरे-धीरे सारा हाल उनकी समझ में आ गया और वे भर पेट खाये बिना ही उठ बैठे।

नारायनी समझ गयी कि यह गुस्सा किस पर है। दासी से सहा नहीं गया। घर में वह जरा साफ कहने वाली थी, चट से कह बैठी-नानीजी ने जान-बूझकर बाबूजी को खाने न दिया। आंखों का पानी सूखा थोड़े ही जाता था नानीजी, दो मिनट बाद ही उसे बाहर निकालती!

दिगम्बरी के मुंह पर जैसे स्याही पुत गयी, और वह बिना उत्तर दिये गुम्म होकर बैठी रही।

दोपहरी हो राम जाने कहां-कहां से घूम-फिरकर घर आया। इधर-उधर झांक-झांककर भाभी के कमरे में जाकर देखा कि वे गोविन्दा को लिये सो रही हैं। रंग-ढंग उसे अच्छे नहीं मालूम हुए। फिर भी धीरे से बोला-भूख लगी है।

भाभी ने कोई जवाब नहीं दिया।

उसने जरा और जोर से कहा–क्या खाऊं?

नारायनी ने पड़े-पड़े ही जवाब दिया-मैं नहीं जानती, जा यहां से।

"नहीं,नहीं जाऊंगा, मुझे क्या भूख नहीं लगती?"

नारायनी ने करवट बदलकर दुःखभरे स्वर में कहा–मुझे परेशान मत कर,-नित्तो होगी, उससे मांग।

राम और कुछ न कहकर चुपचाप बाहर चला आया और दासी को खोजने लगा। मिलते ही बोला-खाने को दे!

दासी शायद तैयार ही थी; तुरन्त कटोरा-भर दूध, थोड़े लाई और नारियल के लड्डू ले आयी।

राम को गुस्सा आ गया, बोला-यही है?

दासी ने कहा–छोटे बाबू भला चाहते हो तो चुपचाप खा लो, ऊट म मत करो। बाबू बिना खाये कचहरी चले गये है, बहूजी उपास किये पड़ी है। शोर-गुल सुनकर अभी निकल आयेंगी तो तुम्हारी खैर नहीं, समझ लेना!

राम सब देख ही आया था, चुपचाप थोड़ा-सा दूध पीकर, लाई और नारियल के लड्डू जेब में डालकर तालाब के किनारे जाकर पेड़ के नीचे बैठ गया। खाने में उसकी रुचि नहीं रही थी। उसे ख्याल आता था कि भाभी उपास किये पड़ी है। वह अन्यमनस्क होकर लाई चबाता हुआ सोचने लगा, अगर उसे प्राचीन ऋषि-मंनियों जैसा कोई मन्त्र आता होता तो उससे वही बैठा हुआ वह भाभी का पेट भोजन से भर देता। मगर मन्त्र तो मालूम नहीं, अब क्या उपाय करना चाहिए? कुछ तय न कर सका। घर लौटकर खाने के लिए अनुरोध करने मे उसे शरम मालूम होने लगी। इसके अलावा वे खायेंगी भी कैसे, दादा ने तो खाया ही नहीं! अनुरोध करने से भी क्या होगा! उसने जब के लाई धीरे-धीरे तालाब में फेंक दिये और वहीं चक्कर काटने लगा। बार-बार उसके मन में केवल यही खयाल आने लगा-भाभी उपासी पड़ी है। इस बात को वह मन ही मन जितने ही तरह से कहने लगा, उतनी ही बार उसके मन में सुइयां-सी चुभने लगीं।

रात को श्यामलाल ने स्त्री से कहा–अब तो मुझ से नहीं सहा जाता। उसके साथ रहना अब बहुत ही मुश्किल है।

नारायनी दंग रह गयी, पूछा-किसकी बात कर रहे हो?

"राम की। तुम्हारी मां चार-पांच रोज से बराबर कह रही हैं, राम उनका नाहक अपमान करता है। मैं तो पांच पंचों को बुलाकर उनके सामने सब बंटवारा करके उसे अलग कर दूंगा। अब मुझसे नहीं सहा जाता।"

नारायनी सन्नाटे में आ गयी, कुछ देर चुप रहकर बोली–राम को अलग कर दोंगे, यह बात जबान पर भी न लाना। वह दूध पीता बच्चा है, जमीन-जायदाद, रुपये-पैसे लेकर क्या करेगा?

श्यामलाल ने व्यंग्य करते हुए कहा–दूध पीता बच्चा तो है! जमीन जायदाद का क्या वह करेगा, इसको वही जाने।

नारायनी ने कहा–वह कुछ नहीं जानता, मैं सब जानती हूं। अब समझी,मां तुम्हें चार-पांच रोज से यही कहती फिरती हैं, क्यों?

श्यामलाल पहले तो अप्रतिभ हो बगलें झांकन लगे, फिर बोले-नहीं तो, उन्होंने नहीं कहा। लोगों के भी आंखें हैं। मुझे क्या तुमने निरा भोंदू ही समझ रखा है? मैं क्या कुछ देख ही नहीं सकता?

नारायनी ने कहा–नहीं, मैं तो ऐसा नहीं समझती। मगर पूछती हूं, उसके हैं कौन, किसे लेकर वह अलग होगा? न मां है, न बहन है, न मौसी है, कौन है? उसे बनाकर खिलायेगा कौन?

श्यामलाल झुंझलाकर बोले-मैं यह सब कुछ नहीं जानता।

मुंह से कहा तो सही कि नहीं जानता,' मगर भीतर जानते सब थे। इतना बड़ा सत्य जाने बिना और रास्ता ही क्या था! नारायनी

कुछ कहना चाहती थी, पर उसके ओठ कांप उठे। इसी से कुछ देर चुप रहकर, अपने को संभालती हुई, भारी गले से बोली, "देखो, तेरह साल की उमर में, लड़कियां जब गुड़ियां खेला करती हैं तब मां मेरे सिर पर यह सब गृहस्थी छोड़कर स्वर्ग सिधारी थीं। वे देख रही होंगी कि उनके दिये हुए भार को मैं ढो सकी हूं या नहीं। रांधकर खिलाया-पिलाया है, बच्चे को पाला है, कुटुम्ब-बिरादरी का रस्म अकेले-सिर ढोते-ढोते मैं छब्बीस वर्ष की अध-बूढ़ी हो चुकी हूं। अब अगर तुम मेरी घर गृहस्थी में दखल दोगो तो, सच कहती हूं, नदी में डूब मरूंगी। तब दूसरा ब्याह करना और राम को अलग करके जो जी में आये सो करना। न मैं देखने आऊंगी, न कुछ कहूंगी-सुनूंगी। मगर मेरे सामने नहीं।"

श्यामलाल भीतर ही भीतर स्त्री से डरते थे; इसके बाद फिर वे आगे कुछ नहीं बोले। रात को बात यहीं तक होकर रह गयी। दूसरे दिन नारायनी ने राम को पास बिठाकर अत्यन्त स्नेह से उसकी पीठ पर हाथ फेरते हुए कहा–राम, तू अब यहां मत रह, भइया। तू अलग कहीं जाकर रह-रह सकेगा?

राम उसी वक्त राजी हो भर-मुंह हंसकर बोला-हां, रह सकूँगा भाभी। तुम मैं, गोविन्दा और भोला। अच्छा तो कब चलोगी भाभी?

नारायनी ने कोई जवाब नहीं दिया। इसके बाद वह कहती भी क्या! पर राम कब मानने वाला था? वह उत्साहित हो उठा थाः बोला-कब चलोगी भाभी?

नारायनी से रहा नहीं गया, उत्तर में उसी छाती से लगाकर बोली–भाभी को छोड़कर तू और कहीं नहीं रह सकता?

राम ने सिर हिलाकर कहा–नहीं।

"और भाभी अगर मर जाय तो?"

"धत्।"

"धत् नहीं! अभी तू भाभी की बात नहीं सुनता-तब देखना!"

राम ने प्रतिवाद करते हुए कहा–कब तुम्हारी बात नहीं सुनी?

नारायनी ने कहा–कब सुनी है बता? कब से मैं कह रही हूं, मेरी मां का अपमान न किया कर तो भी तू उन्हें जो मन में आता है कहता रहता है। कल भी तूने उनका अपमान किया है। अब की बार मेरे जहां मन में आयेगी, चली जाऊंगी।

"मैं भी संग चलूंगा।"

"तुझे मालूम ही नहीं होगा, कहां जाऊंगी। मैं छिपकर चली जाऊंगी।"

"और गोविन्दा?"

"वह तेरे पास रहेगा, तू ही उसे पालना-पोसना। "नहीं, मुझसे नहीं होगा भाभी।"

नारायनी को हंसी आ गयी, बोली–होगा कैसे नहीं, तुझे ही उसे पालना-पोसना पड़ेगा।

इससे राम को अविश्वास हो गया, हो-हो करके हंस पड़ा, बोला-सब झूठी बात है। तुम नहीं जाओगी।

"झूठी नहीं, सच कहती हूं देख मैं चली जाऊंगी।"

राम अनुतप्त हुआ; बोला-और जो तुम्हारी सब बातें मानूं तो?

नारायनी ने मुस्कराकर कहा–तो नहीं जाऊंगी। और तुझे गोविन्दा को भी नहीं पालना होगा। राम बहुत खुश हुआ, बोला-अच्छी बात है, आज से तुम देख लेना।

3

आठ-दस दिन बड़ी शान्ति से कटे, कोई उपद्रव न हुआ। दिगम्बरी की तरफ के काटक्ष होते ही न हों, यह बात नहीं थी; पर राम गुस्सा न होता था। उस दिन की भाभी की बात पर उसे पूरा विश्वास तो नहीं हुआ, मगर फिर भी उसे डर हो गया था। परन्तु भगवान् विरूप थे, फिर एक दुर्घटना हो गयी। आज दिगम्बरी ने अपने स्वर्गीय पिता की वर्षी करने के लिए बारह ब्राह्मणों को भोजन कराने का संकल्प किया था। पिता की प्रेतात्मा अब तक पुत्र के घर पर चुपचाप बैठी थी, अब नत-जमाई के घर उसका आवगमन होने लगा!-प्रत्यक्ष नहीं, स्वप्न में। फिर उसे सन्तुष्ट तो करना ही चाहिए!

सबेरे राम गणित कर रहा था। भोला ने आकर चुपके-चुपके खबर दी-भइयाजी, भगा बाग्दी तुम्हारे कार्तिक और गणेश को पकड़ने के लिए जाल लाया है, चलकर देखो तो सही।

यहां जरा समझाना पड़ेगा। बहुत दिनों के पुराने बड़े-बड़े दो रोहू मछली घाट के किनारे हमेशा चक्कर लगाया करते थे। आदमियों से तो वे बिल्कुल डरते ही न थे। राम कहा करता था, ये उसके 'पाले हुए' मछलियां है। उनके नाम रखे थे, कार्तिक' और 'गणेश'। मुहल्ले में ऐसा कोई बाकी न था जिसनें 'कार्तिक' और 'गणेश' के असाधारणरूप-गुणों की बातें राम से न सुनी हों और वह उसके अनुरोध से एक बार देख न आया हो। उनमें क्या विशेषता है, यह सिर्फ वही जानता था और कौन-सा कार्तिक है और कौन-सा गणेश, इसकी पहचान भी सिवा उसके और कोई नहीं कर सकता था। भोला भी कभी-कभी घपले में पड़ जाता और इसी भारी गलती के लिए राम से कनेठी खाता।

नारायनी कभी-कभी हंसकर कहती-राम के कार्तिक-गणेश मेरी तेरही में काम आयंगे। भोला की खबर ने राम को रंचमात्र भी

विचलित नहीं किया। उसने स्लेट पर और भी झुककर कहा–जाल डालकर देखे न मजा! जाल तोड़कर वे निकल जायंगे।

भोला ने कहा–नहीं भइयाजी; हमारे यहां का जाल नहीं है। भगा मल्लाहों के यहां से मोटा जाल मांग लाया है, उसे नहीं तोड़ सकेंगे।

राम ने स्लेट रखकर कहा–चल तो देखूं।

तालाब किनारे जाकर देखा, उसके कार्तिक-गणेश के विरुद्ध सचमुच ही षड्यंत्र चल रहा है। भगा घाट के पास थोड़ी-सी लाई डालकर जाल लिये तैयार खड़ा है।

राम ने आकर उसे जोर का एक धक्का दिया, बोला-बदमाश कहीं का, लाई डालकर मेरी मछलियों को बुला रह है!

भाग रोनी सूरत बनाकर डरता हुआ बोला-बड़े बाबू हुक्म दे गये हैं। और कोई मछली मिली नहीं, भइयाजी।

राम ने झटका देकर उसके हाथ से जाल छीनकर फेंक दिया और बोला-जा, भाग यहां से।

भाग जाल उठाकर धीरे से चल दिया।

राम लौटकर फिर स्लेट-पेन्सिल लेकर बैठ गया। उसने प्रतिज्ञा की थी, किसी पर गुस्सा न करेगा।

दिगम्बरी आज जल्दी-जल्दी संध्या करके निवृत हो जाना चाहती थी। दासी ने आकर खबर दी,मछली तो नहीं मिली नानीजी, छोटे बाबू ने भगा को मारकर भगा दिया।

इन दोनों मछलियों पर दिगम्बरी की बहुत दिनों से लुब्ध दृष्टि थी। बड़ी मछली के बारे में विधवा के मनोभाव का अनुमान नहीं करना चाहिए। असल में लोभ उसका ठीक अपने लिए था यह कहना ठीक नहीं होगा; बल्कि अपने किसी काम में, अपने हाथ से रांध कर,

सद्ब्राह्मणों की पत्तल में परोसकर पुण्य और ख्याति प्राप्त करने की वासना उसके मन में बहुत दिनों से पुष्ट हो रही थी। कल दामाद की राय लेकर अर्थात् कार्तिक-गणेश का आभास तक न देकर, मल्लाहों के यहां से मोटा मजबूत जाल मंगवाकर भगा बाग्दी को चार आना इनाम देन का बादा करके, उसने सारी तैयारी करीब-करीब पूरी कर रखी थी। आज सबेरे भी उन दोनों प्राणियों को घाट के किनारे केलि करते हुए देख आकर निश्चिन्त प्रसन्नचित्त से वह माला फेर रही थी। इतने में यह दुःख संवाद पहुंचा; सुनते ही वह हिताहितज्ञानशून्य होकर मारे क्रोध के आग-बबूला हो उठी। दांत पीसने की उसे आदत पड़ गई थी। सहसा दांत पीसते हुए माला ऊंचे को उठाकर कहने लगी-अरे कौन है मेरा दुश्मन! वह धींगरा न जाने कब मरेगा! तभी मेरी आत्मा ठण्डी होगी; बासी मुंह में अभी तक पानी नहीं डाला, भगवान्! अगर मैं सच्ची होऊ, तो तीसरा सबेरा न आये।

पास ही नारायनी बैठी तरकारी बना रही थी। बिजली की तरह तड़पकर उठ खड़ी हुई और चिल्ला उठी-मां!

सुना है, सन्तान के मुंह से मातृ-सम्बोधन की संसार में तुलना नहीं। नारायनी के मुंह से निकले हुए मातृ-सम्बोधन की भी आज शायद तुलना नहीं थी। उस एक अक्षर की पुकार से दिगम्बरी के हृदय का खून बर्फ हो गया। किन्तु नारायनी किसी तरह शान्त न रह सकी। देखते-देखते उसके दोनों गालों पर से टप-टप आंसू बरसने लगे। थोड़ी देर बाद आखें पोंछकर जहां राम पढ़ रहा था वहां जाकर खड़ी हो गयी।

कठोर स्वर में राम से पूछा-तूने भगा बाग्दी को मार-पीटकर भगाया है।

राम चौंक पडा; स्लेट पर से सिर उठाकर क्षण-भर उसने उसके मुंह की तरफ देखा और, जवाब देने की जरा भी कोशिश न करके, दूसरे दरवाजे से सिर पर पैर रखकर भाग खड़ा हुआ।

नारायनी को भीतर की बात कुछ नहीं मालूम पड़ी, वापस आकर भगा को बुला भेजा। वह आया और नारायनी ने स्वयं उसे मछली पकड़ लाने का हुक्म दे दिया।

बहूजी का हुक्म पाकर भगा जाल लेकर चल दिया और थोड़ी ही देर बाद उसने एक बड़ा भारी मच्छ लाकर धम से आंगन में पटक दिया।

नारायनी रसोई के दरवाजे पर खड़ी थी, मछली देखते ही चौंक पड़ी। शंकित होकर बोली–क्यों रे, इसे अपने घाटपर तो नहीं पकड़ा? यह राम के कार्ति-गणेश में का तो नहीं है?

भाग चार आने पैसे के लोभ से जाल मांग लाया था, यहां का रंग-ढंग देखकर वह नकद इनाम की आशा छोड़कर चुपके से चलता बना।

नारायनी स्तंभित होकर खड़ी रही। दासी यद्यपि राम पर बहुत ज्यादा खुश न थी, फिर भी मछली देखकर उसे गुस्सा आ गया, दिगम्बरी से बोली–अच्छा नानीजी, छोटी बाबू के कर्तिक-गणेश की बात मुहल्ले के लोग तक जानते है, फिर तुमने क्या सोचकर इस मछली को पकड़ने का हुक्म दे दिया? और भी तो दो-तीन तालाब थे, उनमें मछलियां नहीं थी? दस तो आदमी खायंगे, उनके लिए इस आधे मन के मछली का क्या होगा? अभी तुरन्त कहीं छिपा दो इसे, कहीं गये हैं,अभी आ जायंगे।

दिगम्बरी ने मुंह फुलाकर कहा–मुझे महीं मालूम था इतना छलछन्द। एक मछली पकड़ लिया तो कौन-सा ज़ुलुम हो गया जो

कुनबा उछल रहा है। इसे छिपा दो कहीं, आयी बड़ी छिपाने वाली! बाम्हन क्या खायंगे, तेरा सिर?

दासी ने कहा–तुम्हारे बाम्हन खायंगे दो-ढाई बजे, बहुत समय है। तब-तक एक छोड़ दस मछलियां आ जायंगी। छोटे बाबू को पहले स्कूल चले जाने दो, नहीं तो जीना दूभर हो जायगा। भोला अभी तो यहीं खड़ा था, गया कहां वह। चला गया, मालूम होता है, खबर देने। अब खैर नहीं, बहूजी, जो कुछ करना हो जल्दी कर डालो, अब और खड़ी मत रहो।

भगा चार आने पैसे के लोभ से जाल मांग लाया था, यहां का रंग-ढग देखकर वह नकद इनाम की आशा छोड़कर चुपके से चलता बना।

जरूरत पड़ने पर कब कहां राम मिल सकता है, भोला इस बात को जानता था। वह दौड़ा-दौडा बगीचे के पिछवाड़े में उत्तर की तरफ अमरूद के पेड़ के नीचे पहुंच गया। राम एक डाली पर पैर लटकाये बैठा हुआ कच्चे अमरूद चाब रहा था। भोला ने हांफते हुए आकर कहा। जल्दी देखने चलो भइयाजी, भाग ने तुम्हारे कार्तिक को मार डाला।

राम ने अमरूद कुतरना बन्द कर दिया कहा–झूठ।

"सच्ची भइयाजी। मांजी ने पकड़ने का हुक्म दिया था, अभी तक आंगन में पड़ा है; देखो न चलकर।"

राम धड़ाम से नीचे कूद पड़ा और आंधी की तरह उड़ता हुआ आंगन में पहुंचा। पहुंचते ही वहां ठिठककर खड़ा हो गया। मछली को देखते ही एकाएक बड़े जोर से चिल्ला उठा-"यही तो मेरा गणेश है! भाभी,तुमने हुकुम देकर मेरे गणेश को पकड़वाया!" कहता हुआ जमीन पर औंधा पड़ गया और बलिपर चढ़े हुए सिर कटे बकरे

की तरह पैर पटकने लगा। उसका यह शोक कितना सत्य है, कैसा दुर्दम्य है, इस विषय में शायद दिगम्बरी को भी संशय न रहा!

उसे खिलाने के लिए रात को नारायनी ने काफी मनाया-बहलाया, पर राम टस से मस न हुआ। बांह पकड़कर उठाया तो उसने झटका देकर हाथ अलग कर दिया; और सारे दिन लंघन करने के बाद रात को दो-चार दाने भात मुंह में देकर उठ गया।

दिगम्बरी ओट में खड़ी-खड़ी दामाद से कहने लगी-तुम एक बार कहो, नहीं तो नारायनी खायेगी नहीं, दिन-भर से उपवास किये पड़ी है।

श्यामलाल ने पूछा-उपवास क्यों किया है?

दिगम्बरी से रोया नहीं गया, इसलिए वह कंठ को जरा करुण बनाकर बोली, मेरा ही कसूर हुआ है बाबा, माफ करो। मुझे क्या मालूम था कि तालाब से बाम्हन-भोजन के लिए मछली पकड़वा मंगाने, से ऐसा महाभारत हो जायगा!

श्यामलाल ठीक से समझ न सके, उन्होंने दासी को बुलाकर पूछा-क्या हुआ है नित्तो?

दासी ने सामने न आकर जहां थी वहीं से कहा–वह छोटे बाबू का गणेश था।

श्यामलाल चौंक पड़े पूछा-वह राम के कार्तिक-गणेश में से एक था क्या?

दासी ने जवाब दिया-हां।

अब ज्यादा कहने की जरूरत ही न थी। वे सब समझ गये, बोले राम ने भी नहीं खाया होगा? दासी ने कहा–नहीं।

श्यामलाल ने कहा–तो फिर कहना ही फिजूल है। उसने नहीं खाया तो वह थोड़े ही खायगी!

दिगम्बरी कहने लगी-ऐसा काण्ड होगा जानती, तो मैं बाम्हन भोजन की बात भूलकर भी जबान पर न लाती बेटा! उसने खुद हुकुम देकर क्यों तो मछली पकड़वाई और अब क्यों ऐसा कर रही है, वही जाने! मैं चुपकी ही साध गयी थी। तो भी सब दोष मेरा ही है तो हम दोनों को और कहां भेज दो बेटा, यहां तो अब एक घड़ी भी रहना नहीं होगा।

थोड़ी देर चुप रहकर बिल्कुल रोने की-सी आवाज में फिर शुरू कर दिया-मेरी फूटी तकदीर अगर ऐसी न होती तो क्यों ऐसा भाई मरता और क्यों मुझे झाड़ू-लात खाने को यहां आना पड़ता! बेटा, हम बिल्कुल ही मुंहताज हैं! इसी से हाथ जोड़कर कहती हूं, हमारे लिए तुम्हें गुजर का कोई ठौर- ठिकाना कर देना होगा।

श्यामलाल व्यस्त हो उठे, मगर 'हां ना,' कुछ कह नहीं सके।

नारायनी ओट में खड़ी सब सुन रही थी और अपनी मां की इस निर्लज मायाचारी से लज्जा के मारे मरी जा रही थी। वह सीधे राम के कमरे के सामने जाकर दरवाजा खटखटाकर बोली–राजा, कैसा है तू भाभी की बात नहीं सुनेगा?

दरवाजा खोल दे!

राम जाग रहा था, पर उसने जवाब नहीं दिया।

नारायनी ने फिर पुकारा-उठ तो सही उठ-उठ किवाड़ खोल, भइया।

अबकी बार वह चिल्लाकर बोला-नहीं, नहीं खोलूंगा। नहीं, तुम जाओ, तुम सब मेरे दुश्मन हो।

"अच्छा सो ही सही, तू किवाड़ तो खोल।"

"नहीं, नहीं, मैं नहीं खोलूंगा।"

सचमुच ही उसने उस रात किवाड़ नहीं खोले।

श्यामलाल अपने कमरे में से सब सुन रह थे। नारायनी के भीतर आते ही उन्होंने कहा–या तो कोई रास्ता निकालो, नहीं तो मैं सब छोड़कर जहां जी में आयगा, चला जाऊंगा। इतना उपद्रव मुझसे बरदाश्त नहीं होता।

नारायनी कुछ जवाब न देकर सोचने लगी।

इसके बाद दो-तीन दिन और बीत जाने पर भी जब राम का गुस्सा कम न हुआ तो नारायनी भीतर ही भीतर क्षुब्ध और नाराज हो उठी। आज शाम हो जाने पर भी राम स्कूल से घर न लौटा, तो वह उत्कंठित क्रोध से अधीर हो गयी। इतने में दिगम्बरी नदी से नहाकर दुनिया-भरकी ख़बर-सधु लेती, राम की अमंगल-कामना करती, अपनी बड़ी लड़की की दुनिया से न्यारी मति-गति के अवश्यंभावी दुष्परिणाम की अड़ोस-पड़ोस में घोषणा करती, शोक-तापादि से असमय में बाल सफेद होने का कारण दरसाती, अपने को बड़ी उम्र में बड़ी लड़की नारायनी के लगभग की बताती ओर भाई की घर गिरस्ती में अपने एकच्छत्र प्रभुत्वका विश्वास योग्य इतिहास सुनाती हुई, इतमीनान से घर लौट रही थी-पर बीच में एक घटना सुनकर उड़ती हुई आ पहुंची। आंगन में पैर रखते ही ऊंचे स्वर में कहने लगी-अपने दुलारे गुणी देवर की करतूत सुन ली नारायनी?

मारे डर और आशंका से नारायनी का चेहरा फक पड़ गया। उसने पूछा-कौन-सी करतूत?

दिगम्बरी ने कहा–वे लोग थाने को गये है। और जायं नहीं तो क्या करें? ऐसा बदजात लड़का तो मैंने सात जनम में नहीं देखा! अब जाय जेल!

उसके चेहरे से खुशी मानो टपकी पड़ती थी। नारायनी ने उसकी

बात का कुछ जवाब न देकर दासी को बुलाकर कहा–राम अभी तक आया क्यों नहीं, भोला को तो भेज जरा,-जाकर ढूंढ़ लावे।

दिगम्बरी ने कहा–मैं तो सब जान-सुन आयी हूं।

नृत्यकाली सुनने की इन्तजारी में मुंह बाये खड़ी रह गयी। नारायनी ने घुड़ककर कहा–खड़ी है यहीं, जाती क्यों नहीं? कान से सुन नहीं पड़ता क्या?

दासी सिटपिटाकर उसी वक्त चली गयी। दिगम्बरी ने अपने स्वर में उद्वेग इकट्ठा करके कहा–क्या हुआ सुना है तूने... !

"पहले तुम कपड़े पहन लो मां, पीछे न हो तो कहना," कहती हुई नारायनी वहां से चल दी। दिगम्बरी दंग रह गयी और मन ही मन बोली–ओ हो, लड़की का गुस्सा तो देखों! ऐसे दिलचस्प काण्ड का धारावाहिक पूरा वर्णन न कर सकने के कारण उसका पेट फूलने लगा।

राम की करतूत का संक्षित सार यह था, गांव के स्कूल में जमींदार का भी एक लड़का पढ़ता है। आज टिफिन के वक्त उसके साथ राम की बहस हो गई। विषय जरा जटिल था, इसलिए उसकी मीमांसा न हो सकी और मार-पीट हो गयी। जमींदार के लड़के ने कहा–शास्त्र में लिखा है कि श्मशान-काली रक्षा-काली की अपेक्षा अधिक जाग्रत् हैं क्योंकि उसकी जीभ बड़ी है!

राम ने प्रतिवाद किया-हरगिज नहीं, श्मशान काली की जीभ कुछ चौड़ी जरूर है। किन्तु बहुत बड़ी नहीं है और ऐसी लाल भी नहीं है। कुछ दिन पहले मुहल्ले में सार्वजनिक रक्षा-काली की पूजा हुई थी, उसकी स्मृति राम के मन में स्पष्ट विद्यमान थी। जमींदार के लड़के ने राम की बात न मानकर और अपनी हथेली बताकर कहा–रक्षा काली की जीभ तो इतनी-सी है!

राम को गुस्सा आ गया,बोला-क्या इतनी-सी! कभी नहीं-वह इतनी बड़ी है। इतनी-सी जीभ होती, तो, क्या कभी पृथ्वी की रक्षा कर सकती? पृथ्वी की रक्षा करती है, इसीलिए तो रक्षा-काली नाम है!

इसके बाद दो-चार बातें हुई और फिर अन्त में घुस्समघुस्सा! जमींदार का लड़का कमजोर था, लिहाजा उसी ने ज्यादा मार खायी। उसकी नाक से दो-एक बूंद खून भी गिरा? इस स्कूल के छोटे से जीवन में इतनी बड़ी दुर्घटना पहले कभी न हुई थी। जिस जमींदार का स्कूल है उसी के लड़के की नाक से खून! फिर क्या था, हेडमास्टर खुद स्कूल बन्द करके लड़कों को लेकर दरबार में जा पहुंचे। राम के बारे में तो यह कहने की जरूरत ही नहीं कि वह पहले ही वहां से चम्पत हो गया था।

भोला ने आकर कहा–भइयाजी कहीं मिलते ही नहीं है। थोड़ी देर में श्यामलाल मुंह लटकाये घर आये। आंगन में से ही बोले-सुनती हो? गांव में रहना तो अब दुश्वार हो गया। नौकरी करके दो पैसा कमा रहा था, वह भी अब गयी समझो। नारायनी ने भंडार-घर से निकलकर और चौखट के सहारे खड़े होकर सूखे हुए कण्ठ से पूछा-थाने में खबर कर दी क्या उन लोगों ने?

श्यामलाल ने सिर हिलाते हुए कहा–बड़े बाबू देवता आदमी हैं। इसी से माफ कर दिया; मगर और भी तो पांच जने है। आये दिन उसका तो एक न एक उपद्रव लगा ही रहता है, ऐसी हालत में गांव में कैसे रहा जा सकता है, बताओ? राम है कहां?

नारायनी ने कहा अभी तक घर नहीं आया? शायद डर के मारे कहीं भाग गया होगा।

श्यामलाल ने गम्भीर होकर कहा–भागे चाहे रहे, अब उससे हमारा कोई वास्ता नही सौतेला भाई ठहरा। लोग नाम धरते, इसी से इतने दिनों तक निभाता रहा;-मगर अब अपनी जान भी तो बचानी है!

दिगम्बरी ने रसोई के बरामदे में से कहा–अपने लड़के का भी तो मुंह देखना है!

श्यामलाल उत्साह पाकर कहने लगे-देखना नहीं है तो? जरूर देखना है! इसलिए कल ही पांच पंच बुलाकर धन-संपत्ति का बंटवारा कर देना है। और तुमसे भी कहे देता हूं इस मामले में अब उसे मारने-डांटने की जरूरत नहीं। वह जो अच्छा समझेगा, करेगा। उसने कुछ समझकर ही तो मालिक के लड़के पर हाथ उठाया है।

दिगम्बरी मन ही मन खूब खुश हो रही थी, बोली–नारायनी को कौन क्या पड़ी है, जो उसे मारती-पीटती है। मेरी तो उसे देखकर रूह कांप जाती है। बड़ा ही गंवार लड़का है, उसका क्या भरोसा! जब मेरा ही अपमान करता है, तो नारायनी का अपमान कर बैठना उसके लिए कौन-सी बड़ी बात है मैं तो यही कहूंगी बेटी कि अपनी इज्जत अपने हाथ है। राम के झमेले में मत पड़।

श्यामलाल सास की इस उपदेश-वाणी का समर्थन नहीं कर सके, शायद आंखों के लिहाज से। बोले-खैर कुछ भी हो, उसे दंड देने की जरूरत ही नहीं है।

नारायनी पत्थर की मूर्ति की तरह निर्वाक् निश्चल होकर सब सुनती रही, किसी भी बात का जवाब नहीं दिया। उसके बाद धीरे से अपने काम पर चली गयी।

करीब घंटे-भर बाद दासी ने आकर चुपके से कहा–बहूजी, छोटे बाबू आये हैं।

नारायनी धीरे से उठकर राम के कमरे में घुस गई और भीतर से हुड़का बन्द कर लिया। राम खाट पर चुपचाप बैठा हुआ न जाने क्या सोच रहा था, हुडके की आवाज सुनकर चौंक पड़ा। मुंह उठाया तो देखा, भाभी ने दरवाजा बन्द कर लिया है और कोने में उसी का लाया हुआ जो पतला-सा बेत पड़ा था, उसे उठा लिया है। वह चट से उछलकर खाट के उस तरफ जाकर खड़ा हो गया। नारायनी ने बुलाया-इधर आ।

राम हाथ जोड़कर भिन्नत के स्वर में बोला-अब नहीं करूंगा भाभी, अबकी बार छोड़ दो।

नारायनी ने कठोर होकर कहा–आ जायगा तो कम मारूंगी, नहीं तो मारते-मारते इस बेत को तेरी पीठ पर ही तोड़ूंगी।

राम फिर भी टस से मस न हुआ, वहीं खड़ा विनती करने लगा। मैं कसम खाता हूं भाभी, अब नहीं करूंगा, कान पकड़ता हूं भाभी–

नारायनी ने खाट पर झुककर सड़ से एक बेंत उसकी पीठ पर जमा दिया और फिर सड़ासाड़ बेंत पर बेंत पड़ने लगे। पहले तो उसने उधर किवाड़ खोलकर भाग जाने की कोशिश की,फिर आत्म-रक्षा के लिए सारे-कमरे में भागता फिरा और अन्त में पैरों पर पड़कर चिल्लाने लगा। नृत्यकाली पीछे खड़ी जंगले की संध में से देख रही थी। वह रो पड़ी बोली–बहूजी,छोड़ दो बहूजी, तुम्हारे पैरों पड़ती हूं–

दिगम्बरी मुंह बिगाड़कर खिसियानी-सी होकर बोली–तू इन बातों में दखल क्यों दिया करती हैं?

श्यामलाल ने कमरे के भीतर से पुकरारकर कहा–क्या हो रहा है यह? रात-भर पीटती ही रहोगी क्या?

नारायनी ने बेत फेंक दिया और कहा–याद रखना!

4

राम भात खाने बैठा था। दिगम्बरी ने किवाड़ के पीछे से सुर बांधकर कहा–इतने बड़े लड़के को कहीं इस तरह मारा जाता है? उसके बड़े भइया तो उस पर हाथ तक नहीं उठाते।

नृतकाली ने काम करते-करते कहा–तुम भी कम नहीं हो नानीजी, तुम्हीं तो सब बातें बहूजी से लगाया करती हो। राम को इतना अधिक मारना, उसे कतई पसन्द नहीं आया था। राम ने सुनकर आंखें तरेरकर कहा–डाइन बुढ़िया हम सब को खाने आयी है।

दिगम्बरी चिल्ला उठी-सुन नारायनी, सुन तू अपने देवर की बात!

नारायनी नहाने जा रही थी, लौट आयी। परेशान-सी होकर बोली–मुझ में अब और बात सुनने की शक्ति नहीं है मां, सच कहती हूं नित्तो, मर जाऊं तो मुझे शान्ति मिले-अब सहा नहीं जाता।-अरे ओ रे बन्दर, अभी तक तेरे पीठ के दाग भी नहीं मिटे, इतनी जल्दी सब भूल गया।

राम ने जवाब नहीं दिया, खाना खाता रहा। नारायनी ने और कुछ न कहा, नहाने चली गयी। आंगन के कोने में एक अमरूद का पेड़ था, रोटी खाकर राम उस पर चढ़ गया और बड़ी लापरवाही के साथ कच्चे-पक्के अमरूद कुतर-कुतरकर खाने लगा। किसी का कुछ हिस्सा खाया, किसी को थोड़ा-सा कुतरकर फेंक दिया और जो बिल्कुल ही कच्चे थे, उन्हें भी निरर्थक तोड़-तोड़कर इधर-उधर फेंकने लगा। यह सब देख-भालकर दिगम्बरी भीतर ही भीतर जलभुनकर खाक हुई जा रही थी। नारायनी घर में थी नहीं। उससे उठा नहीं गया तो बोली–तुम्हारे मारे तो बेटा, पके अमरूदों का मुंह में जाना ही दूभर हो गया है। कच्चे अमरूद तोड़-तोड़कर क्या कर रहे हो यह?

राम किसी भी हालत में उसकी बात नहीं सह सकता था। खासकर अभी जब कि नृत्यकाली के मुंह से वह सुन चुका था कि उसके मार खाने में मूल कारण यही बुढ़िया है। मारे क्रोध के वह आपे से बाहर हो रहा था। पेड़ पर से चिल्लाकर बोला-अच्छा करता हूं खूब करूंगा बुढ़िया!

यह विशेषण दिगम्बरी को बिलकुल ही पसन्द न था, मुंह बिचकाकर बोली–बुढ़िया! खूब करेगा! अच्छा,आने दे उसे। जैसा कुत्ता है वैसा ही डण्डा चाहिए! कैसा बेहया लड़का है!- मारते-मारते पीठ की चमड़ी, उधेड़ दी गयी, फिर भी जरा हया-शरम नहीं!

राम ऊपर से ही बोला-डाइन बुढ़िया!

"छोटे मुंह बड़ी बात! पाजी हरामजादा कहीं का, कहती हूं कि उत्तर अभी!"

राम ने जवाब दिया-क्यों उतरूं! तेरे बाप का पेड़ है क्या?

दिगम्बरी पागल हो उठी, खूब जोर से चिल्लाकर बोली–ऐ! बाप तक जाता है! सुन लिया नित्तो, सुन लिया?

ठीक इस समय नारायनी नहाकर लौट आयी। पेड़ पर निगाह पड़ते ही बोली–खाकर तू स्कूल नहीं गया रे?पेड़ पर ही बैठा है?

राम ने सोच रखा था कि पेड़ पर से दूर से ही वह भाभी को आते देख लेगा और उतरकर भाग जायगा। मगर इस झगड़े में पड़ जाने से उधर का उसे ध्यान ही नहीं रहा। भाभी तो आंगन में आकर खड़ी हैं, अब? उसने डरते हुए कहा–अमरूद खा रहा हूं।

"खा तो रहा है, पर स्कूल क्यों नहीं गया, सो बता?"

"पेट में दर्द हो रहा है जो।"

नारायनी के आग-सी लग गयी, बोली–इसीलिए भात ने खाकर कच्चे अमरूद खा रहा है, क्यों?

दिगम्बरी लड़की की आवाज सुनकर दौड़ी आयी और कहने लगी-हरामजादे को देख तो सही, मेरे बाप तक जाता है। कहता है कि क्यों उतरूं, तेरे बाप का पेड़ है!

नारायनी ने आंख उठाकर पूछा-क्यों रे कहा तूने?

राम ने मुंह सिकोड़कर कहा–नहीं भाभी, नहीं कहा।

दिगम्बरी चिल्ला उठी-नहीं कहा हरामजादा, नहीं कहा? अभी तो नित्ता मौजूद है। उसके बाद मुंह बिगाड़कर सानुनासिक स्वर बनाकर कहने लगी-उस दिन जब बेत पर बेत पड़ रहे थे, तब कहता था,-'अब नहीं करूंगा भाभी तुम्हारे पांव छूता हूं, हाथ जोड़ता हूं-मर गया, अब नहीं करूंगा भाभी'। पकड़े जाने पर चींची करता है और छोड़ देने पर उछलता है हरामजादा!

राम से सहा नहीं गया। उसके हाथ में एक बड़ा-सा कच्चा अमरूद था,-खींचकर मारा जोर से। पर दिगम्बरी को उसने छुआ तक नहीं, नारायनी की दाहिनी भौंह पर जाकर लगा पूरी ताकत से। बेचारी की आंखों के आगे क्षण-भर के लिए अंधेरा छा गया और वह वहीं बैठ गयी। दिगम्बरी बुरी तरह शोर मचाने लगी, दासी हाथ का काम छोड़कर दौड़ आयी, राम पेड़ से कूद कर बेतहाशा भाग खड़ा हुआ!

दोपहर को जब श्यामलाल नहाने-खाने घर आये, तो सब हाल सुना। नारायनी निर्जीव की तरह बिछौने पर पड़ी है, उसकी दाहिनी आंख फूलकर ढक गयी है। उस पर भीगे कपड़े की पट्टी बांध कर नृत्यकाली पंखे से हवा कर रही है। दिगम्बरी ने आज किवाड़

की शरण नहीं ली, सामने ही आकर जोर से रोते हुए कहा–राम ने नारायनी को आज मार डाला!

श्यामलाल मारे आशंका के चौंक पड़े। पास जाकर चोट की परीक्षा करके कठोरता के साथ स्त्री से बोले,-आज मैं तुम्हें कसम देता हूं कि अगर तुम उसे खाने को दो, अगर किसी दिन उससे बोलो-उसकी किसी भी बात में पड़ो उस दिन मेरा सिर खाओ।

नारायनी सिहर उठी और बोली–चुप रहो, चुप रहो, ऐसी बात मुंह से मत निकालो।

श्यामलाल ने कहा–मेरी इतनी कड़ी कसम अगर न मानोगी तो भगवान् करें उसी दिन तुम्हें मेरा मरा मुंह देखना पड़े! यह कहकर वे स्वयं डाक्टर बुलाने चले गये।

राम तमाम दिन नदी-किनारे घूम-फिरकर, बैठकर, खड़े होकर,-सम्भव-असम्भव सब तरह की कल्पना करके शाम के बाद अंध रे में घर लौटा। देखा, आंगन के बीच में खपचियों का बेंडा लगाकर मकान को दो भागों में विभक्त कर दिया गया है। हिलाकर देखा, खूब मजबूत है, तोड़ा नहीं जा सकता। रसोई-घर में दिया जल रहा था, चुपके से मुंह बढ़ाकर देखा वहां भी वही बात है। कोई है नहीं, सिर्फ बरतनों का ढेर जमीन पर पड़ा है। बात क्या है, साफ समझ में न आने पर भी, सबेरे की दुर्घटना के साथ इसका सम्बन्ध है, यह अनुमान करके, उसकी छाती सूख गयी। तब वह चुपचाप अपने कमरे में जाकर मकान के दूसरे हिस्से की गति-विधि जानने के लिए कान लगाकर आहट सुनने लगा। इससे पहले उसे बड़े जोर से भूख लग रही थी, अब उसे भी वह भूल गया। करीब नौ बजे होंगे। घूमकर पिछवाड़े की तरफ जाकर उसने पीछे का दरवाजा खटखटाया, तो दासी ने किवाड़ खोल दिये और खुद अलग

जाकर खड़ी हो गई।

राम ने पूछा-भाभी कहां है?

"कमरे में सो रही है?"

राम ने कमरे देखा, भाभी खाट पर सो रही है और नीचे चटाई बिछाकर दिगम्बरी अपनी छोटी लड़की के साथ बैठी है। गोविन्दा खेल रहा था; राम को देखते ही दौड़ा आया, चाचा का हाथ पकड़कर उस पर झूल गया और बोला-चाचा, तुम्हारा घर उधर है, इधर हम लोगों का घर है। बाबूजी ने कहा है, इधर आने से तुम्हारी टांग तोड़ देंगे!

जैसे ही राम खाट पर जाकर पांयते के पास बैठा वैसे ही नारायनी ने अपने पैर समेट लिये। राम चुपचाप बैठा रहा। दिगम्बरी ने अपनी लल्ली को धक्का देकर कहा–कहती क्यों नहीं सुरो, तेरे जीजाजी ने क्या कहा है इसके लिए?

सुरधुनी रटे हुए सबक की तरह जल्दी-जल्दी कहने लगी-जीजाजी ने कहा है, तुम इधर मत आना। कल सबेरे,-आगे और क्या अम्मा?

दिगम्बरी ने कहा–जमीन-जायजाद-

सुरधनी ने कहा–जमीन-जायजाद सबका बंटवारा हो जायगा।

दिगम्बरी बोल उठी-कसम की बात क्यों नहीं कहती?-बुरबक लड़की!

सुरधनी ने कहा–जीजाजी ने कसम दे दी है जीजी को कि खाने को भी मत देना, बात भी मत करना-जीजाजी ने कहा है

नारायनी ने बिस्तरे पर से ही झिड़क दिया-अच्छा-अच्छा, हो गया, तू चुप रह।

फिर दिगम्बरी कहने लगी-ठीक ही तो है बेटा। तुम कभी किसी का खून कर डालो, कोई ठीक थोड़ा ही है-वे कसम न दें तो क्या

करे! मै तो भाई, उनको किसी भी बात में दोष नहीं दे सकती, चाहे कोई कहे। इस घर में तुम्हारा आना-जाना, खाना-पीना अब नहीं हो सकता। इसे भी तो अपने पति के सर की कसम माननी पड़ेगी।

सुरधनी ने कहा–अम्मा, भूख लगी है,खाने चलो न।

दिगम्बरी ने जरा खींझकर कहा–ठहर जरा बेटी!

राम घर में बैठा है, ऐसी अवस्था में तो वह घर में आग लग जाने पर भी नहीं उठ सकती। राम की छाती के भीतर का दबा हुआ रोना भीतर सर पटकने लगा! परन्तु दिगम्बरी के सबेरे के उस मुंह बनाकर बिराने ने उसकी छाती पर पत्थर रखकर रास्ता रोक दिया। वह रो नहीं सका, एक बार कह नहीं सका-'अब कभी नहीं करूंगा भाभी!' इस एक ही वाक्य ने बहुत-सी आपद-बिपदों में उसकी रक्षा की हैमगर आज वह उसे भी मुंह से कह ने सका, इसी से उसका दम घुटने लगा।

इतने में नारायनी ने थके हुए स्वर में कहा–सुरो, चले जाने के लिए कह दे उसे।

अब वह रोना रोककर कह उठा-'हां, चले जाने को कह दे उसे।'मुझे भूख थोड़े ही लगती है! तभी से तो नहीं खाया है।

नारायनी ने जरा उत्तेजित होकर कहा–एकदम मार क्यों नहीं डाला? तब दस-दस हाथों से खाता! मै नहीं जानती-जा नृत्यकाली के पास।

"नहीं जाता उसके पास! किसी के पास नहीं जाता! मैं बिना खाये उपासा सो रहूंगा।" कहता हुआ राम धम धम पैर पटकता हुआ, घर को कंपाता हुआ, बाहर निकल गया और चुपचाप अपने घर जाकर खाट पर पड़ रहा। दासी थोड़ा-सा खाना ले आयी और बोली–छोटे बाबू, उठो खा लो।

राम उछलकर गरज उठा-जा यहां से जलमुंही,-चली जा यहां से।

नृत्यकाली खाना रखकर चली गई, राम ने थाली-गिलास उठाकर आंगन में फेंक दिया।

सबेरे, श्यामलाल जब अपने काम से चले गये तो राम अपने आंगन में टहलता हुआ गरजने लगा-कसम-असम मैं नहीं मानता। ओह, बड़ी कसम दी है! कौन होते है वे जो कसम दिलाते हैं? वे क्या मेरे सगे भइया हैं? वे मेरे कोई नहीं हैं, उनकी बात मैं नही मानता। मैंने क्या भाभी को मारा था? बुढ़िया डाइन को मारा था और लग गया है भाभी को, फिर वे कसम देने क्यों आये?

इन सब बातों का किसी ने भी जवाब नहीं दिया। थोड़ी देर बाद वह स्वर बदलकर कहने लगा-अच्छी बात है! अच्छा ही तो है! मत बोलो, मत खाने को दो! मैं अपने आप खूब मजे से खाना बनाऊंगाः भात, दाल, अच्छी-अच्छी तरकारी, मछली-अकेला खूब पेट भर के खाऊंगा। मेरा क्या बिगड़ेगा?

इस बात का भी किसी ने जवाब नहीं दिया। तब वह रसोई में जाकर खनाखन झनाझन थाली, गिलास, लोटा, चम्मच इधर से उधर उठा-रखकर काम करने लगा। शोर-गुल के साथ भोला को चावल-दाल धोने और तरकारी बनाने की आज्ञा दी। नृत्यकाली सब कुछ रसोई घर में रख गई थी। भोला को हुक्म दिया तू मेरा नौकर है, उस तरफ मत जाना। उस घर का कोई अगर इधर आवे तो उसकी टांग तोड़ देना,-अच्छा! समझा न भोला! नृत्यकाली आवे तो जरा इधर!

नारायनी रसोई वाले बरामदे में बैठी सब सुन रही थी। दिगम्बरी कुतूहल के वश बीच-बची में छेद में से उस तरफ झांक लिया करती थी। थोड़ी देर बाद बड़ी लड़की के पास आकर हंसी रोकती हुई

फिस-फिस करती हुई कहने लगी, "ओहो, बेटा की जरा अकल तो देखो! आप बढ़िया तरकारी बनाकर खायंगे! पीतल की पतीली में चावल गले तक भर दिये हैं और जरा-सा पानी डाल दिया है-भात बन रहा है! एक तो खाने वाला है, परन्तु चावल चढ़ा दिये हैं दस के लिए। भला यह तो पूछो कि वे गलेंगे कैसे? जलकर खाक न हो जायंगे! इस पतीली में क्या इतने चावल आ सकतें हैं; यह तो उन्हें बरबाद करना है। और घमण्ड है कि हम बना खायंगे! रांधती तो हम लोग भी हैं, किन्तु दिमाग हमारा कभी नहीं चढ़ा! भात रांधूंगी तो इतना पानी रखूगी कि फिर देखना ही नहीं पड़े,-आंख मूंद कर उतार लो, तैयार हो जायगा! कोई आवे, बनावे मेरे मुकाबले में! देखू,लोग किसका अच्छा बताते हैं!"

नारायनी ने मुंह फेर लिया।

नृत्यकाली पास ही बैठी थी, बोली–नानीजी भी खूब कहती हैं। भला उसने कभी किसी दिन एक गिलास पानी भी अपने हाथ से लेकर पिया है जो आज वह रसोई बनाकर खायेगा? वह बहुत दिनों की पुरानी दासी है, ये सब बातें उसे अच्छी नहीं लग रही थी।

मां की देखा-देखी सुरधुनी भी बीच-बीच में छेद में से उधर देख रही थी। घण्टे-भर बाद दौड़ी आयी और जीजी का हाथ खींचती हुई बोली–ओ जीजी, जीजी री, चलके जरा देखो ना-छोटे जीजा बिलकुल कच्चा भात रूखा खा रहे हैं। दाल-तरकारी कुछ नहीं, सिर्फ भात! अच्छा जीजी, कच्चा भात खाने से पेट में दर्द नहीं होगा?

नारायनी ने झटका देकर उसका हाथ अलग कर दिया और बिछौने पर जाकर पड़ रही। आज वह कितने दुःख कितने भूख की ताड़ना से यह सब खाने बैठा है, यह बात नारायनी से छिपी नहीं रही।

दोपहर को श्यामलाल के खा चुकने पर दिगम्बरी नारायनी को बुलाने लगी,-आ बेटी, दो ग्रास खा ले न! बुखार थोड़े ही है,चोट से हरारत हो गयी है, सो इसमें तो खाया जा सकता है। मैं कहती हूं न, खाना नुकसान नहीं करेगा।

नारायनी नीचे से ऊपर तक मोटी चद्दर ओढ़कर अच्छी तरह लेटकर बोली–मुझे परेशान मत करो मां, तुम लोग खाओं-पिओ।

दिगम्बरी ने कहा–भात ने खाना हो तो दो फुलक बना दूं?

नारायनी ने कहा–नहीं, मुझे कुछ नहीं खाना।

दिगम्बरी ने आश्चर्य के साथ कहा–ऐसी कौन-सी बात है! कल से उपासी पड़ी हुई है, आज भी न खायगी तो शरीर कैसे चलेगा?

नारायनी ने कोई जवाब नहीं दिया। नृत्यकाली ने आकर कहा–तुम झूठ-मूठ क्यों कह रही हो, नानीजी। सरपर खड़े-खड़े शाम तक चिल्लाने से भी वे न खायंगी। बुखार है, अच्छी तरह सो लेने दो।

दिगम्बरी उठकर चली गयी,कहती हुई गयी-भगवान् जाने क्या बात है! चोट-ओट लगने से थोड़ी हरारत होती ही है, उससे कोई खाना-पीना थोड़े ही छोड़ देता है! हमसे तो यह नहीं होता!

शाम को नारायनी फिर रसोईवाले बरामदे में आ बैठी! जितनी बार नृत्य-कालीसे उसकी चार आंखें हुई, उतनी ही बार कुछ कहने के लिए उसके ओठ खुले और कुछ कहे बिना बन्द हो गये।

राम ने स्कूल से लौटकर हाथ-मुंह धोया और जाकर दुकान से लाई चना आदि ले आया। खाते-खाते ऊंचे स्वर में बोला-मेरा क्या बिगड़ा? भात खाकर मजे से अपने स्कूल गया, अब आकर मजे में फिर खा रहा हूं!

वेंड़ा के उस तरफ सभी होगें, इतना तो उसको मालूम था, पर

सबेरे की तरह अब भी किसी ने कुछ जवाब नहीं दिया। इससे वह ओर भी घबरा गया। चिल्लाकर बोला-इधर हमारी हद है! किसी दिन नृत्यकाली या और कोई हमारी हद में आया तो उसकी टांग तोड़ दूंगा।

यह टांग तोड़ने की धमकी वह पहले भी दे चुका था, जैसे पहले उसका कोई नतीजा नहीं निकला था इस बार भी वैसा ही हुआ। कोई डरा या नहीं, कुछ मालूम नहीं हुआ। शाम के बाद दिया जलाकर वह रसोईघर में पहुंचा और फिर शोर-गुल करने लगा-हमारी लकड़ियां कहां हैं, मैं बनाऊंगा कैसे? हमारा सिल-लोढ़ा कहां है, मसाला कैसे बांटूं?

उस घर से दासी ने कहा–बहुजी ने कहा है, कल बाजार से सिल-लोढ़ा मंगा देंगी।

"नहीं, मै खरीदा हुआ सिल-लोढ़ा नहीं चाहता।" कहकर वह रोता हुआ रसोईघर से निकल गया।

कुछ देर बाद फिर लौट आया और कहने लगा-क्यों मेरे गणेश मच्छ को पकड़वाया? क्यों बुढ़िया ने मुझे चिढ़ाया?-अच्छी तरह गाली दूंगा,-खूब दूंगा,-बुढ़िया मरकर दुसरे जन्म में चुडैल होगी!

दिगम्बरी ने आंखें निकालकर कहा–सुन ले नारायनी, सुन ले! यह जबर्दस्ती लड़ना है कि और कुछ?

नारायनी चुपचाप दूसरी ओर देख रही थी, उसी तरफ देखती रही।

5

सारे दिन सबेरे ही से राम की बात-चीत का ढंग बदल गया। पूरे दो दिन हो गये,-भाभी ने बुलाया तक नहीं, डांटा-डपटा नहीं, मारा नहीं, खाने को नहीं दिया। ऐसा तो उसने अपने होश में कभी नहीं देखा! अब वह वास्तव में डर गया। पहले तो वह अपने रसोईवाले बरामदे में बैठकर

तरह-तरह की उल्टी-सीधी कैफियत-सी देने लगा। बोला, "बिल्ली को मारने के लिए अमरूद फेंका था!" एक बार कहा, "हाथ से छुटकर भाभी के सिर में लग गया था। "एक बार कहा", मैं तो कच्चा अमरूद फेंक रहा था; किसी को मारा थोड़े ही था!" फिर कहने लगा, "किसी को मैंने गाली नहीं दी।" परन्तु कोई भी कैफियत काम नही आयी। उधर से किसी ने भी जवाब नहीं दिया, प्रतिवाद नहीं किया, 'हां', 'ना' कुछ भी नहीं कहा। एक बार बड़ी मुश्किल से, लज्जा-संकोच सब त्यागकर अब कभी नहीं करूंगा" कह गया। मगर फिर भी जब कोई नतीजा नहीं निकला, तब चुपचाप रोने लगा। अब वह किसी तरकीब से, किस चीज से, किस तरह भाभी को सन्तुष्ट करे? भाभी ने उसे अलग कर दिया है, अब वह खायगा कहां? किस के पास कैसे रहेगा? कहीं भी किसी ओर उसे कुछ किनारा-नहीं सूझ रहा था। आज उसने रसोई बनाने की भी कोशिश नहीं की और न पढ़ने ही गया; कमरे में जाकर सो गया।

छिपे-छिपे रोते रहने से ही शायद कल रात को नारायनी को बुखार आ गया था। दोपहर को दिगम्बरी ने कटोरा-भर दूध लाकर कहा–पीना ही पड़ेगा। बिना खाये-पीये मरेगी क्या? नारायनी ने विरोध न करके दूध का कटोरा हाथ में ले लिया और थोड़ा-सा पीकर नीचे रख दिया, फिर वह करवट बदलकर सो रही। उसे 'नहीं-नहीं' कहने में भी घृणा मालूम होने लगी।

रात के नौ बज चुके हैं। नृत्यकाली ने आकर धीरे से कहाबहूजी, छोटे बाबू की तो आवाज भी नहीं सुनाई देती, इतनी रात हो गयी।

नारायनी घबराकर उठ बैठी, आंखों से टपअप आंसू टपकने लगे, रोती हुई बोली–जा मेरी लक्ष्मी बेटी, देख आ, घर में है या नहीं।

नृत्यकाली की भी आंखें डबडबा आयी। हाथ से आंसू पोंछती हुई, "जाने की हिम्मत नहीं पड़ती, माजी" कहकर बाहर चली गयी और भोला को बुला लाई। भोला ने समाचार दिया कि भइया जी घर में है, सो रहे है। नारायनी दोनों हाथ जोड़ के सिर से लगा के चादर ओढ़कर फिर पड़ रही। दूसरे दिन, सबेरा होने से पहले, अंधरे ही नही-धोकर उसने रसोई चढ़ा दी।

जब आधी रसोई बन चुकी तो दिगम्बरी जागी और बेटी की यह करतूत देखकर मारे आश्चर्य के दंग रह गयी। कर्कश स्वर में प्रश्न किया- तुझे तो बुखार आया था न नारायनी? तीन दिन से तो तूने कुछ खाया नहीं है। अंधेरे ही नहा-धोकर,यह क्या हो रहा है, सुनूं तो सही?

नारायनी ने स्वाभाविक सरलता से जवाब दिया-देख तो रही हो,रसोई बना रही हूं।

"सो तो देख ही रही हूं, मगर क्यों? मालूम भी तो पड़े? तू क्या मेरे हाथ का नहीं खायगी?"

नारायनी ने कुछ जवाब नहीं दिया, अपने काम में लगी रही।

कल दिन-भर राम सोचता रहा, भाभी के न जाने कितनी चोट लगी होगी। वह एक कच्चा अमरूद लाकर बार-बार अपने कपोल पर ठोंककर उस चोट के गुरुत्व के आजमाने की कोशिश करता राह। फिर सोचने लगा, क्या करने से इस कुकर्म का प्रायश्चित हो सकता है। सोचते-सोचते उसको याद आ गया कि कुछ दिन पहले भाभी ने उसे यहां रहने को मना किया था। उसने तय कर लिया कि वह और कहीं चला जायगा तो भाभी खुश हो सकती है। उसकी ननिहाल तारकेश्वर से और आगे है; मगर ठीक कहां है उसे नही मालूम था। वहां जाकर ढूंढ़ लेगा; यह संकल्प करके उसने एक छोटी-सी पोटली

बांधी और बैठकर सबेरा होने की बाट जोहने लगा।

नारायनी पूरी रसोई बना चुकने के बाद एक थाली में सब चीजें खूब इच्छी तरह तरतीब से परोस रही थी। इतने में दरवाजे के पास भोला ने आकर पुकारा-मां!

नारायनी ने मुड़कर भोला को देखकर पूछा-क्या है रे भोला?

पिछले कई दिन से वह गाय की देख-भाल जरूर करता रहा है, पर राम के डर के मारे भीतर नहीं आया। भोला ने आहिस्ते से कहा–कान में एक बात कहनी है, मां!

नारायनी के पास आकर उसने फुसफुसाते हुए कहा–तुमने जो कहा था, वही होगा, अगर दो रुपया दे दो।

नारायनी समझ न सकी, बोली–क्या होगा? किसे रुपया देना होगा?

भोला अचरज में पड़ गया, बोला-तुमने भइयाजी से कहा था न जाने को? वे जाने को तैयार हैं, अच्छा, दो नहीं तो एक ही रुपया दे दो!

भोला ने कहा–बाहर पीपल के नीचे खड़े हैं। कहीं उस तरफ उनकी ननिहाल है न?

"जा भोला,तू जल्दी लिवा ला,-कहना, मैं बुला रही हूं।"

भोला भागता हुआ चला गया। नारायनी पत्थर की तरह वहीं खड़ी रही। थोड़ी देर बाद राम एक छोटी-सी पोटली हाथ में लटकाये सामने आकर खड़ा हो गया। नारायनी चुपचाप हाथ पकड़कर उसे घर के भीतर खींच ले गयी।

दूर से दिगम्बरी ने जो राम को रसोई घर में घुसते देखा तो उसके होश फाख्ता हो गये। मारे आशंका के वह दौड़ी-दौड़ी रसोई घर में पहुंची। वहां देखती है: सजी हुई थाली के सामने नारायनी

राम को गोद में लिए बैठी है, राम उसके छाती पर मुंह छिपाये हुए है और उसके सिर पर, पीठ पर नारायनी के टपटप आंसू टपक रहे हैं।

भौंचक होकर कुछ देर दिगम्बरी देखती रही, फिर बोली–मैं क्या जानती थी, इसीलिए इतने सुबह से उठकर यह सब हो रहा था! भोजन कराया जायगा, जान पड़ता है!-और मेरे दामाद ने जो इतनी बड़ी कसम दी थी सो भाड़ में चली गयी?

नारायनी ने मुंह उठाकर कहा–भाड़ में क्यों जायगी मां, उनकी बात मैंने अमान्य नहीं की है, तीन दिन न तो मैंने खुद कुछ खाया और न इसे खिलाया।

दिगम्बरी तीखे स्वर में बोली–इसी को कहते होंगे अमान्य नहीं की! तो फिर यह क्या हो रहा है? जिसने कसम दी उससे एक बार पूछ तो लेती!

नारायनी मानो एक कड़ी चोट सहते हुए संक्षेप में कहा–मैंने पूछ लिया है।

दिगम्बरी को विश्वास नहीं हुआ। और भी ज्यादा क्रोधित होकर बोली–मैं दूध पीती बच्ची नहीं हूं नारायनी! तूने पूछ लिया और मुझे मालूम भी न हो सका!

अब नारायनी से न रहा गया। वह भी कठोर होकर बोली–तुम्हें कैसे मालूम मां, किससे कब कैसे मैंने पूछा? मां, जिसके जबान है वह कसम दे सकता है; मगर-इतना कहकर वह रुक गयी और गहरे स्नेह से रात का लज्जित मुंह जबरदस्ती छाती पर से उठाकर उसका ललाट चूमकर बोली–मगर जिसे अपनी छाती से लगाकर इतने से बड़ा करना पड़ता है, वह जानती है कि कैसे पूछा जाता है और कैसे इजाजत मिलती है। तुम्हें फिकर करने की जरूरत नहीं मां, अभी

जरा सामने से चली जाओ, इसे दो कौर खिला दूं। मेरे बच्चे ने तीन दिन से कुछ खाया नहीं है।

कहते-कहते उसकी आंखों से फिर आंसुओं की धार बह चली।

दिगम्बरी ने क्षण-भर ठहरकर कहा–भला अब मैं यहां किस तरह रह सकती हूं? इस घर में अब मेरा रहना नहीं हो सकता, तुमसे साफ कहे देती हूं।

नारायनी ने कहा–मैं भी यही बात तुमसे कहना चाहती थी, पर मुंह खोलकर कह नहीं सकी थी; सचमुच ही मां, अब तुम्हारा यहां रहना नहीं हो सकेगा। तुम्हारी आंखों ही आंखों से मेरा इतना बड़ा लड़का आधा रह गया। यह चाहे दुष्ट हो, चाहे कैसा ही हो; मेरे घर में, मेरी आंखों के आगे किसी को इसे सजा नहीं देने दूंगी। आज तुम यहीं रहो, लेकिन कल तुम अपने घर जरूर चली जाना। तुम्हारे लिए खर्चा-वर्चा में बराबर भेजती रहूंगी। लेकिन यहां अब तुम्हारा रहना नहीं होगा।

दिगम्बरी काठ हो गयी और कुछ देर खड़ी रहकर धीरे से बाहर निकल गयी। राम उसी तरह छाती में मुंह छुपाये हुए धीरे-धीरे बोला–नहीं भाभी, उन्हें यहीं रहने दो, अब अच्छा हो गया हूं अब मुझे सुमति आ गयी है-अबकी बार तुम और देख लो!

नारायनी ने और एक बार उसका मुंह उठाकर ललाट पर ओठ छुला दिये और आंसुओं के भीतर से मुस्कुराते हुए कहा–अभी तू भात खा ले।

• • •